第九歩兵師団のアンドル

エリザベス・バート大尉・

風に向かう花のように

カーラ・ケリー
佐野 晶 訳

HER HESITANT HEART
by Carla Kelly
Translation by Akira Sano

mira

HER HESITANT HEART

by Carla Kelly

Published by K.K. HarperCollins Japan, 2023

風に向かう花のように

おもな登場人物

スザンナ・ホプキンス――教師
フレデリック――スザンナの元夫
トーマス――スザンナの息子
エミリー・リース――スザンナの従妹
ケイティ・オレアリー――エミリーの隣人
ジョー・ランドルフ――軍医
メリッサ――ジョーの妻。故人
チェズ・ダンクリン――歩兵部隊の大尉
モーヴ・ラティガン――ジョーの患者
アンソニー・ベネディクト――砦の教師役。歩兵部隊の一等兵
ニック・マーティン――謎の男

プロローグ

一八七五年十二月三十一日

最愛のトミー、

お母さまはいま、ネブラスカ州のどこかにいます。大陸横断鉄道でたまたま行きあった旅行者の話では、陽《ひ》が昇るとチムニーロックという奇岩が見えるそうよ。とても目立つ岩だから、このあたりの居住者や、何十年もまえに押し寄せた金鉱掘りたちが目印にしていたらしいの。

お勉強をしっかりね。あなたがよい成績をとることと、誰にでも親切で優しい人になることが、お母さまのいちばんの願いです。

あなたのことはいつも思っているわ。できることなら、いますぐでも会いに行きたい。

心から幸せを祈っています。

愛をこめて

母より

べつの便箋にはこう書いた。

フレデリック、

この手紙も、ほかの手紙と同じように勝手に始末するつもりなら、言っておくわ。わたしはトーマスに手紙を書きつづけます。ララミー砦《とりで》に着いたあともずっと。あなたの心に思いやりのかけらでもひらめくことがあったら、ワイオミング準州ララミー砦、第二騎兵隊D中隊、ダニエル・リース大尉気付で、トミーの手紙をわたしに送ってください。どうか、お願いよ、フレデリック！

スザンナ

スザンナ・ホプキンスは書きおえた手紙に封をして、少しでも心地のよい姿勢をとろうと努めた。ペンシルベニア中央駅で列車に乗ってから、もう何日も背もたれのまっすぐな硬い座席で過ごしているせいで背中が痛い。汽車の切符は叔父が買ってくれたのだが、寝台つきの個室にしてほしいと頼むのは気が引けたのだった。

まだ州にもなっていないほど遠い国の果てにスザンナを送ることができて、親戚のみんなはさぞほっとしていることだろう。いまごろは叔母がどんなに喜んでいることか。スザンナがペンシルベニア州カーライルにある自宅から逃げだし、シッペンズバーグの叔父の家に保護を求めてからもう一年以上になる。ようやく厄介者の姪《めい》がいなくなって、叔母もこれからは好きなだけ友人を招くことができるだろう。

どうやらユニオン・パシフィック鉄道は、寝台車の切符を買えないような貧しい客は、暗がりに座り、貧困という罪についてじっくり思いをめぐらすべきだと考えているらしい。車掌がランプの灯を消しにやってきた。

硬い椅子に座りどおしとはいえ、旅自体はそれほど悪くなかった。ただ、常にお腹をすかすはめになったのはさすがにこたえた。途中で何度か短い食事停車があったものの、あれは我先にパイとコーヒーに群がる男たちを念頭に置いたものにちがいない。最後の食事停車のときに残っていたのは、コーンブレッドがひと切れだけだった。とはいえ、できるだけ節約しなくてはならないのだから、かえってそれでよかったのかもしれない。シャイアンに着くまでは、そこからデッドウッドまでの馬車の料金がいくらかかるかわからないのだから。

スザンナは窓ガラスに映る自分の顔を見つめた。両目の輪郭はぼんやりとしか見えない。眼鏡をはずし、左目の下に指をあてる。折れた骨がほとんどくっついたところがほんの少し陥没していた。そのせいで左目はわずかに右目よりも垂れている。

「片方の目が助かっただけでも運がよかったんですよ、ホプキンス夫人」手術をした医者は、レンズの微調整を指示しながらそう言った。灯《あか》りが消えたおかげで、目を休めることができるのはありがたかった。目のためにはそれがいちばんだ、とあの医者なら言うだろう。ユニオン・パシフィックが彼の治療法に同意しているのは明らかだ、と皮肉混じりに思う。

夜空には満月が昇っていた。暗さに目が慣れてくると、目のなかに大きな黒いものがいくつも見えた。内出血した跡だ。あの手を避けることもできたのに。スザンナは片方の頬に触れ、いつものように思った。でも、父親が振りあげた手をつかもうと走ってくるトミーの姿に、とっさに気をとられたのだった。気がつくと平手打ちをくらい、スザンナは横に吹き飛んで暖炉の飾り枠に顔をぶつけていた。あのときトミーが起きてこなければ……。目を閉じると、いまでも母を助けに走ってくる息子の姿が浮かび、父親に抱えられて二階に運ばれながら〝おろして〟と叫ぶ声が聞こえる。息子を見たのは、あれが最後だった。このまま家に留《とど》まっていたら殺される、と……。

「失礼、奥さん」

「は……はい？」

「二セントいただければ、その手紙を郵便車両にお持ちしますよ」車掌が小声で言った。

言われたとおり二セントと手紙を渡すと、しばらくして同じ車掌が毛布と枕を持って戻ってきた。

「ありがとう。でも、借りるお金が……」

「いいんです。どうせ誰も使ってないんだから」

スザンナはうなずいた。思いがけなく親切にされると、まだ驚いてしまう。

「奥さん……」

「え？」

「新年おめでとう」

1

「三十五歳くらいだったと思うわ。もう若くないのはたしか」エミリー・リースが言った。従姉《いとこ》のスザンナ・ホプキンスを描写したつもりらしいが、これでは何もわからない。エミリーはあまり賢くないのだ。

ララミー砦《とりで》の軍医であるジョセフ・ランドルフ少佐は苦笑した。「汽車から降りてきた女性に、あなたは三十五歳ですか、と尋ねるのかい？　さぞいやな顔をされるだろうな。もっと役に立つことを教えてくれないか、エミリー。その人はきみの従姉なんだろう？」

リース夫人とは、エミリー、と名前で呼ぶ程度には付き合いが長い。ジョーが砦と砦のあいだに止めた軍の救急馬車のなかでリース夫妻の息子スタンリーを取りあげてから、もう五年になる。エミリー・リースは最良の患者とは言えないが、最悪の患者というわけでもなかった。

「ええと、スザンナは……背丈はふつう、体つきもふつうで、髪は金色よ」それから深刻な表情になった。「本当にありがたいわ、少佐。救急馬車に乗せてもらえたら、ずいぶん助かるの。スザンナはあまりお金を持ってないんだもの」少し考え、小声で付け足す。「あの人、離婚したの」

「そういうことを、ぼくに言う必要はないよ」

エミリーは言い返した。「でも、お医者さまは、患者の言ったことをほかにもらしちゃいけないんでしょう？」

ジョーはため息をついた。リース大尉が酒を飲みつづけずにいられるのが不思議だが、愚かな妻を好む男もいるのだろう。考えてみると、ダニエル・リース自身も非常に賢い指揮官というわけではない。

「エミリー、ぼくは司祭ではないよ。口外できないのは患者の医学的な事柄だけだ」

だが、エミリーはかまわず打ち明け話を続けた。「息子を捨てたのよ。最低の母親よね。でも、親戚だから……うちの両親も助けてあげるしかなくて」

「たぶん、そうせざるをえない事情があったんだろう」親戚ならかばうのがあたりまえだろうに、こういう醜聞を赤の他人にぺらぺらしゃべるとは。エミリー・リースはぼくの親戚と同じくらい最悪だ、ジョーはそう思いながらやんわりとたしなめた。「その話は、ほかではしないほうがいいぞ。軍の連中はゴシップ好きだからね」

「詮索されないように、何かでっちあげたほうがいいかしら？」

「何も言わないのがいちばんだ。必要なのは教師で、ゴシップの種じゃないんだから」

「そうだ！　戦争未亡人だということにすればいいわ！」

ジョーはため息をついた。「エミリー、やめなさい。そういう嘘に兵士たちがどれほど心を痛めるかわからないのか？　ブルランの戦いからアポマトックスの戦いまで、ぼくらは友達が死ぬのをいやになるほど見てきたんだ。頼むからやめてくれ」

汽車を降りてくる女性を迎えに行くのは、ジョーにとっては苦にならなかった。むしろ、ちょっとした気晴らしになるくらいだ。クリスマスの直前、シャイアンで行われる高等軍法会議に出席するのは、誰にとっても愉快な任務とは言えない。例外は、会議が終わりしだいシャイアン駅に走り、東部の我が家へ向かう大陸横断鉄道の急行に乗るつもりでいる者くらいだ。被告のひとりが少佐だったため、軍法会議に列席する将校もそれと同等以上の階級の者が必要だという事情がなければ、ジョーがこの任務に関わることはおそらくなかっただろう。

とはいえ、クリスマス休暇の予定がとくにあるわけではない。彼が育ったバージニア州リッチモンドの西にある大きな農園には、未亡人になったふたりの姉が暮らしているが、ふたりともとうの昔に壁にかけてあるジョーの肖像画を裏返し、手紙もすべて送り返してくる。送り返してこないのは、農園の税金を支払う銀行手形を送ったときだけだ。そんな姉たちを持ったぼくが皮肉屋になるのも無理はない、ジョーはよくそう思って自分を慰める。

軍法会議は予定よりもはるかに長引き、列席者はクリスマスの計画が台無しになるのを苦々しい思いで見守ることになった。何年もまえに除隊にされて当然の被告たちが、なんとかそれを免れようとして長々と申し開きをしたせいだ。

延々と続く会議に、クリスマスを我が家で過ごす望みを潰された列席者たちは、どんどん不機嫌になっていった。そのせいか、ふたりの被告がいっさいの権利を剥奪され、不名誉除隊を申し渡されたときも、誰ひとり異議を唱えもしなければ驚きもしなかった。

ジョーと同じ救急馬車で来たウォルターズ少佐は、やはり独身とあって、誰も待つ者のいないフェッターマン砦に急いで帰る必要はなかった。さいわい、ラッセル砦の将校用食堂はララミー砦の将校用食堂よりましだったし、ラッセル砦からシャイアンは近い。ジョーは、午後に着く西行きの汽車に間に合う時間にシャイアン駅に到着した。

だが、スザンナ・ホプキンスはその日の午後の列車には乗っていなかった。そこで、ジョーは救急馬車で五キロ走ってラッセル砦に戻り、ウォルターズがその夜の新年会のために糊《のり》の利いた軍服に着替えるのを見守った。

パーティを好まないジョーは、ラッセル砦の病院に勤務している旧知の外科医を訪れることにした。ふたりは部屋を暖めている小さなだるまストーブの近くに椅子を寄せ、新年に乾杯し、最後の戦いの血みどろの逸話を交換して過ごした。気がついたときには朝になり、助手が病院に姿を見せた。

うっかり時間のたつのを忘れてしまったせいで、シャイアンの駅に着いたときには、スザンナ・ホプキンスが乗っていたはずの列車はすでに駅を出たあとだった。ジョーは救急馬車の御者に言って、シャイアンとデッドウッド間を走る馬車の駅に向かわせた。

嚙《か》み煙草《たばこ》の茶色い唾液を吸いとるため床にまかれたおがくずを踏んで、駅に入っていくと、スザンナ・ホプキンスは切符の窓口にいた。コートを着ているので体つきはわからないが、中背で金色の髪だから、あれがホプキンス夫人だろう。ペンシルベニアから何日も汽車の旅をしてきたというのに、驚くほどこざっぱりとしている。

ジョーが見ていると、窓口の切符売りが料金表を指さした。ホプキンス夫人が、手にした財布の中身をもう一度確かめる。切符売りは肩をすくめ、脇に寄れと片手を振った。ホプキンス夫人は小さなストーブに近いベンチに腰をおろした。

夫人がこわごわ駅を見まわし、ジョーにもハート形のきれいな顔が見えた。金色の髪はこめかみのところがいっそう色濃い。金縁の眼鏡をかけているが、その眼鏡も心細げな表情を隠すことはできなかった。ホプキンス夫人はひどく怯《おび》えているようだ。

気の毒に、騒々しくて不潔な駅で、ひとりぼっちでベンチに座り、途方に暮れている。たんに離婚しただけで、ひとりでこれほど遠くまで旅をするものだろうか。ジョーは首に巻いたマフラーを緩め、帽子を取り、厚いコートのボタンをはずしながら思った。スザンナ・ホプキンスの離婚の原因がなんであれ、いまの彼女にはよい知らせが必要だ。

涙がこみあげそうになり、スザンナはそれを止めようと眼鏡の下に指を入れ、鼻梁《びりょう》をぎゅっと押した。こんなところで泣いたりしたら、いっそう惨めな気持ちになるだけだ。わたしには行く場所もあるし仕事もある、まだ最悪の状況ではないわ。そう自分に言い聞かせる。

汽車の駅からここまで歩いてくる途中に、たしかウェスタン・ユニオンの事務所があった。ララミー砦のエミリーに電報を打って、馬車の料金を払うお金が足りないことを知らせようか？　いえ、ウェスタン・ユニオンに荷物をあずかってもらい、仕事を探したほうがいいかもしれない。これだけ大きな街なら、一軒ぐらい臨時の皿洗いか料理人を探しているお店があるはずだ。

もしもなければ、教会を探して牧師さんにわけを話すこともできる。でも……助けてもらうには何もかも話さなくてはならないから、結局うまくいかないだろう。カーライルで毎週通っていた教会の牧師でさえ、夫のもとへ戻りなさいという助言をスザンナが拒否すると、それ以上ひと言も口を利かずに教会から送りだしたのだから。

「スザンナ・ホプキンス夫人？」

びくっとして顔を上げると、軍服を着た長身の男性が目の前に立っていた。ボタンをはずしたコートのなかに金モールと緑の縁取りをした襟がのぞいている。スザンナは遠慮がちに顔を見ただけで目をそらしたが、親切そうな顔の人だ。「あの……お会いしたことがありましたかしら?」

「いいえ。エミリー・リース夫人に言われて、お迎えにあがりました。中背の、金色の髪の女性だと言われてきたので、お声をおかけしたんです」

スザンナは深く息を吸いこんだ。「ララミー砦からいらしたの?」

「ええ」彼はベンチを示した。「座ってもよろしいですか?」

「もちろんですわ、あの、大尉……」スザンナはためらった。

「少佐です。陸軍医療部隊所属のジョセフ・ランドルフ少佐です」

スザンナは差しだされた手を握り、ついこう言っていた。「あの、実はここから馬車に乗るのに、三ドル足りなくて……」

「よくあることですよ」少佐は落ち着き払ってうなずいた。

体の大きな、好ましい顔立ちの人だ。暗褐色の髪には白いものが交じりはじめている。目と口のまわりのしわが深いのは、太陽と風にさらされているせいかもしれない。さっきちらっと見ただけだから確信はないが、瞳の色も褐色のようだ。

「エミリーは、ぼくがちょうどこの時期ラッセル砦にいると聞いて、あなたが駅馬車に乗らずにすむのではないかと思ったんです」

「まあ、なんてありがたいこと！」スザンナは安堵《あんど》のあまり思わず口走り、ランドルフ少佐の驚いた顔を見て言葉を切った。

「いや、たいしたことではありませんよ。われわれと救急馬車に乗るのがおいやでなければ、ですが」

「救急馬車？」スザンナは疑わしげに訊《き》き返した。「どなたかご病気ですの？」

「いや。冬のあいだの移動には、救急馬車が空いていればそれを使うんです」

少佐には明らかな南部訛《なま》りがあった。〝ぼく〟と言う代わりに〝ぼぉく〟、〝冬〟と言わずに〝ふぅゆ〟と発音する。北軍の青い軍服を着た男性から南部訛りを聞こうとは思わなかった。

「あなたの乗った汽車が到着するのを、シャイアンの駅で待つつもりだったんですが、新年会がその邪魔をして……」

スザンナはこの正直な発言に口元をほころばせた。「乾杯が多すぎたのかしら？」

少佐も微笑《ほほえ》んだ。「薬効のあるウイスキーのね！ラッセル砦の外科医とはチャタヌーガとフランクリンで一緒に戦った仲で、すっかり話がはずみ、時間のたつのを忘れてしまったんです。われわれは明日の朝ここを発《た》ちます。あなたが乗る席もありますよ」

「ありがたいわ。明日ここでお待ちしていればいいの？」スザンナはベンチから立ちあがった。

少佐も立った。「明日の朝まであなたをここに置いておくわけにはいかない。ホテルにお連れします」

「いえ、ご心配なく」スザンナは首を振りながら、周囲を見まわした。ベンチに座っている男たち。隅の床に座りこんで酒瓶から直接飲んでいるカウボーイ、水が入ったバケツのそばでぶつぶつ言っている老人もいる。

「慎《つつ》ましいホテルですよ」

どうやらこの少佐は、スザンナをここに置いていく気はないらしい。「できるだけ慎ましいホテルをお願いします」

「シャイアンにはそういうホテルしかありません」少佐は言った。「この近くにあるレストランも同じように慎ましいものですが、そこに寄ってからホテルに行きましょう」

「その必要は――」

「ぼくが空腹なんです。救急馬車の御者もね。ついでで失礼ですが、ご招待します」少佐は優しい目でスザンナを見た。「断っても無駄ですよ」

「わかりました」スザンナは静かに言った。

「けっこう」少佐はコートのボタンをはめ、帽子をかぶった。「ユニオン・パシフィック鉄道の線路沿いにある食堂よりは、ましなはずです」

「実は、一度もカウンターまでたどり着けなくて――」スザンナはつい正直に打ち明け、狼狽《ろうばい》して言葉を切った。

「二日のあいだ一度も?」少佐が驚いて叫んだ。「だったら、ぼくの脚に噛みつきたくなるほどお腹がすいているんじゃないかな」

スザンナは潔く認めた。「ええ、とても。脚に噛みつくほどではないけれど」

少佐はそばにあったこぶりの鞄《かばん》をふたつともつかんだ。「荷物はこれだけ?」

「大きな鞄は汽車の駅にあずけてきたの」

「では、それを引きとりに行きましょう」

少佐は両側にキャンバス布を張った角ばった荷馬車にスザンナを乗せた。スザンナがこれまで乗ったどの馬車ともちがって左右に革張りの座席があり、小さなストーブがなかを暖めていた。「怪我《けが》をした人たちはこれに乗るの?」少佐が向かい側に座るのを待ってスザンナは尋ねた。

少佐はうなずいた。「座席をはずせば担架を四つ並べられます。砦の女性や子どもたちは、どこへ行くにもこれを使うんですよ」

少佐はそれっきり静かになり、スザンナもほとんど知らない相手と会話をしないですむことにほっとした。鉄道の駅に着くと、御車台の一等兵が降りて鞄を受けとりに行き、さきほど少佐が救急馬車の後部にのせたほかのふたつの横に置いた。一等兵が隣の店にテーブルを見つけ、スザンナはまもなく少佐とテーブルについていた。

スザンナはスープとクラッカーを頼んだが、少佐がその注文を取り消し、きちんとしたディナーに変えた。「忘れたんですか、ぼくの招待ですよ」少佐はそう言った。「お客にはちゃんと食べてもらわないと」

お腹がすいているスザンナは、異議を唱える気にはなれなかった。「ありがとう」

「どういたしまして。ぼくが一緒にいるときにあなたが餓死したら、仲間になんと言われるか。医療部隊の仲間に樫葉勲章《オークリーフ・クラスター》をむしりとられて、助手のところまで蹴り飛ばされます」

ジョーはホプキンス夫人をレインジ・ホテルに残して立ち去った。が、そのまえに、両側に家族が泊まっている部屋を取ったことをフロントに確認した。「この街はダンテの描く地獄よりはましだが、はるかにましだとは言えませんからね。用心深く振る舞うのがいちばんだ」

スザンナ・ホプキンスは、馬車の駅のときのような、驚いた顔でジョーを見てきた。あのときはけげんに思ったが、しばらく一緒に過ごしたいまならわかる。スザンナ・ホプキンスは親切にされることに慣れていないのだ。

ジョーは喜んで部屋代も払っていただろうが、夫人はそれを見抜いていたらしい。ジョーがフロントに告げるまもなく、駅馬車に払うつもりだったにちがいないお金を取りだし、カウンターに置いた。

そして少しためらったあと、小声で尋ねた。「少佐、砦まで乗せてもらうのにいくらかお支払いしなくてはならないのかしら？」

「いや、救急馬車はアメリカ合衆国陸軍のおごりです」

「ありがたいわ」夫人はまたしても少し驚いたような顔でフロントに向き直った。おそらく夫人は、ここしばらく幸運に見放されていたのだろう。ほんのちょっとしたツキにさえも。

ジョーは考えこみながらラッセル砦に戻った。女性とは守り慈しむものだと教えられて育ったジョーだが、何度も戦うあいだには、何も語るまいと口をへの字に曲げた、生まれてこのかた、親切にされたことなど一度もなさそうな女性も数多く見てきた。スザンナ・ホプキンスも、そうした女性たちと同じ、用心深い表情をしている。ジョーはその理由が知りたいと思った。

2

翌朝スザンナは、ホテルのロビーで待っていた。朝食は驚くほど安くすんだ。オートミール粥《がゆ》とコーヒーで、たったの十セントだったのだ。

少佐は陽《ひ》が昇るまえに到着した。徹夜で飲んだ昨日とちがって、完全に目を覚ましている。「時間厳守とはありがたい」

少佐がちらっと雄弁なまなざしを向けると、フロント係が急いでスザンナの荷物を救急馬車に運んだ。馬車のなかはすでに暖まり、コートに包《くる》まった将校がふたり、スザンナを見てうなずいた。

そのうちのひとりの隣が空いていたが、誰かがそこに本を置いていた。残っているのは、ストーブのそばの床に固定してある、毛布に覆われた揺り椅子だけだ。

「あなたの席はあそこです」少佐が言った。

「でも……」

「あそこです」少佐は繰り返した。「いいですか、陸軍は女性を大切にするんです」

ほかの男たちがうなずく。「たいへん希少ですからね」ランドルフ少佐と同年代の男が言葉を添える。

スザンナはとても暖かいことに感謝しながら、揺り椅子に腰をおろした。

「紹介しましょう」ランドルフ少佐が言った。「女性が希少であることをよく理解している男は、フェッターマン砦《とりで》のウォルターズ少佐」

ウォルターズ少佐が帽子の縁を傾ける。ランドルフ少佐はもうひとりを示した。「こっちはララミー砦のダンクリン大尉。諸君、こちらはホプキンス夫人だ」

「いいから、早く扉を閉めてくれませんか」ダンクリン大尉が語気鋭く言った。

ランドルフ少佐は黙って扉を閉め、差し錠をかけると、置いてあった本をつかんで腰をおろした。御者がラバに声をかけるのが聞こえた。

スザンナが毛布で体を包んでから、ちらっとランドルフ少佐を見ると、眉をひそめてこちらをじっと見ている。いや、彼が見ているのは毛布だった。この毛布がどうかしたのだろうか？　スザンナはそう思いながら自分でも毛布を見た。

「ホプキンス夫人？」ウォルターズ少佐が声をかけ、小声で付け加えた。「毛布がストーブに近すぎる」

スザンナは毛布を見た。それほど近いわけではないが、とりあえず自分に引き寄せた。

「これでいいかしら？」

「完璧です」

ランドルフ少佐を見ると、ほっとした顔でゆったり座りなおしている。いまのはなんだろう？　馬車のなかの空気が張りつめているのを感じ、スザンナは沈黙を破った。「大尉、あの……」

「ダンクリンです」大尉も安堵《あんど》したように応じる。

「ダンクリン大尉、学校に通っているお子さんはいらっしゃるの？」ちらっとランドルフ少佐に視線をやると、まるでほかの人々には見えないものを見ているかのように、まっすぐ前を見つめ、それからため息をついて体の力を抜いた。

「九歳の息子がいます。いいかげん、学校に行っていい歳《とし》ですよ」

スザンナは驚いて言った。「従妹《いとこ》の手紙には、学校はあると書いてありましたわ」

「ええ。一等兵が教えている学校ならね」

スザンナは大尉の声に軽蔑を聞きとった。

ランドルフ少佐が口をはさんだ。「陸軍は〝下士官の子どもたちは教育を受けねばならない〟と規定しているんだが、将校の子どもたちはそこに行くのも行かないのも自由なんですよ」

「義務ではないと？」

「そう。奇妙に思えるかな？」

「ええ、少し。一等兵からでも学べることはあるはずですもの」

「われわれは、交じらないようにしているんですよ」ダンクリン大尉が言った。「ジョー、あんたにも子どもがいれば、この気持ちはわかるよ」

ランドルフ少佐の顔には〝わかるものか〟と書いてある。スザンナも同じ気持ちだった。誰が教えているにせよ、まったく教わらないよりはましに決まっている。だが、ダンクリンは自分が正しいと確信していた。この大尉はフレデリックによく似ている。

「その一等兵はきっと精いっぱい努力していると思いますわ」スザンナは同じ教育者を弁護した。

「そのとおり。ベネディクト一等兵は現在、年少から年長まで十一人の子どもたちを教えているんですよ」スザンナがこの話題に興味を持ったのに気づいたらしく、ランドルフ少佐が説明した。「今年はぼくが砦の行政委員会の責任者でね。学校の管理も委員会の仕事なんです」

「校舎はあるんですの?」

「いや。授業は砦の売店の共同倉庫のなかで行われています」

「塩漬けの豚肉と乾パンのあいだ、小麦袋の上に立てかけた黒い板を使ってね」ダンクリンが嘲るような笑い声をあげたが、ほかのふたりは笑わなかった。

ランドルフ少佐とウォルターズ少佐が交わした表情からすると、ダンクリンはあまり好かれていないらしい。

またしても重苦しい沈黙が落ちたが、今度はダンクリンがそれを破った。「どちらから来たんです、ホプキンス夫人？　従妹さんはペンシルベニアだと言ってましたが」

「実家はシッペンズバーグですの」スザンナはまた不安になった。ランドルフ少佐がこちらを見る。ほんの一瞬見ただけだったが、何年も恐れおののきながら暮らすあいだに研ぎ澄まされた勘のようなものが、この少佐は自分のことをもっと知っていると告げていた。

「これは奇遇だ。家内は近くのカーライルの出身なんですよ！」ダンクリンが叫んだ。「きっとあなたと知り合いになりたがるな」

ああ、そんな。スザンナは恐怖に駆られた。「あの……社交の場が苦手だったので」

ダンクリンは真剣な表情でうなずいた。「ご主人を戦争で亡くされたと、リース夫人から聞きましたよ。多くの女性が戦争未亡人になりましたからね」

恐怖がふくれあがる。エミリーはどんな話をでっちあげたのだろう？　おおかた、ララミー砦の女性たちのあいだで体面を保つためにしたことだろうが……。

ああ、もしもダンクリンの妻がカーライルにいる家族からあの醜聞を聞いていれば……。

「ホプキンス夫人？」ウォルターズ少佐が心配そうに声をかけてきた。

「この話を持ちだすべきではなかったな」ダンクリンが言った。

「いえ、ただ……」スザンナは言いよどんだ。この人たちに、自分の立場を説明すべきなの？　それとも何も言わないほうがいい？　スザンナはどちらとも決められず、惨めな気持ちで思った。「心配なさらないで、ダンクリン大尉」結局そう言って、心ならずも従妹の嘘に加担していた。「運命だとあきらめていますわ」

ダンクリンはうなずくと、膝に板をのせ、トランプを取りだしてひとりトランプを始めた。

ランドルフ少佐がこちらを見ていた。わたしが嘘をついたことを知っているのだ。エミリーときたら、なんてばかな嘘をついたの。この軍医には、ふたりだけになりしだい説明しなくては。ダンクリン大尉にカーライル出身の奥さんなどいなければよかったのに。

馬車が十時頃に止まったときは、祈りが届いたような気がした。一時間まえから、小用を足すために馬車を止めてほしかったのだが、なんと言えばいいか考えあぐねていたのだ。それに、もしも止まっても、そのあとどうすればいいの？　キャンバス地から外をのぞくと、周囲には体を隠す木立もなければ灌木《かんぼく》の茂みさえ見当たらない。

男たちは黙って救急馬車を降りた。御者台から重みが消えたのは、御者も三人のあとを追ったからだろう。ランドルフ少佐は最後に出ていくまえに、ダンクリンが座っていた座席を持ちあげ、黙ってスザンナにうなずいてみせた。スザンナはあまりの恥ずかしさに言葉もなく立ちあがり、座席に開いている穴とその下の雪が積もっている地面を見下ろして、〝よくできているわ〟とつぶやいた。

誰も近くにいないことを確認しようとフラップの外をのぞくと、男たちはこちらに背を向けて道のはずれに立っていた。彼らが馬車に戻ってきたときには、座席は再びおろされ、スザンナは揺り椅子に戻っていた。

「今夜はロッジポール・クリークの駅止まりです」馬車が動きだすとランドルフ少佐が言った。「ついでだから、小さな患者を診察しておきたいのでね」

彼らは街道沿いの食堂で、脂っぽいシチューと、驚くほど大きくておいしいロールパンの昼食をとった。

「この店はロールパンで有名なんだが、このまずいシチューを頼まないと、パンがついてこないんですよ」ランドルフ少佐が嘆かわしげに言い、それからにっこり笑った。

スザンナは急いで食べ、みんなに断って席を立った。たとえ外の寒気にさらされても、少しのあいだひとりになりたかったのだ。だが、店の外に出たとたん、誰かが後ろから呼びかけてきた。きっとランドルフ少佐だ。あの嘘を糾弾するつもりにちがいない。不安に駆られながら振り向くと、意外にもウォルターズ少佐だった。

「店のなかは暑すぎて」スザンナは小さな声で言った。

「少し歩きましょう」少佐が腕を差しだす。スザンナは仕方なくその腕を取った。

少佐は店から木立へと向かい、凍った小川のそばで足を止めた。

「ここは暖かくなることがあるのかしら？」

「もちろん。それも、いっきにね」ウォルターズは言った。「昨日までは寒かったのに、一夜明けるとすべてがぽたぽた溶けはじめる」

ふたりは小川を見下ろした。氷の下に魚の影が見えるような気がして指さすと、ウォルターズはうなずいた。「あらゆるものが、もっとましな日が来るのを待っているんですよ」

わたしもだわ。そうスザンナは思った。

ウォルターズは急いで戻るつもりはないようだ。スザンナはためらいがちに尋ねた。

「あの、ひとつ訊《き》いてもいいかしら？　なぜランドルフ少佐はあの毛布とストーブのことをあんなに気にしていたの？　それほど近くなかったのに」

「たしかに。だが、ジョーにとって距離はあまり関係ないんです」ウォルターズは食堂に戻りはじめながら言った。「訛《なま》りで気づいたと思うが、ジョーはバージニア州の出身なんですよ」

スザンナはうなずいた。

「戦争が始まるまえから医療部隊にいて、戦争が始まったら南部の連中はみな南部連合に行ったのにそのまま残った。いい医者です。あらゆる意味で」ウォルターズはため息をついた。「だが、残念なことに、愛している女性を救うことはできなかった」

ほかのふたりが食堂を出てこちらを見ていたが、ウォルターズは足を止めた。

「ジョーはワシントンでメリッサ・ローズに出会ったんです。メリッサの父親はオハイオ州の議員でしたからね。ふたりは戦争が終わったあと結婚し、ジョーは合衆国に仕えつづけた」ふたりはまた歩きだした。「事故が起きたのは、連隊がテキサス州のマカヴェット砦へ向かう途中でした。メリッサのスカートがかまどの火をかすめたんです」

「なんてこと」スザンナはつぶやいた。

ウォルターズは声を落とした。「メリッサはほぼ丸一日苦しんだが、ジョーはただ見守ることしかできなかった」彼は悲しそうに微笑《ほほえ》んだ。「だから、女性が火のそばに座ると、あいつは心配になるんです」

スザンナはうなずいた。「再婚なさらなかったの？」

「ええ。あの光景を頭から消すのに十年では足りないのかもしれないな」ウォルターズは首を振った。「戦争の悲しい思い出を掘り起こすべきではありませんでしたね、ホプキンス夫人。謝ります」

従妹の嘘が自分をどんどん深くそのなかに沈めていく。スザンナはうんざりして息を止め、ゆっくり吐きだした。ウォルターズは恥と混乱で何も言えずにいるスザンナの沈黙を、承諾ととったようだった。

ランドルフ少佐が救急馬車のそばに立って、難しい顔でスザンナを見ている。わたしが嘘つきだと知っているからだわ、とスザンナは惨めな気持ちで思った。少佐から目をそらし、食堂に目をやり、シャイアンへと続く雪道を見下ろした。でも、逃げ場はどこにもない。

ジョーは、手にした本を見下ろして午後のほとんどを過ごした。何が書いてあるのか少しも頭に入ってこないせいで、何度も同じページを読み返している。彼が本当にしたいのは、不安そうなホプキンス夫人を安心させることだった。

あの美しい目に浮かんでいるのは、間違いなく恐怖だ。ジョーがほかのふたりより詳しい事情を知っていることに、夫人は感づいているようだ。秘密を口外する気はないと、早く安心させてやらなくてはならない。

彼は崖の上の雲に目をやった。あれは雪が降る前触れだが、いつまでたっても動く気配がない。まるで自分の人生のようだと思いながら再び本に目を戻し、スザンナ・ホプキンスのことを考えつづけた。

美しい人だ。自分よりおそらく五歳ほど若い。いちばん魅力的なのは、眼鏡の奥の大きな褐色の瞳だった。できれば、もっと近くからよく見てみたい。骨の一部が欠けたか折れたように、左目の下がわずかにくぼんでいるのが気になる。

だが、それよりも安心させるのが先だろう。ロッジポール・クリークで救急馬車が止まると、そのチャンスが訪れた。ほかのふたりが馬車を降りるのを待って、ジョーは医療器具が入った鞍袋《くらぶくろ》をつかみ、こう言った。

「ホプキンス夫人。ぼくは、四週間まえ、シャイアンに向かう途中で取りあげた未熟児の様子を見に行くんだが、一緒にどうかな？」

そして夫人に考える時間を与えず扉を閉めた。御者の一等兵がラバに声をかける。スザンナは黙って座っていた。どれほど必死に落ち着きを保っているかを思って、胸が痛んだ。

「すぐそこだよ。ジョナサンは馬車の停車駅を経営している男の息子でね。奥さんのベティはシャイアン族なんだ」

一カ月まえ、馬車の駅で夕食をとっているときに、ジョーが軍医だと気づいた経営者に頼まれたのだった。あわただしいやりとりのあと、医療器具の入った鞍袋をつかみ、ふたりは馬で小屋に駆けつけた。うまく出産できたのは、ジョーの腕がよかったからというより、ベティの忍耐強さのおかげだ。

救急馬車が止まると、ジョーはホプキンス夫人が降りるのに手を貸した。小屋の扉はすでに開いていて、若い父親が満面の笑みで早く来いと手招きしている。なかに入ったジョーは、かまどの扉のそばに置かれたりんご箱のなかですやすや眠る赤ん坊を見てほっとした。ホプキンス夫人も赤ん坊を見るために薪《まき》ストーブに歩み寄った。夫人が人差し指を差しだすと、赤ん坊がそれをつかんだ。

「とても小さかったから、とにかく温めるように言ったんだ」ジョーは説明した。「ずいぶん元気そうだな。名前はなんてつけたんだい、ベティ？」

夫がベティの肩に手を置いた。「あなたが来るのを待ってたんです。あなた、あなたの名前は？」

「ジョセフだ」ジョーは心を動かされ、そう答えた。

「それじゃ、ジョセフにするよ」ジョナサンは言った。「ミドルネームはなんにしよう？

こちらのご親切なレディは、お好きな名前がありますか？」

「トーマスよ」ホプキンス夫人はためらわずにそう言った。

シャイアン族のベティがうなずき、赤ん坊をクッションの上から抱きあげ、ホプキンス夫人に差しだした。夫人は慣れた手つきで赤ん坊を抱き、小さな頭をそっと肩のくぼみにあてた。母親はみな本能的に、この姿勢が赤ん坊にとって楽なのを知っているようだ。

ホプキンス夫人は赤ん坊の暗褐色の髪に頬をすり寄せ、それから、うなずいたジョーに赤ん坊を差しだした。ジョーは小さな体に両手を這《は》わせて全身を確かめ、心音に耳を傾けた。とても安定している。

彼は診察後、両親に向かって励ますようにうなずきながら簡単な指示を口にした。「まだしばらくのあいだは、そうだな、あと一キロ増えるまでは、ストーブの近くで暖かくさせておくように。きみたちはとてもよくやっているよ」

父親が息子をりんご箱に戻した。ジョーはホプキンス夫人を伴い小屋を出ると、救急馬車を見て、さほど離れていない馬車の駅に目をやった。

「一等兵、先に戻ってくれ。ぼくたちは歩くことにする」

ホプキンス夫人が体をこわばらせた。自分にどんな選択肢があるかを考え、結局、従うほかはないとあきらめたのが、ジョーには手に取るようにわかった。

「それほど遠くないから」

ジョーは夫人がついてくることを願いながら歩きはじめた。なぜこれほど夫人のことを心配するのか自分でもよくわからないが、まもなく後ろから足音が聞こえると、ジョーはためていた息を吐きだした。

彼はさりげない口調でこう尋ねた。「ホプキンス夫人、トーマスというのは誰かな?」

「わたしの息子よ」夫人は涙のにじむ声で言った。

3

　スザンナは思いがけない質問に戸惑いながらも、こう思った。たとえラミー砦《とりで》の教師の仕事を五分後に断られるとしても、真実を打ち明けるほうがいい。

「ランドルフ少佐、わたしが離婚したことは従妹《いとこ》から聞いているんでしょう？　わたしにはトミーという息子がいるの。親権は元夫が持っていて……わたしにはどうすることもできなかった。ダンクリン大尉はわたしを……」

「待って」少佐に腕をつかまれ、スザンナは恐怖のあまり身を引きそうになるのを必死にこらえた。「一分だけ、そこの切り株に座らないか」

　少佐は腕をつかんだ手に少し力をこめたが、ふいにその手を放した。スザンナは当惑して立ち尽くした。

「座りたくなければ、無理にとは言わない」

　少佐の声に謝罪を聞きとると、スザンナはいっそう戸惑った。誰かに謝られるのはずいぶん久しぶりだ。謝られるのが好きかどうかすら、もうわからない。

「わたしが戦争未亡人だというダンクリン大尉の思いこみに同意したときの、少佐の表情でわかったわ」スザンナは言葉を続けた。「あれが嘘だということはご存じね。どうか、信じてください。わたしが従妹に嘘をついてくれと頼んだわけではないのよ」

「わかっているとも。あの有害な嘘をエミリーが最初に口にした相手はぼくなんだ。ばかげた嘘をつくのはよくないと止めたのに。責任はきみの従妹にある」

スザンナは切り株に腰をおろした。「エミリーはどうしてあんな嘘をついたのかしら？ わたしがブラッドリー大佐に書いたのは、自分の名前とララミー砦で教えたいということだけだったのに」

切り株が冷たすぎて、スザンナは立ちあがり食堂のほうを見た。早く暖かい場所に戻りたいが、ダンクリン大尉からまたあれこれ訊《き》かれると思うと気が進まない。

「ゆっくり歩けば、凍りつかずにすむと思う」少佐が軽口を叩《たた》いた。「エミリーがなぜ嘘をついたか？」スザンナの問いを繰り返す。「将校の夫人たちからなる社会は、ちょっと特殊でね。砦というのは、お互いのことが筒抜けなうえに、噂話《うわさばなし》が何より好きな俗物ばかりの集まりなんだ。そのうえ、何かあれば根に持つという病的な傾向もある」

「カーライルの教会と同じじね」スザンナはつぶやいた。

少佐は頭をのけぞらせて笑った。「軍の単位は連隊で、これは、できるときはともに旅をするが、だいたいにおいて広い地域に広がらざるをえない。多くの前途有望な経歴を持つ者が、二中隊程度の駐屯する砦で、十分能力を発揮できぬうちに退官になることが多いんだ。ぼく自身もそのなかに含まれるかもしれないが、まあ、ぼくは自分の仕事が好きだからね」

いつのまにそうなったのかわからぬうちに、スザンナは少佐の腕を取っていた。

「最後の戦いでは、医療部隊から一時的に出向する形で、州の連隊高級医官として従軍した」少佐は説明した。「いまは、医療部隊がぼくをプラット方面軍に貸しだしている、という形だ。ララミー砦には第二騎兵隊のうち三中隊が駐屯している。それと第九歩兵師団の中隊がいくつか」

「あなたはそのすべてのお医者さまなの？」

「そうだよ。医官の数は場所によって異なる。同じく医官であるハートサフ大尉がフェッターマン砦で派遣任務にあたっている。民間の契約医もひとりいて、ぼくがララミー砦に戻りしだい休暇をとりたいと願っているらしいが、これはよほどのツキがなければ無理だろうな。契約医はミミズよりも地位が低いから」

スザンナはつい口元をほころばせていた。

「ぼくは砦にいる全員の面倒をみる。駐屯地の者や御者はもちろん、最寄りの売春宿で働く女性たちや、白人の医療を試してみる勇気のあるインディアンまで」

少佐がスザンナの顔をのぞきこんだ。そこには親切心しか見えない。

「だが、話がそれたな。みすぼらしくて古いララミー砦には、立身出世を狙う野心家や、陰口や告げ口に勤《いそ》しむ連中があふれている。互いの徳や欠点を知り尽くしているどうしが狭い場所に集まると、どうしてもそうなりがちなんだ」

スザンナはついため息をついていた。

「ああ、怖《お》じ気《け》づくだろうね。何しろ詮索好きで、口やかましい連中だから」少佐はまたちらっとスザンナを見た。「いずれにしろ、きちんと自分の仕事をしていれば、ダンクリン大尉のこともこれ以上気にせずにすむはずだよ」

「目立たないように振る舞うのはお手の物よ」スザンナは少佐に請けあった。「でも、あの大尉は心配だわ」

「ダンクリンは厄介な男だ。ぼくが話しかけるから、そのあいだに部屋に逃げこむといい。部屋といっても、おそらく壁の代わりに毛布が下がっているだけだと思うが。ひとつ警告しておくよ、ぼくらはみんないびきをかく」

ランドルフ少佐は約束どおりダンクリン大尉を会話に引きこみ、注意をそらしてくれた。スザンナは急いでキッチンからシチューをもらってくると、それを持って、毛布で区切られた自分の寝場所に引っこんだ。

そこは凍るように寒かった。小さな窓は氷で不透明になり、丸太の梁《はり》も霜に縁取られている。スザンナはベッドに座り、肩をすぼめて、どんどん冷めていくシチューをスプーンで口に運んだ。

服を脱ごうか少し迷ったが、靴とワンピース以外はそのまま身に着けておくことにして、体を丸め、膝を抱えた。ストーブのぬくもりが恋しい。

毛布の壁の隙間から向こう側の様子を見ると、本を読んでいるランドルフ少佐の横顔が見えた。ときどき顔を上げて、ほかのふたりの会話に口をはさんでいる。読書しながらすてきな口ひげの先を引っ張っている。こうして見るかぎり、少佐は厳《いか》めしい軍人にはとても見えなかった。戦争よりも穏やかな暮らしが似合う、話のわかりそうな人物に見える。

毛布のカーテンのこちら側では、ベッドすら階級に準じて割り振られた。ふたりの少佐はひとつのベッド、ダンクリン大尉は簡易寝台、交代で救急馬車を走らせるふたりの一等兵は、料理用ストーブの前の床に毛布を敷いてそれに包《くる》まっている。ジョーには、そこがいちばん暖かい場所に見えた。ひとりで眠るダンクリンが寒い思いをするといいが。

かたわらのジョン・ウォルターズは、すぐに寝息をたてはじめた。ジョーは目を閉じ、眠りが訪れるまえにいつもすることをした。まだ駆け出しの医官だった一八六二年のサウス山から始めて、これまで手がけた最も難しいケースを頭のなかで拾いだしていくのだ。疲れているときは、サウス山からさほど進まぬうちに眠りが訪れる。あの戦いには最悪のケースがごろごろしていたから。

最悪のケースとは、自分の判断を疑い、いまでもうなされるケースのことだ。それを飽きもせずに振り返るのは自分だけか？ 何年もそう思っていたが、去年、アル・ハートサフに南北戦争で扱ったケースを再考したことがあるかと尋ねると、アルはうなずき、少し多めに酒をあおったあとこう答えた。〝いつも思い出して、ほかに方法はなかったかと考えているよ、ジョー〟

ひどいときには、戦争そのものについて再考するはめになる。さらに悪くすると、風のある朝、焚火《たきび》のそばでスカートに火が移り、またたくまに炎に包まれた妻の苦しみを追体験する。だが、どれほど再考しても、結果を変えることはできない。妻の悲鳴が何年も頭のなかにこだましていたものだ。

どうやら今夜は、スザンナ・ホプキンスのおかげでそこまで行かずにすんだらしい。男たちがいびきをかきはじめると、もう大丈夫だと思ったらしく彼女が泣きはじめたからだ。

毛布のカーテンは、ジョーが横たわっているベッドのすぐ近くにあった。その向こうから、まず涙を呑《の》みこもうとする音が聞こえ、それからくぐもった泣き声が聞こえてきた。ジョーが知るかぎり、スザンナ・ホプキンスは夫と離婚し、息子と引き離されて、人生をやりなおそうとしている女性だった。夫人の苦しみをどうすれば軽くしてやれる？

医学的には、毛布を跳ねのけて分厚いコートを手に、足音をしのばせ、毛布の仕切りの端から彼女のそばに行く理由などまったくなかったが、ジョーはそうした。

「寒すぎて眠れないんだね？」小声で言いながらコートをかけてやる。不安のせいか寒さのせいかはわからないが、ホプキンス夫人は硬く体を丸めていた。

「眠りなさい。たいていの物事は、やがてうまくおさまるものだよ」

そして足音をしのばせてベッドに戻り、再び横になった。ウォルターズの体がすぐ横にあるおかげで、ジョー自身は寒くない。目を閉じて、聞き耳を立てていると、すぐに毛布の向こうから小さなため息が聞こえた。きっと暖かくなってきたのだろう。メリッサも体を寄せてきては、満足そうにああいうため息をついたものだ。

メリッサの思い出に慰められ、珍しいことにジョーも眠くなってきた。きみが恋しいよ、ムリス――ジョーはそう思いながら眠りに引きこまれた。


それから二日後、彼らはララミーに到着した。ウォルターズ少佐のぎょっとしたような表情を無視して、この二日間、ダンクリン大尉がスザンナ・ホプキンスのほうを見て何か言おうとするたびにそれをさえぎっていたジョーは、心からほっとした。

ウォルターズ少佐がこの振る舞いに混乱しているのはわかっていた。実際、休憩時に並んで立ち、雪を湯気の立つ黄色に染めながら、はっきりそう言われた。

「ジョー、ぼくもおしゃべりは好きだが、よりによってその相手がダンクリンか？」

本当の理由を勘ぐられるのがいやで、ジョーは小用をすませてズボンの前ボタンをはめると、用心深く答えた。「ダンクリンはお節介焼きだからな」

「ああ、第九歩兵師団の全員が知っているとも」ウォルターズは面白そうに答えた。

「ホプキンス夫人は、亡くなったご主人のことをあれこれ訊かれたくないと思うんだ」ジョーは内心たじろぎながら、エミリー・リースが愚かにもついた嘘を口にした。

「なんだ、そういうことか。きみは勲章をもらうに値するぞ、ジョー」ウォルターズはからかった。

スザンナ・ホプキンスはジョーの努力と、その理由をすばやく理解した。彼女はまだ不安になるほどストーブに近いが、本を広げてそこから顔を上げず、ダンクリンに話しかける隙を与えなかった。

救急馬車がフェッターマン砦との別れ道に達し、ウォルターズ少佐の護衛――少しでも寒さを防ぐために、歩きまわりつつ待っている――のそばで止まるころには、ジョーはひどい頭痛に悩まされていた。

ホプキンス夫人の手を取って馬車から降りるのを助け、ジョーは夫人とともに護衛のところに向かった。ウォルターズ少佐が別れ際にホプキンス夫人の手を取ると、夫人はかすかに躊躇《ちゅうちょ》し、注意深く息を吸いこんだ。やはりホプキンス夫人は男を怖がっているのだ。そんな状態で男の世界で生きるのは、どれほど難しいことか。夫人が用心深くなるのも無理はない。

「ホプキンス夫人、お会いできてたいへん光栄でした」ウォルターズが言った。

それからジョーに向かってこう言った。「春の遠征には、きみも加わることになると思うか？　こうしているあいだも、おそらくワシントンではその計画が話しあわれているぞ」

「その可能性はまずないな」ジョーはそう答えながらも、顔が赤くなるのを感じた。「プラット方面軍の司令官が誰か考えれば、わかるはずだぞ。クルックはぼくには用がない」

「いつか、気が変わるかもしれない」

「ありえないな」ウォルターズのことは好きだが、ジョーはこの会話を続けたくなかった。

ウォルターズは待っていた馬にまたがり、護衛の兵士たちとともに北西に走り去った。

ホプキンス夫人はジョー同様、救急馬車に急いで戻りたいとは思っていないようだ。いまのウォルターズの言葉の意味を訊いてくるだろうか？

だが、夫人はこう尋ねてジョーを驚かせた。「頭が痛いの？」

「実はそうなんだ」夫人の観察力に感心しながら答えた。

「あんなに必死にダンクリン大尉の気をそらそうとしてくださったせいね。お医者さまの誓いのなかには入っていないでしょうに」

もっと大きな問題を抱えているのに、自分のことまで気を配ってくれる優しさが嬉《うれ》しくて、ジョーは軽口を叩いた。

「ヒポクラテスは入れたと思うな。翻訳したときに、抜け落ちてしまったんだろう」

嬉しいことに、夫人はこのつまらない冗談に微笑《ほほえ》んだ。「午後は眠ったふりをしようかしら。いくらダンクリン大尉でもまさか起こそうとはしないでしょうから、少佐の頭痛も和らぐのではないかしら？」

夫人はこの言葉どおり、ララミー砦に向かってがたがた揺れながら走る馬車のなかで、とても上手に寝ているふりをした。あれが本当に寝たふりだったら、どうすれば本物に見えるか正確に知っているにちがいない。

ジョーはふいに亡き妻のことを思い出した。メリッサは寝ているふりをしたことがなかったし、そうしたくなるような理由を自分が与えたこともなかった。メリッサは、テキサスに向けたあの宿命的な遠征のときも、テントのなかでいつも夫が戻るのを待っていた。妻として夫の要求に応えるのをいやがったこともない。いつもジョーを待ち、テントのなかで愛しあいながら、自分がどれほど静かに燃えられるかを彼に示したものだった。これまでは悲しみしかもたらさなかったその思い出に、ジョーは初めて微笑んでいた。

彼らはこの旅の最後の夜を、ジェームズ・ハントンの牧場で過ごした。そこは旅人が泊まる部屋のある、道中のどの宿よりも使い勝手のよい場所だった。ジョーは、ララミー砦と緊密な関係にある社交的な男ハントンに、喜んでダンクリン大尉の相手を託した。そして夕食がすむと、ハントンもダンクリンも気づかぬうちにホプキンス夫人とふたり、静かに食堂をあとにした。

「頭痛はおさまった？」夫人のほうから話しかけてきた。こちらを信頼しはじめているしるしだといいが。ささいなことだが、ジョー・ランドルフは細やかな神経の持ち主なのだ。

「おさまったよ。ありがとう」

ちらっと目をやると、夫人は微笑んでいる。男がこういう女性に暴力を振るう理由が、ジョーには理解できなかった。もちろん、これはたんなる推量にすぎない。夫人は夫に暴力を振るわれていたとはひと言も口にしていないし、仄《ほの》めかしてすらいなかった。また、これは率直に尋ねられる問題でもない。だが、目の下を骨折する理由などほかに考えられるか？　もう一度さりげなく目をやると、夫人は何事か言いたそうにしていた。

「何か？」

「ウォルターズ少佐の言った、春の遠征というのは？」

ふたりは牧場の庭のはずれに達していた。ホプキンス夫人が踵《きびす》を返すと、ジョーはまた腕を差しだし、今度は夫人もそれを取った。

「協定を結ぶとはどういうことか、ざっと説明してあげよう。退屈な講義だから、気を失いそうになったら教えてくれたまえ」わざともったいぶった口調でそう前置きする。

夫人は笑いながら答えた。「まさか、それくらいで気を失ったりしないわ」

「一八六八年の協定で、スー族とシャイアン族はミズーリ川のほとりに居留地を与えられ、それと一緒に、バッファローを追って移動できる西部の一帯も与えられた」

「ええ、公平な取り決めね」

「協定というのは、公平に聞こえるものなんだよ」ジョーは言った。「だが、その一帯には一度も測量されたことのない土地も含まれていた。ブラック・ヒルズだ。これはスー族の聖地でもあるんだが、困ったことに誰かがそこで金を見つけた」

「まあ」夫人はつぶやいた。「そうなると、金鉱掘りの垂涎《すいぜん》の的だわ。インディアンたちは機嫌をそこねるでしょうね」

「そのとおり。グラント大統領は、その土地を政府が買いあげると申しでたんだが、見よ《ロー》、インディアンは聞く耳を持たなかった」

ホプキンス夫人が足を止めた。「その表現は聞いたことがあるわ！　見よ《ロー》！　哀れなインディアン、教育のない彼らは雲のなかに神を見て、風のなかに神の声を聞く」夫人はにっこり笑った。「アレキサンダー・ポープね。おそらくインディアンを見たことなど一度もなかったでしょうに。詩人は自分が知っていることを書くべきじゃないかしら？」

「そうあるべきだが、現実はちがうな。ぼくらはインディアンを〝ロー〟と呼ぶんだよ」

ジョーは言葉を切った。こんなに長く外にいたら夫人の足が冷えきってしまう。だが、さきほどの部屋に戻って、この会話を続けるのも気が進まなかった。ダンクリン大尉が口をはさんでくるのは目に見えている。「要するに政府は、未譲渡の地域をうろついているローと彼らの夫人と子どもたち、ぼくらが北部の放浪者と呼ぶ連中を、居留地に追いこみたいんだ。それから彼らに約束してた土地とブラック・ヒルズを足して、ひとつの大きな〝売り地〟にしたいのさ」

「ローが承諾しなければ？」

「一月の終わりまでは待つことになっている。だが、この寒さのなかを村ごと移動するのは、とてつもなく難しいからね。バッファローを追って移動していたインディアンたちのほとんどが、まだ居留地に戻っていない」ジョーはため息をついた。「それこそが陸軍総司令官であるシャーマンの狙いなんだ。二月には、北部の放浪者たちをまとめるための作戦が始まり、今年の夏は軍隊が出動するだろう。シャーマンは戦いを望んでいるんだ」

「でも……わたしは学校で教えたいだけよ。自分のことしか考えていないようだけど、それが真実」

「決して大それた望みじゃない」

「ええ、わたしは多くを望まないの」夫人は静かに言った。

「もっと多くを望むべきかもしれないぞ」自分でも思いがけない言葉が口をついて出た。

ホプキンス夫人が黙って首を振り、牧場の母屋へと歩きだした。ジョーはふと足を止めた。もう一日ダンクリン大尉と話さなければならないことを考えると気が滅《め》入《い》る。

その思いを読んだにちがいない、ホプキンス夫人が言った。「ダンクリン大尉を見ていると、昔わたしが教えていた学校の同僚を思い出すわ。独善的で心気症気味のその同僚を黙らせたいときは、心配そうな顔でじっと見つめて、お医者さまに診てもらったら、と勧めたものよ。何が心配かは、そのときどきで思いついたことを言って」

「だが、ぼくが診ることになるんだぞ！」ジョーは半分笑いながら言った。「診察して、なんと言うんだ？」

「喉を休めたほうがいいとか？　ほら、相手の注意を引きたいときに、大尉はわざとらしいかすれ声を出すでしょう？　そのかすれ声が心配だから、とか。お医者さまなら、いい考えが浮かぶはずよ。もちろん、実際に彼に言うときは、もっともらしい説明をつけないとね。でも、わたしの言いたいことはわかるでしょう？」

「まあね。これでぼくらは共犯者だな」

すると夫人がにっこり笑い、暗褐色の大きな瞳をきらめかせた。ふたりの危なっかしい作戦がうまくいかなくても、自分はこの笑顔に癒やされるにちがいない。少なくともこの瞬間ホプキンス夫人は、何年も背負ってきた重荷を忘れていた。

こんな笑みが見られるなら、共犯者になるのも悪くない。

スザンナはいつものようにあまりよく眠れず、恐怖に駆られて目を覚まし、今日もどれほど用心深く過ごさねばならないかを考えた。それから理性が戻り、もうフレデリック・ホプキンスからは遠く離れていることを思い出した。

トーマスのことを考えながら、朝の支度をしはじめた。家政婦があまり大騒ぎせずに支度をさせて、学校に送りだしてくれますように。トミーは自分に注意を引かないやり方がうまくなったから、まず父親を怒らせることはない。子どもにとって理想的な生活環境とは言えないけれど……。

「トミー、あなたに会いたいわ」スザンナはささやいた。

キッチンに入ると、ランドルフ少佐がよほどうまくやったとみえて、キッチンは十分暖かいのに、ダンクリン大尉はコートを着ていた。少佐が巻いたのだろう、首に包帯をしている。樟脳《しょうのう》のにおいもした。

スザンナはランドルフ少佐と目を合わせる勇気がなかった。恐ろしいからではなく、目が合ったら吹きだしてしまいそうだから。

少佐が難しい顔で、近くに来るようスザンナに向かって片手を振った。

「心配はいらない。ダンクリン大尉の病気はうつるものではないよ」

「大尉はどうなさったの？」スザンナは調子を合わせた。

「咳払《せきばら》いするときに声がかすれるのが心配だ、と大尉に言ったんだ」少佐はダンクリン大尉の肩に手を触れた。「念のため、喉に包帯を巻いておいた」

「少佐、ぼくは……」ダンクリン大尉が口を開いたが、少佐は首を振った。

「無理に話す必要はない。少しでも助けになればさいわいだ。砦に戻ったら、食事療法の指導をしよう。たぶん、それで問題は解決する。さっき咳止めシロップをたっぷり飲んでもらったから」少佐はため息をついた。「今日はうとうとするだろうが、少なくとも、眠っていれば声帯を酷使せずにすむ」

「大尉、ストーブのそばに座るといいわ。そのほうが暖かいもの」

ダンクリン大尉が目顔で感謝するのを見て、スザンナはほんの一瞬だけかすかな罪の意識を感じた。

「ありがとう」大尉はささやいた。

「それくらいにしておきなさい、大尉」少佐がたしなめる。「朝食は粥《かゆ》だけのほうが無難だな。食べるのを手伝おうか？」

「なんだか力が入らなくて」大尉はささやいた。

スザンナは背を向けてシャンデリアを見つめ、こみあげてきた笑いがおさまるのを待ち、こう申しでた。「わたしにお手伝いさせてください」

少佐が目を合わせようとしないのは、やはり笑いをこらえているからだろう。スザンナは独善的な性格以外は何も悪いところのない患者に、スプーンで粥を食べさせる仕事を引き受け、ダンクリンが感謝をこめて何か言おうとするたびに、首を振って自分の唇に指をあてた。

救急馬車のスザンナの席に余分の毛布を巻きつけて座ると、ダンクリンはすぐさま居眠りを始めた。咳止めシロップが効いてきたらしい。スザンナはランドルフ少佐の隣、元ダンクリンの席に座り、馬車が動きだすと尋ねた。

「砦に戻ったら、どんな治療をするの？」まだ共犯者と目を合わせる勇気は出ない。

「五日間はベッドから出ず、カロリーの低い食事をとるよう忠告するつもりだ」少佐はささやいた。「日頃ダンクリンに辟易《へきえき》している中尉がさぞ喜ぶことだろうな。態度に表すかどうかはともかく」

ふたりは静かに旅を続けた。午後の影が長くなりはじめたころ馬車が止まると、ランドルフ少佐が扉を開けて顔を突きだしてから、大きく開いた。「ごらん、橋がほとんどできあがっている」

スザンナは外に目をやった。少佐は馬車を降りて、大工のようなエプロンをつけた軍曹と話している。刺すような冷たい空気にスザンナは扉を閉めたが、すぐに少佐がまた開け、降りるように促した。ダンクリン大尉は何かつぶやいたものの、目を覚まさない。

「ぼくらは歩こう。御者がダンクリン大尉を乗せて橋を渡ってくれる」

スザンナは数枚の板の下にある凍った川を疑わしげに見下ろした。

「シカゴとサンフランシスコのあいだにある唯一の鉄橋だよ。プラットを横切る唯一の橋でもあって、これを渡ればシャイアンからまっすぐブラック・ヒルズへ行ける。バッファローとインディアンよさようなら、金鉱掘りよこんにちは、だな」

スザンナは手袋をした少佐の手を取り、川を渡った。無事に反対側の岸に着くと、軍曹が御者に渡ってこいと手を振り、御者が救急馬車とともに橋を渡った。

「当然ながら、渡し船から落ちて溺れる者もいなくなる」少佐は言った。「溺死者は大嫌いでね。さあ、馬車に乗って。次の停車駅は終点のララミー砦ときみの従妹だ」

「もっと川を見たかったわ」ゆっくり進む救急馬車のなかでスザンナは口を尖《とが》らせた。

「あの川が凍っているのは簡単な原理だ」少佐が言った。「きみがそっちの糸を引き、ぼくがこっちの糸を引く。そうすると、ここで凍りつくのさ。だが、そろそろ大尉を起こさないとね」

「砦には、店や倉庫の裏から近づくことになる」しばらくして少佐はそう言うと、丘を指さした。「あの向こうにぼくの病院がある。まだ立っているといいが。契約医にあとを任せて留守にしたときは、それがいちばん心配でね」

馬車が丘の頂を越えると、眼下に広がるララミー砦が見えた。真昼のぎらつく陽射《ひざ》しより午後の光のほうが優しいはずなのに、木材と日干し煉瓦《れんが》でできたみすぼらしい建物の、雑多なかたまりにしか見えない。

「どうして全部赤に塗ってあるの？」

「おそらく初期の司令官が、古くてみすぼらしく見える、とワシントンに送るメモにでも書いたんだろう。ある日、〝需品係将校の赤〟と呼ばれる色のペンキが大量に送られてきたんだ。その理由は神のみぞ知るさ。それと一緒に、大量の干し葡萄《ぶどう》も届いた。さあ、合衆国陸軍にようこそ」

4

「本当にみすぼらしいのね。これが砦《とりで》？」

ランドルフ少佐がスザンナの指摘に笑った声で、ダンクリン大尉が目を覚ました。

「ここは砦のなかでも古いからな。しかも、こういう場所に造られた砦は、永久的なものではなく一時的なものだ。ローが居留地に住むようになれば、開拓地の境界線も変わる。この古い砦も姿を消すだろう」少佐は何列も並んでいる家々を示した。「まずダンクリン大尉を家まで送ろうか」

救急馬車が速度を落とし、日干し煉瓦《れんが》の二戸建て住宅の前で止まった。降りるのを少佐が手伝うと、ダンクリン大尉はかすれた声で礼を言った。

興味深いことに、将校の家の扉があちこち開く。この並びでいちばん大きな建物、その向こうにあるポーチに立っているのは従妹《いとこ》だろうか？　スザンナはほとんど見えないほうの目を細めた。

少佐が首を振りながら戻ってきた。「どうも、ダンクリン大尉は自分が死にかけていると思っているようだな。夫人が泣いていたよ。あの男が架空の病にあれほど影響を受けるとは思わなかった」

救急馬車は家並みを進み、いちばん大きな建物を通りすぎていく。

「あれはオールド・ベドラムだ。築三十年になる」

「オールド・ベドラム？」

「本部や、将校のアパートとして使われてきた建物だ。しかし、いちばんの役割は独身の将校たちのアパートだ。それが名前の由来さ」（ベドラムはロンドンにある精神科病院）

エレガントなポーチとバルコニーのある建物は、ふつうに白く塗られていたらまるで印象がちがうだろうに。東部から来たスザンナの目には、オールド・ベドラムは優美で、たとえ赤く塗られていてもこの砦には場違いに見えた。「少佐もあそこに？」

「いや、階級には特権もつきものでね。ぼくはきみの従妹殿の二軒先にある、少佐に相応《ふさわ》しい六室ある一戸建てに住んでいる。三人家族のリース家より二室も多いんだ。そんなに広い家を独り者のぼくが使うのは、とうてい公平とは言えないんだが、ひと部屋は女性と子どもたち用の診察室にあてている。ほら、エミリー・リースがいるよ」

彼はスザンナが馬車から降りるのを手伝った。リース家は二戸建ての片方だった。スザンナは少佐の横に立ち、通りから半階分近く高いポーチにいる従妹を見上げた。エミリーに会うのは、六年まえの彼女の結婚式以来だ。

一族の特徴である金色の髪をしたエミリー・リースは、スザンナの記憶どおりに美しかった。スザンナはどうすればいいかわからず、従妹がポーチをおりてくるのを、不安に襲われながらその場で待った。

スザンナの気まずさを察したらしく、ランドルフ少佐が肘をつかみ、ポーチへと近づいた。と、二戸建てのもう半分のほうの扉が開き、エミリーよりも温かい笑みを浮かべた赤毛の女性がポーチに出てきた。スザンナが微笑《ほほえ》み返すと、小さく手を振って家のなかに引っこみ、静かに扉を閉めた。歓迎してくれる人もいるようだが、それが従妹でないのは残念だ。

「リース夫人、きみの従姉《いとこ》だよ」少佐が言った。「なかに入ってもらったらどうかな?」

少佐の穏やかな口調に、エミリーはポーチに立ち尽くしているのはまずいと気づいたようだった。前に進みでようとはしなかったが、少佐に連れられたスザンナがポーチへ上がり片手を差しだすと、その手を取った。

「会えて嬉《うれ》しいわ」エミリーは小声でつぶやいた。

それが本心だったらよかったのに。スザンナはそう思いながら挨拶を返した。「わたしもよ、エミリー」研ぎ澄まされた神経が訴えてくる恐れを振り払おうとして、スザンナは言った。「あなたがくれたチャンスに感謝しているわ」

「エミリー、いつまでもここに立っていたらひどい風邪をひくぞ」少佐がそう言ってたしなめた。ランドルフ少佐が気を利かせて扉を開けなければ、エミリーはいったいいつまでポーチで立ち話をするつもりだったのだろう？

家のなかに入ると、ようやく女主人ぶりを発揮し、スザンナの荷物を二階へ運ぶよう救急馬車の御者に告げた。

少佐はスザンナの手を取った。「ぼくはこれで失礼するよ」

そしてスザンナは従妹と残された。深く息を吸って、始めるのよ。スザンナは自分に言い聞かせ、笑みを浮かべた。

「会えて嬉しいわ。できれば……」わたしの目を見てほしい。スザンナは警戒心をかきたてられながら思った。しょっぱながこれでは先が思いやられる。「ずいぶん久しぶりね」

「六年ぶりよ」エミリーはスザンナが脱いだコートを受けとろうともしない。

スザンナは当惑して咳払《せきばら》いした。「エミリー、これはどこへかければいいかしら？」

エミリーは階段下にある細いドアを開けた。「モップの隣に。玄関にもっとかける場所がなくてごめんなさい。でも、大尉のコートと帽子は場所をとるの」

スザンナは、夫ダニエル・リースをエミリーが〝大尉〟と呼んだことに興味を覚えながら、うなずいた。これは意地悪なの？　格下の親戚を掃除道具入れに追いやる、みたいな？　まさかね。

エミリーがまだ突っ立っているだけなので、スザンナは探りを入れた。「一等兵にわたしの荷物をどこに運ぶように言ったの？」

「二階よ。あなたが滞在する部屋に案内するわ」エミリーも作り笑いを浮かべた。「どうぞ、たいした部屋じゃないけれど」

そのとおりだった。短い廊下のはずれを軍の毛布で仕切っただけの場所だ。少なくとも、泊まれる場所があるだけまし——スザンナは従妹と小さな踊り場に立ち、自分にそう言い聞かせた。手前の、開いているドアのなかをのぞくと、小さな又従弟《またいとこ》、スタンリーがドアに背を向け、積み木を積んでいるのが見えた。

ちらっとエミリーを見ると、息子を愛情たっぷりの目で見ている。感情をなくしたわけではないとわかってほっとした。

「スタンリーは五歳になるの」エミリーはささやいた。

「仲良くやっていけると思うわ」スザンナは五歳だったころのトミーを思い出しながら言った。口を開けば、これは何、なぜ、どうして、と訊《き》いたものだ。家のなかで自分の存在を主張しはじめたのもそのころだ。

次の積み木をのせたとたん、揺らいでいた塔が崩れ、スタンリーは両手で頭を抱え、怒って叫んだ。「なんだよ、くそ！」

エミリーが息を呑《の》み、ドアを閉じた。「ここは子どもをちゃんと育てるには、どこより難しい場所なのよ！」

「ええ、何も考えずに、汚い言葉を口にする兵士はずいぶん多いでしょうね」スザンナはこみあげてくる笑いを必死でこらえた。「子育てはたいへんな試練にちがいないわ」

「まわりの兵士のせいじゃないの」エミリーは義憤もあらわに言い返した。「隣に住んでいる、ろくでなしのアイルランド人よ！」それからほんの少し声を落として続けた。「壁越しに聞こえる言葉を耳にしたら、あなただってぞっとするわ」

スザンナは従妹を見つめた。「将校の宿舎なのに？」

「沼育ちのアイルランド人を軍曹から騎兵隊の大尉に昇進させるから、こういうことになるのよ。このまえの戦争で名誉勲章を授与されたからって、それが何よ。まったく、最悪な人たち！」

考えることの苦手なエミリーが立て板に水を流すようにまくしたてたところをみると、これは長いことエミリーの頭を占領してきた話題にちがいない。

「いろいろ学ぶことがありそう」スザンナはつぶやいた。壁の向こう側の住人が耳の遠い人たちだといいが。さきほど歓迎するように手を振ってくれた美しい赤毛の女性のことを思い出し、従妹の意見を鵜呑《うの》みにしないことにした。

エミリーがたわんだ棒から下がっている軍支給の毛布を引くと、軍の簡易寝台と、明らかに所持品が少ししかない人間用の鏡つきの箪笥《たんす》が見えた。スザンナはまさしくそれに該当する。

「居心地は悪くないと思うわ。大尉の中隊の一等兵に頼んで、ドレスをかけられるように釘《くぎ》を打ってもらったし」

「ありがとう。きっと快適ね。ランドルフ少佐は、大尉の家族には四部屋ある家が割り当てられている、と言っていたわ」

エミリーがまたしてもため息をつくのを見て、この話題も歓迎されないことにすぐに気づいた。「いつも思うんだけど、男やもめに六室もある一戸建てを割り当てるなんて、ずいぶん無意識よね！」

無意識《アンコンシャス》ではなく、不合理《アンコンシオナブル》でしょうに。スザンナは自分が一年あまり過ごしたエミリーの実家の狭い一室と、まだそこにあるエミリーの部屋を思い浮かべた。「軍隊というのは、そういうところなんでしょうね。よかったら、失礼して荷ほどきを……」

だが、エミリーはまだこの話題を手放すつもりがないようだった。「ここには、五室ある家に住んでいる大尉たちもいるのよ」

「どうしてダンはちがうの？」

「わたしたち、同じように子どもがいない大尉夫妻とここに来たの。でも、わたしたちにはこの家が割り当てられた」エミリーは顔をしかめた。「その大尉は、ダンと同じクラスで卒業したのに！」

「それなら、なぜあなたたちのほうに小さな家を？」

「ダンのほうが彼よりも成績が悪かったからよ。そんなの不公平じゃない?」

自分と同じおばかさんと結婚したせいね。スザンナはちょっぴり意地悪くそう思った。

「もしもこの砦に、その人よりも階級が上で、あなたのご主人よりも……上の人が来たらどうなるの?」

「みんなでこの通り沿いの家を大移動するのよ。そのあいだも、ランドルフ少佐はゆうゆうと六室もある家を独り占めしてる」エミリーは鼻を鳴らした。「大尉と結婚したときには、そんなことちっとも知らなかったわ」

たしかにエミリーの頭にあったのは、もっぱら軍服を着た彼がどんなにすてきかだけだった。そういえば、六年まえの結婚式では、トミーが指輪を運んだのだ。フレデリックが毎晩お酒を飲みはじめるまえのこと……。

「結婚するまでわからないことは、たくさんあるわ」

「そのほうがいいのかもしれないわね」従妹はそう言って、また大きなため息をついた。

いいえ、よくないわ。スザンナはもう少しで言い返しそうになった。もしも、結婚するまえにわかっていたら……。

メリッサが炎に包まれて死んでから十年たったが、ジョーはいまでも玄関の扉を開けると、妻がそこにいるのではというかすかな望みを抱かずにはいられなかった。コートを受けとり、頬にキスして、今日はどんな日だった、と尋ねてくれる……。医学を学んだ科学者のジョーは、それが愚かな望みであることを知っている。だが、それでも、かすかな望みが消えることはなかった。

今回は、軍法会議に列席する任務で一カ月近くも留守にしたからよけいそう思うのかもしれないが、その留守が三週間だろうが、二カ月だろうが、あるいはたった二日だろうが、女性のいない家には捨てられたようなわびしさが漂っている。ジョーはまだメリッサの薔《ば》薇《ら》色の肌が恋しかった。

「ぼくは忙しさが足りないようだな、ムリス」亡き妻の写真に向かって話しかける。荷ほどきから顔を上げると、妻はそこにいた。サン・アントニオで写真家にあれだけ長いことこのポーズをとらされたにしては温かい笑みを浮かべて、彼を見ている。

あのテキサスへの遠征では、毎晩、腕枕をしてやりながら、ふたりで将来の計画をささやきあったものだった。事故が起こる前の晩は、メリッサのお腹にいる赤ん坊が生まれてからの計画をいろいろ立てた。医者であるジョーは、どちらかというと無口なメリッサから妊娠のことを告げられるまえに、さまざまな兆しや症状からそれに気づいていた。〝そうじゃないかと思っていたんだ。これでも医学部を最優秀の成績で卒業したんだから〟そう言ってメリッサにぶたれたのを思い出すと、口元に笑みが浮かんだ。

それからメリッサは彼にキスして、せっかくの攻撃を台無しにした。妻が体を寄せてきたときには、護国卿《ごこくきょう》になったような気がしたものだ。それなのに、翌朝メリッサが焚火《たきび》の近くで炎に包まれたときには、守ってやることができなかった。

すでに四年も戦争を経験していたが、あのときの恐怖にはなんの心構えもできていなかった。しかも近くには水の入ったバケツすらなかった。焼けて目が見えなくなり、原形を留《とど》めぬほど腫れあがったメリッサ・ランドルフは、何時間も苦しみつづけた。夜になると、ジョーはついに歯をくいしばり、致死量のモルヒネを注射した。近くで立っていた助手は、それを誰にももらさなかった。

そのメリッサが永遠に二十四歳のまま、額のなかから微笑みかけてくる。ジョーは長いこと美しい妻を見つめていた。「ムリス、きみはぼくにどうしてほしい？　ぼくは三十八になったが、まだひとりだ」メリッサがはめてくれてから、一度もはずしたことのない薬指の指輪を見下ろす。

そして、それをはずした。メリッサの指輪は彼女と一緒にテキサスの土のなかに埋まっている。腫れあがった指からはずすには指を切り落とさなくてはならず、彼にはとてもそんなことはできなかったのだ。ジョーが贈ったルビーの指輪はしまってあったから、妻の死後、ようやく物事を考えられるようになると、その指輪を鎖に通して首にかけた。

ジョーは細い鎖を頭から取り、留め金をはずして自分の結婚指輪もそこに通した。長いあいだそれを見つめたあと、ふたつの指輪を鎖ごと箪笥のいちばん上の引き出しの、靴下の下にそっと入れた。

引き出しを閉めたあとは、なぜか寝室がとても息苦しくなり、コートに袖を通して外に出た。将校通りを眺めると、家族のいる家々の窓に灯《あか》りがまたたいている。ジョーは少しのあいだ立ったまま、リース家を訪れるのにおかしくない口実をあれこれ考え、二軒先の家へと歩きだした。

エミリーと、彼女よりもはるかに心の優しいオレアリー一家が隣どうしに住んでいる皮肉に、ジョーは低い笑い声をもらした。ホプキンス夫人は、オレアリー家の人々と知り合いになりたがるかもしれない。ケイティ・オレアリーは、リース夫妻を合わせたよりも賢い女性だから、きっといい話し相手になる。

ジョーのノックに応じ、ダン・リースがパイプを手にして玄関の扉を開けた。「お入りください、少佐」ダンは肩越しに叫んだ。「エミリー、誰か具合が悪いのか?」

あいかわらずの愚か者だ。「大尉、ぼくはきみの従姉と少し話がしたいだけだ」

ダンはなかに入れと手を振った。「ホプキンス夫人の具合が悪いんですか?」

「いや、ぼくが知るかぎりでは元気だ」腹を抱えて笑えたら、さぞすっとするだろうに。

ジョーはそう思いながら答えた。「今年は行政委員会の委員長も兼務しているんでね。ホプキンス夫人は明日、砦の司令官と面会しなくてはならない。司令官に見せる資格証明書を用意していると思うんだが」

「もちろんです」ダンはまた肩越しに言った。「スザンナ?」

居間から出てきたスザンナ・ホプキンスの目に安堵《あんど》が浮かぶのを見たとたん、ここに来たのは正解だったとジョーは思った。腰骨にのせて抱いているエミリーの息子スタンリーが、眼鏡に手を伸ばしている。リース大尉はどうやら息子よりも集中できる時間が短いらしく、ぶらぶらと居間に戻っていった。

スザンナはスタンリーをおろし、眼鏡の汚れをエプロンで拭いて、そのまま眼鏡をかけずにジョーを見た。ジョーはその控えめな美しさに心を打たれ、つい左目の下のくぼみにそっと触れていた。スザンナが驚いて一歩下がる。

「すまない。ただ、ちょっと気になったものだから。こっちの目は見えるのかな?」

即座に出ていけと言われても仕方がないところだったが、スザンナはそうせずに、落ち着いて眼鏡を顔に戻した。「左側は矯正レンズなの。右側はただのガラスよ」

予想はついたが、ジョーはどうしてそんな怪我《けが》をしたのか尋ねたかった。だが、そのままえに謝らなくてはならない。スザンナはそれを察したのか、片手を上げた。

「謝る必要はないわ。医学的な興味がおありなのね?」

医学的な興味だけだろうか? ジョーはそう思いながらうなずいた。

「無礼な真似《まね》をしてすまなかった」ジョーは謝った。「明日の朝ガード・マウントが終わったら、一緒に来てくれないか。タウンゼント少佐と会ってもらう。少佐はきみの資格証明書を確認する必要があってね。行政委員会の委員長として、学校やきみのことはぼくの管轄になるんだ」

まるで看守みたいな口ぶりだぞ、ジョー。彼はうんざりしながら思った。

だが、スザンナ・ホプキンスはそうは思わなかったようだ。「ええ、もちろん！　証明書をお見せするのが早ければ――」

そこで夫人は顔を赤らめた。ほんのり頬を染めた夫人は、とても愛らしく見える。

「それだけこの家を早く出られる？」ジョーは声を落として尋ねた。「ホプキンス夫人、タウンゼントを訪問したあと、きみをお隣さんに紹介するよ。頭がよくて、機転が利いて……」

「従妹が言ったのとは、ずいぶんちがう方？」夫人があとを引きとった。「だと思ったわ。ええ、ぜひ紹介してください。でも、ガード・マウントというのは何かしら？」

こういう説明ならお手の物だ。「毎日の行事でね。夜勤の衛兵が仕事を終え、日勤の衛兵が持ち場につく――つまり、衛兵の交代のことだ。金管楽器を吹く兵士の唇が楽器に張りつく恐れのない季節は、軍楽隊が演奏し、中隊や兵士たちが銃を取り扱う際の定められた手順を行う」ジョーは頭を下げた。「では、ホプキンス夫人、明朝九時に、このポーチで」

「少佐は行進なさらないの？」

「ありがたいことに、医官は行進する必要がない。さてと、そろそろ病院を見に行くとするか。まだ立っているといいが」

これはつまらない冗談だったが、夫人は彼が深遠な真理でも口にしたように真面目な顔でうなずいた。病院に向かう途中でリース家を振り向くつもりはなかったが、つい振り向くと、ホプキンス夫人はまだポーチに立って彼を見送っていた。

これはなんということもないやりとりだったが、騎兵隊の宿舎の裏の、小高い場所にある病院へ向かうジョーの胸を温めてくれた。メリッサを失って以来、ほかの女性が自分に注意を向けてくれたのは初めてのことだ。少なくとも、そう気づいたのはこれが初めてだった。

病院はまだ立っていた。助手のテッド・ブラウンによれば、契約医はなんの害ももたらさなかったという。たいへんけっこう。いつもどおり整然とした、ジョーの字よりはるかに読みやすいテッドのメモとファイルからすると、病室をひとまわりしたら、あとは空っぽの家に帰るぐらいしかすることはなさそうだ。

ジョーが自宅に帰るころには、将校通りのほとんどの家の窓が暗くなっていた。彼は二戸建てのリース家に、またしても目をやった。ホプキンス夫人がまだ窓のそばにいることなどありえないのに。

しかし、驚いたことに夫人は窓辺に立っていた。

ぼくが彼女の友人になろう、と自宅に入りながらジョーは思った。それにスザンナ・ホプキンスのような女性は誰にでも好かれるし、すぐにべつの友人もできるだろう。ジョーはいつものように隣にもうひとつ枕を置き、まもなくぐっすり眠っていた。

5

「眠れないの？」自分の部屋のドアを閉め、エミリーが階段をおりてきて、窓辺に立っているスザンナの横に並んだ。「外に何か珍しいものでもいるの？　インディアンがうろついてる？　コヨーテ？　みんなに警告すべきかしら？」

スザンナは内心ため息をついた。この従妹《いとこ》は窓辺に立って考え事をしたことなど一度もないのだろう。スザンナはただ、病院から戻ってくるランドルフ少佐を見ていただけだ。わたしに触れて、エミリー、とスザンナは思った。肩に手を置いて。わたしたち、昔は仲がよかったはず。いまはちがうようだけれど……。

最後に誰かが自分に触れてくれたときのことを思い出そうとして……つい数時間まえ、ランドルフ少佐が職業的な関心を示し、目の下に触れたことを思い出した。彼の指先がとても優しかったことも。

従妹は自分から話しかける気はなさそうだった。昔は秘密を分かちあったこともあったのに。祖母に会いに行ったときは、ひとつのベッドで寝たものだった。ゲティスバーグ出身の祖母はたくましい女性で、家族を養うため、その日街を占領している軍がどちらであろうと、厨房《ちゆうぼう》のそばを歩きまわる兵士たちに揚げたドーナツを売りつづけた。いつまでも黙って立っているわけにはいかない。不満はあるものの、エミリーには感謝をしなくては。

「エミリー、この仕事を手配してくれてありがたいと思っているわ」あまりにも気詰まりになるまえにスザンナは言った。

エミリーがぎょっとした顔でスザンナを見た。「わたしは何もしていないわ。母が知っているこの町の女性が、たまたま連隊の大佐の妹さんだったのよ。それで、ここの教師の口に空きがないかどうか、その女性に問いあわせたみたい。少ししてからその話が大佐の耳に入って……。わたしは母から手紙を受けとっただけ」エミリーは小さなため息をもらしたあと、また他人行儀な表情になった。「うちには部屋がないと言ったのに。でも、母のことは知ってるでしょ」

「あなたの犠牲に感謝するわ」叔母がよくエミリーの腕をつねったのを思い出しながら、スザンナは言った。今度はそれを手紙でやってのけたらしい。「おかげで、新しく始められる」

そこでやめておくべきだったが、ダンクリン大尉とカーライル出身の夫人のことが心配で、ついこう尋ねていた。「どうしてわたしが戦争未亡人だなんて言ったの?」

エミリーは目を細めた。「従姉《いとこ》が自分の子を捨てたなんて、ほかの人に知られたいと思う？　それに、ご主人から育児放棄で離婚されたなんて」従妹は低い声で言った。

　スザンナはあえぐような声をもらした。「エミリー、あなたはどんな話を聞いたの？　あのとき家を出ていなければ、わたしは殴り殺されていたのよ！」スザンナは目を閉じて、暖炉に顔がぶつかったときの痛みと恐怖、トミーの叫び声を思い出した。血を流し、よろめきながら庭の小道を遠ざかるとき、あの子は窓の向こうで叫びつづけていた。「トミーを捨てたわけじゃない」

「父が送ってくれた新聞には、捨てたと書かれていたわ」エミリーは言い返されたのが気に入らないのか、つんと顎を上げて見下すように言った。「ひどいスキャンダルを起こして！　わたしはやむをえず未亡人だと言ったの。さもなければ、雇ってさえもらえなかったでしょうよ。嘘をついたことを感謝してほしいくらいだわ」

「あの記事はでたらめなの。フレデリックは素面《しらふ》に戻るとすぐに腕のいい弁護士を雇い、百キロ以内に住んでいるすべての弁護士を買収して、わたしの弁護をしないように言い含めた」スザンナは声を落とそうとしながら言った。「嘘をつく必要はなかったわ。わたしはただのスザンナ・ホプキンス夫人で、この砦《とりで》は教師を必要としている、それだけでよかったのよ」

　エミリーは憐《あわ》れむような目でスザンナを見た。「そんなにフレデリックを怒らせるなんて、何をしたの？」

「わたしは何もしていないわ」こんな調子で質問されることには耐えられなかったものの、スザンナは答えた。従妹はすでにどちらを信じるか決めているのだ。ペンシルベニアはここからはるか遠くかもしれないが、状況はひとつも変わっていない。「六年ほどまえから事業がうまくいかなくなってきて、フレデリックはお酒を飲みすぎるようになったの。そのあとは、わたしのすることなすこと、すべて気に入らなくて……」

夫の帰宅を恐れるようになったころのことがまざまざと思い出された。毎日、家の前の階段を上がってくるときの様子で、その日の夫の機嫌を測ろうとしたものだ。今日は素面で憂鬱そうか、すぐに書斎に引きこもってしまいそうか。それとも、すでに飲んでいて、トミーが眠ったとたんに暴力を振るいかねないか、ひどい言葉で罵倒するきっかけを探しているか。そのどれになるのかは、わかったためしがなかった。

ダン・リースは単純かもしれないが、善良な男だ。エミリーは結婚してから一度もそんな扱いを受けたことなどないのだろう。しかも、外面のいいフレデリックの悪魔のような一面を思い浮かべるだけの想像力もない。

「善意でしてくれたのでしょうけれど」スザンナは従妹に言った。「ダンクリン大尉の奥さまはカーライルの出身だそうよ。彼女が実家の誰かに出す手紙にスザンナ・ホプキンスのことを書いたらどうなると思う？」

「カーライルははるか彼方《かなた》よ」エミリーはカーライルがベルサイユの隣にでもあるような言い方をした。「嘘をついたのが間違いだとしたら謝るわ。でも、あなたはここの奥さんたちを知らないのよ！　みんな、とってもお高くとまっているの。あなたが悪名高い離婚者だと知ったら、わたしまで口を利いてもらえなくなるわ。リース大尉の出世にも差し障りかねない。あの嘘はつかなくてはならなかったのよ」

「悪名高い離婚者？」スザンナは愕然《がくぜん》とした。「そんな言われ方をされる覚えはないわ。あなたが信じようと信じまいと、わたしは最悪のやり方で最悪の仕打ちをされたの」

ふたりはにらみあった。従妹は傷ついた表情を浮かべている。ひどいことを言われたのはこちらなのに、なぜエミリーが被害者のような顔を？

「いつから眼鏡をかけているの？」エミリーはそう言って話題を変えた。

「フレデリックに顔を暖炉に叩《たた》きつけられて、目の下の骨が折れてからよ」スザンナはこのまま有耶無耶《うやむや》にしてしまいたくなくて、はっきり言った。「左目はあまり見えないの」そこでエミリーの腕に触れた。「ダンクリン夫人がペンシルベニアの出来事に関心を持っていないことを祈りましょう」

「心配いらないわよ。わたしなら関心を持たないもの」

ええ、そうでしょうね。スザンナはそう思いながら、おやすみを言って二階に上がった。間に合わせの部屋の毛布を引いたあと、しばらく身じろぎもせずにベッドに座り、壁代わりの灰色の毛布を見つめていた。寒さが骨に染みとおるようだ。

スザンナは冷たい空気のなかで服を脱ぎ、いつものように目を閉じて息子のことを思った。ふだんはそれだけだが、今夜はランドルフ少佐のことも思った。これは祈りではなかった。神にせがむのは、もうあきらめていたから。


翌朝は、ラッパの音と、少しあとに続いた異なるメロディで目が覚めた。二度めのラッパのあと、リース夫妻の寝室から大きなうめき声が聞こえた。どうやらリース大尉は早起きが苦手らしい。

ほどなく立て続けに汚い言葉を垂れ流しながら、リース大尉が重い足取りで階段をおりていった。息子の口が悪いのは、壁の向こうの隣人のせいではないらしい。隣家のオレアリー大尉が自分の家の階段をおりていく音も聞こえた。軍の住宅には、プライバシーはほとんどなさそうだ。

オレアリー夫人のロザリオの祈りを壁越しに聞いていると、低いつぶやきが子守歌代わりになったとみえて、いつのまにかまた眠っていた。

再び目が覚めると、スタンリーが毛布をめくり、スザンナをじっと見ていた。トミーも五歳のころには、これと同じ真剣な表情で、同じように目をきらめかせながら同じことをしたものだ。スザンナは笑ってスタンリーを引き寄せた。スタンリーはかん高い声をあげたが、スザンナが頬をすり寄せるとくすぐったそうに笑った。

「お母さんにわたしを起こしてきなさいと言われたの？」

「くそあたり」スタンリーは目をきらきらさせ、挑むようにスザンナを見た。

これは蕾《つぼみ》のうちに摘んでおくほうがいい。

「あなたの従兄《いとこ》のトミーがそういう言葉を使ったとき、わたしがどうしたか知ってる？」

スタンリーは首を振った。「お母さんは壁のところで拳を振るよ」

スザンナは体を起こして両腕をスタンリーにまわした。スタンリーが安心して寄りかかってくる。「松根タールの石鹸《せっけん》をつかんで、口のなかに大きなかけらを入れて噛《か》ませたの」

「小さい子にそんなことするの？」スザンナの嘘に、スタンリーが目を丸くして悲鳴のような声をあげる。スザンナは片手を口にあて、ほんの少し顔をそむけて、こぼれてしまう笑みを隠した。

「ええ！　トミーは二度と毒づいたりしなかったわ。あなたもやめたほうがいいわよ」スザンナはまっすぐスタンリーを見て言った。

スタンリーは考えこむような顔をした。「お父さんにも石鹸を噛ませる？」

「それはあなたのお母さんの務め。でも、あなたのことは……」スザンナはスタンリーの前に手を伸ばして鞄《かばん》をつかみ、石鹸を見つけた。

スタンリーはぎょっとしたように身を引いたが、スザンナの膝の上からおりようとはしなかった。子どもは驚くほどプライドが高いのだ。スタンリーは石鹸を見つめて言った。

「お母さんに伯母さんがすぐ朝ごはんにおりてくる、って言うよ。ランドルフ少佐も待ってる」

こんなに早い時間に？　スザンナは嬉《うれ》しくなった。「急いで行くわ。スタンリー、汚い言葉はもう言わないこと、いいわね？」

スタンリーがうなずく。スザンナは石鹸を鞄にしまい、スタンリーを抱きしめてから床におろした。「スタンリー、あなたには正しい行いが立派なことだとわかるのね。素晴らしいわ」

スタンリーは五歳の子なりの悟ったような顔でうなずき、上がってきたときよりも静かに階段をおりはじめた。もっとも、これはわずか数段しか続かず、すぐに駆けおりていく。

スザンナは急いで着替えた。手持ちの服がみなしわだらけでなければよかったが、仕方がない。ここには洗面器もなかったから、エミリーが気にしないことを願いながら従妹の寝室に入り、顔を洗った。

ランドルフ少佐は食堂で、前に置かれたオートミール粥《がゆ》の器をしかめ面で見ていた。

「母が体にいいとは言っていたが」

「本当に体にいいのよ、少佐」スザンナは戸口から言った。

「わかった。きみが一緒に食べるなら、ぼくも食べるとしよう」

スザンナは少佐の横に腰をおろし、スプーンを手に取った。「競争しましょうか」

少佐はにっこり笑って食べはじめた。

エミリーが食堂に入ってきて腰をおろした。びっくりした顔をしている。

スザンナはスプーンを置いた。「エミリー、どうしたの？」

「スタンリーがたったいま、二度と毒づかないと誓ったの。いったいどうやったの？」

「松根タールの石鹸で脅してから、あの子の〝善なる部分〟に訴えたのよ、亡き大統領の言葉を借りればね」

エミリーはすっかり驚いていた。「亡き大統領って？」

「エイブラハム・リンカーン。スタンリーはもう、言ってはいけないことを知っているわ。小さい男の子って本当に可愛《かわい》い」

スザンナは笑顔で自分を見ている少佐にちらっと目をやり、オートミール粥を食べはじめた。

エミリーが差し掛けキッチンに戻ると、ランドルフ少佐が低い声で言った。「今朝、ダンクリン大尉から具合が悪いと連絡があってね。彼の家に行って、控えめな食事をするよう指示し、つくいた症のストレスに耐えていることを褒めてきた」

「つくいた症？」スザンナは訊《き》き返した。「どんな病気か聞くのが怖いくらい。症は炎症とか病の徴候という意味でしょうけれど……」

「なるほど、きみは教師だったね。〝つくいた〟を逆から言ってごらん」

あまりに安易な病名に、スザンナはしばらく笑いをこらえるのに苦労し、ようやく話せるようになると、すまして尋ねた。「つくいた、というのは体のどの部分にあたるのかしら？」

「脾臓《ひぞう》と胆管のあいだ、立腹《アンブラージ》もしくは不快がとぐろを巻いている隣あたりだろうな」ジョーは真面目くさって答えた。「コーヒーのお代わりは？」

「これ以上飲んだら、鼻から出てきそう」

「ブラボー」少佐がにやりと笑って応じる。「この家で機智《きち》に富んだ答えが返ってきたのは初めてだ」

「しっ」スザンナはささやいた。「エミリーに聞こえたら、ふたりとも困ったことになるわ」

少佐がこれに応じるまえに、またしてもラッパが鳴り響いた。

「衛兵の交代だ。ポーチに出よう」

少佐は玄関のほうを示し、キッチンから飛びだしてきたスタンリーをすくいあげるように抱いて外に出た。少年をポーチの手すりにおろして落ちないように押さえながら、練兵場の向こう側を指さした。「ラッパ手は副官の事務所前か駐屯地の司令部前に立つんだ」

「それぞれのラッパにはどういう意味があるの？」

「ラッパ手は砦の兵士の誰よりも前に起きて眠い目をこすり、まず起床ラッパを吹く。まあ、病院に緊急の患者がいればぼくのほうが早起きだが。二度めは集合の合図で、全員が宿舎前に整列し、点呼が行われる」ランドルフ少佐はスタンリーの頭に触れた。「次はなんだ、坊主？」

「朝食の合図！」スタンリーが即座に答えた。「ぼくの大好きなやつ」

「続いて医官の召集の合図」ジョーは続けた。「ぼくの好きな合図だ。これで病気の者や仮病の者が、よろよろと病院にやってくるか、ぼくが宿舎に呼ばれる。ついさっきこの医官の召集をすませ、リース家に来たんだよ。だから、それに続くラッパは衛兵交代の合図だ」

スザンナは通り沿いのほかの家々のポーチに目をやった。どのポーチでも女性と子どもたちが練兵場に目をやっている。

「いつもなら衛兵の交代時には軍楽隊が演奏をするんだが。二月の終わりまでは戸外では演奏しない。そろそろ勤務明けの衛兵たちが通るぞ。ほら、来た。そして代わりに昼番が配置につく。衛兵が一箇所に集まるわけだ。いまは、新たに配置につく衛兵が上級曹長の検閲を受けている。ごらん、古い詰め所の前だよ」

スザンナはそちらに目をやった。「上級曹長はとても厳しそう」

「ぼくなら怒らせたりしないね。階級はぼくのほうがずっと上だが」ランドルフ少佐は笑いながら言った。「いまは新しい衛兵に彼らの仕事を割り当てているんだ。昼番の衛兵隊長が来たぞ。D中隊のベヴィンス中尉だ。となると、ぼくは今日一日厳戒態勢だな。ベヴィンス中尉夫人はいつ赤ん坊が生まれてもおかしくない状態だから。今日は何度か家に立ち寄らないと、ベヴィンスにしつこくせっつかれるはめになる」

「全員のことをよくご存じなのね」

「砦には秘密はほとんどないんだ。それにぼくは好奇心が旺盛だからね。下劣な秘密の詳細はほぼ頭に入っている」

わたしが戦争未亡人ではないことは、秘密のままであってほしい。スザンナはそう思いながら練兵場に目を戻した。「ベヴィンス中尉は何をしているの？　真っ赤な帯を巻いているのが中尉でしょう？」

「そのとおり。彼は衛兵を点検しているんだ。その後、銃を取り扱う際の定められた方法の簡略形をやらせて、みなが凍りつきはじめるまえに新しい合い言葉を教え、衛兵たちが詰め所のなかのそれぞれの位置につく。それで今朝の大きな行事は終わりだ。次は何かな、スタンリー？」

「雑役の合図だよ」スタンリーは得意そうに答えて、拳を口にあてラッパの音を真似《まね》、褒めてもらいたそうにスザンナを振り向いた。スザンナは頭のてっぺんにキスをしてあげた。

「それで仕事が始まり――」少佐が説明しながらスタンリーを手すりからおろした。「次にラッパが鳴るまで、各自仕事に勤《いそ》しむ。しばらくするとラッパ手が家に帰る合図を吹く。それから食事の合図。これもスタンリーのお気に入りだろうな。合図はまだほかにもある。おいおいにわかるよ。砦では、ラッパが時計代わりなんだ。さてと、タウンゼント少佐のところに行くとしようか」

「でも、教師の口についてお手紙をくださったのはブラッドリー大佐だったわ。砦にはいらっしゃらないの？」

「東部に戻っているんだ。大佐が数週間後に戻るまでは、ララミー砦の司令官はエド・タウンゼント少佐だ。資格証明書は？」

スザンナは二階に行き、それを持ってきた。少佐は居間で待っていた。

「契約書に署名する用意はできているかい？」

もちろん。スザンナは黙ってうなずいた。口を開けば、この契約を喉から手が出るほどほしがっていることを知られてしまいそうで怖かった。これが新しい始まりになるの——外の通りに出ながら、スザンナはそう自分に言い聞かせた。

ランドルフ少佐はこの沈黙を正しく理解したようだった。「少佐が雇いたがっているのは教師だ。現在はこの砦の司令官として山ほど仕事を抱えている。きみの従妹の嘘よりも、重要な懸念ばかりだよ」

「戦争未亡人のふりをするのは気が進まないけれど、エミリーがついた嘘に合わせるしかないわ」

「ああ、嘆かわしいことに」少佐は同意したあと、足を止めた。「しかし、タウンゼント少佐には、エミリーの嘘のことを話しておいたほうがよくないかな？　このまま放っておくのはどうにも気が進まない。まあ、よけいな気をまわして、結果的には言わなければよかった、ということになってもまずいだろうが……」

「ええ……そうね。このままにしておきましょうか」

ふたりは副官の事務所に行った。二軒の二戸建てにはさまれた小さな建物だ。引き出しのない机についている伍長《ごちょう》がぱっと立ちあがり、ランドルフ少佐に敬礼してから背後のドアをノックし、なかに入った。

「タウンゼント少佐は第九歩兵師団の副隊長なんだ」ランドルフ少佐が説明してくれた。「ララミー砦には第二騎兵隊よりも第九歩兵師団の中隊のほうが多いため、軍の決まりに従って、大佐が不在の場合はタウンゼント少佐がこの砦の指揮も執るんだよ」

伍長が出てきて、ふたりをタウンゼント少佐の部屋に案内した。タウンゼントは見るからに筋肉質で、体には贅肉《ぜいにく》などまったくなさそうだ。髪は真っ白、にこやかな笑顔は心からのものだった。机の前に置かれた椅子を示され、スザンナは躊躇《ちゅうちょ》せずにそこに座った。ランドルフ少佐が机の端にお尻をのせるのを見て、スザンナは少し驚いた。

「われわれは長い付き合いなんですよ、ホプキンス夫人」スザンナの表情を正しく読みとり、タウンゼント少佐が取りなした。「アトランタを包囲中に、この男の前線応急救護所にごく短期間いたことがありましてね。友情を育んだんです」

　タウンゼント少佐が伍長に軽くうなずくと、伍長はランドルフ少佐が座る椅子を持ってきた。

　スザンナは資格証明書を取りだした。「さっそくですが……お忙しいのは存じていますから」

「ふむ、あなたはわたしの中隊のほとんどの将校より仕事ができそうだ」タウンゼントはそう言って証明書を受けとった。「ええと、二級免許状ですか。オーバリン大学で三年間学ばれた」タウンゼントは免許状から目を上げ、眼鏡越しにスザンナを見た。「それだけでも、わたしの部下たちのほとんどより頭がいいことになる。彼らが学んだのは陸軍士官学校《ウエストポイント》で、しかも罰点を積みあげただけですから」

　スザンナは笑った。「もう、そんなことをおっしゃって」

「まあ、ほんの少し誇張しましたが」少佐は認めた。「ほとんどの部下は、最後の戦いで立派に戦いました。あなたには四カ月教えてもらいます。終了は五月の半ば。就学年齢の子どもがいる将校たちが一カ月に四十ドルお支払いする」

「ええ、そう聞いています。わたしの免許状はペンシルベニア州内でのみ有効ですが、試験を受けようにも、ここからいちばん近い会場はデンヴァーですので」

「まったく問題ありません。ペンシルベニアの損失は、われわれの得というわけだ」

「ありがとうございます。たしか契約書が――」

「ええ、ここにあります」少佐は、伍長が差しだした書類を手に取った。「砦の女性と子どもたちは出入りが激しいですが、現在のところ、あなたは七歳から十五歳の子どもたち十人を教えることになります。各授業は衛兵の交代のあとに始まり、昼食の合図で休憩。そして厩舎《きゆうしや》の合図の一時間まえまでが午後の授業という段取りですな」

タウンゼント少佐は今度もスザンナの表情を正しく読んだ。

「わかりやすく言うと、午前中は九時半から正午まで。午後は一時から三時まで。つまり、一日四時間半、じっと座って学ぶことに慣れていない子どもたちを教えていただくことになる」タウンゼントは椅子の背に背中をあずけた。「わたしの子どもたちは愛する妻と東部にいて、向こうで教育を受けています。軍人は家族と別れて暮らすことが多いのですよ。あなたがここで教えてくれれば、将校たちの子どもが両親と一緒に暮らせることになる。子どもたちが感謝するかどうかはあやしいものだが、わたしは感謝しています。では、ここに署名をお願いできますか、ホプキンス夫人」

スザンナが書きおえると、タウンゼントは契約書を手にして立ちあがった。面接は終わりだ。「こちらで用意した教室にジョーがご案内します。ごきげんよう」

スザンナはうなずいて立ちあがった。部屋を出ようとすると、タウンゼントが声をかけてきた。

「ホプキンス夫人、ご主人のことはお気の毒でした。戦争はそれを始めたのではない者たちを、最もつらい目に遭わせるようです」

スザンナは顔を赤くしてうなずき、ランドルフ少佐の案内で外に出ながらささやいた。

「みんなを騙《だま》していると思うと、本当にいやになるわ。やっぱりきちんと話すべきだったかもしれない。タウンゼント少佐のことはよくご存じなのね？　話したほうがよかったかしら？」

ランドルフ少佐は長いこと黙りこんだのち、ゆっくり首を振った。「ここに来てすぐならともかく、いまからでは遅すぎると思う。正直に言って、ぼくもどうしたらいいかわからない。きみはどう思う、ホプキンス夫人？」

この嘘はよい終わり方をしないはず。スザンナはそう心のなかで答えた。

6

外の凍った階段をおりるときには、ランドルフ少佐が腕を取ってくれた。冷たい風がほてった肌に気持ちがいい。だが、残念ながら良心をなだめる役には立たなかった。

「教室には、ここがいちばん向いていると思う」ランドルフ少佐は練兵場をぐるりとまわり、奇抜な赤に塗ってあるオールド・ベドラムの前に立つとそう言った。「こちらに面した部屋は、このまえの戦争では本部として使われていたんだ」彼はスザンナの腕を取り、注意深く階段を上がった。「立派な教室になるはずだよ。ごらんのように、机も集めておいた」

ランドルフ少佐は蝶番《ちょうつがい》をきしませて正面の扉を大きく開け、窓に歩み寄ってさっとカーテンを開けた。スザンナはとたんに咳《せ》き込んだ。

「これに火がつくと一大事だな」ランドルフ少佐は穏やかな声で言った。「どう思う?」

埃《ほこり》が落ち着くと、スザンナは部屋をひとまわりして、寄せ集めとはいえ子どもたちには十分役に立ちそうな机を見て歩いた。それから隣とつながっているドアに目をやった。

「独身将校の住まいだ」ランドルフ少佐は言った。「その向こうには、家族のいない、働きすぎの少尉たちが何人か住んでいる。みんなに〝孤児〟と呼ばれている連中だよ。さしずめこの建物は〝孤児院〟だな」

少佐は、細く優美な脚のついたこぶりの机に歩み寄った。この部屋にある机のなかでは、いちばん上等なものだ。「これがきみの机だ。どうかな?」

「十分よ」スザンナは埃と鼠《ねずみ》の巣と蜘蛛《くも》の巣のある教室を見まわしながら、気持ちが高揚するのを感じた。「月曜日から教えたいわ。それまでに奇跡が起こる時間はあるかしら?」

「合衆国陸軍にとっては、それくらいお安いご用さ」ランドルフ少佐は言った。「病院に丸椅子が六脚ぐらいあると思うが、もっと必要だな。昼番の将校たちは、営倉にいる兵士たちにやらせる作業を常に探しているから、彼らに言って、この部屋を掃除してもらおう」

少佐は半信半疑のスザンナの様子に気づいたらしく、こう付け加えた。

「ホプキンス夫人、危険はまったくないよ! このささやかな作業班を組織したら、ニック・マーティンを紹介する。ニックがじろりとにらめば、命じられた作業以上のことをする囚人や、席につかなくなる子などひとりもいないさ」

スザンナはランドルフ少佐をじっと見た。「あなたはわたしを守ってくださるのね」

「きみの又従弟《またいとこ》で、罰当たりのスタンリーの言葉を借りれば、〝くそそのとおり〟だ。オーバリン大学で三年学んだ以上の教師が、ララミー砦《とりで》に来てくれる可能性はまずない。きみは貴重な人材なんだよ」少佐はそう言うと、まあ任せなさい、というようにうなずき、埃っぽい部屋にスザンナを置いて出ていった。

スザンナは、彼がはずむような足取りで隣の執務室に入っていき、重大な使命を帯びた男よろしく、練兵場を大股に横切って衛兵の詰め所に向かうのを見守った。部屋のなかは寒かったが、スザンナはコートを脱ぎ、帽子を取った。丸椅子の上にのって金属の棒からカーテンをはずし、床に落とす。大量の埃が舞いあがった。「きみは貴重な人材なんだよ」スザンナは声に出して繰り返した。「ランドルフ少佐はそう言ってくれた」

背中に大きなPが入ったコート姿の兵士を六人従え、衛兵の伍長《ごちょう》が足早にやってくるころには、箒《ほうき》とバケツとモップ、埃を落とすブラシを持った物資・備品部の一等兵三人も到着していた。伍長はどこからか樽《たる》を見つけてきて、それに腰をおろした。スザンナは囚人の兵士たちにひとりずつ箒を渡しながら、残りのカーテンもはずしてくれるよう頼んだ。

囚人たちは何も言わず、スザンナもどう接すればいいかわからなかったから、みんな黙々と作業した。やがてラッパが鳴り響くと、どうやら仕事が終わる合図だったらしく、兵士たちがいっせいに箒とモップを置いた。伍長も立ちあがって、初めて口を開いた。

「一時間後に戻ります」

囚人たちは整列し、部屋を出ていった。

スザンナは呆然《ぼうぜん》としながらも、いまでは松根石鹸《せっけん》のきついにおいがする、がらんとした部屋を見まわした。またラッパの合図があったから、いまはお昼なのだろう。

お腹が鳴ったが、スザンナは丸椅子から腰を上げなかった。歓迎されていない場所に戻るのは気が進まない。ランドルフ少佐はたぶん病院に戻ったのだろう。

彼のことを考えるなんて奇妙だわ。そう思った直後、誰かが咳払《せきばら》いをして、開いているドアをノックした。「瞑想《めいそう》中だったかな？　さもなければここに来たのを後悔しているか、腹が減ったか」ランドルフ少佐が戸口から尋ねてきた。

「三つのうち、ふたつは正解。後悔はシカゴを通過するときに捨ててきたわ」

「それはよかった」ランドルフ少佐は後ろを振り向いた。「夫人はきみに会えたら喜ぶよ、ケイティ」

スザンナが見ていると、昨日隣の家のポーチに出てきた女性がランドルフ少佐と一緒に入ってきた。まもなく生まれそうなお腹をした、鮮やかな緑色の瞳と赤い髪の女性だ。

スザンナは立ちあがり、自分が座っていた丸椅子を示した。「どうぞ、ここに座って」

赤毛の女性はちらっとランドルフ少佐を見た。「名乗るまえに座ってもいいものかしら？」笑みを含んだすてきなアイルランド訛《なま》りだ。

「もう知っていると思うが、紹介しよう、ケイティ・オレアリーだ。薄い壁越しのお隣さんだよ、ホプキンス夫人」

ケイティはスザンナが差しだした手を握ってから腰をおろし、蝋引《ろうび》き紙に包んだサンドイッチを差しだした。「具は政府支給の牛肉とバターだけだけれど、もしよかったら」

「ええ、とてもありがたいわ。ご自分の分もある?」

ケイティはうなずき、布袋からふたつめのサンドイッチを取りだした。「これを食べたあと、人参《にんじん》をかじらないと」それから顔をしかめた。「ごめんなさい、ランドルフ少佐、あなたの分は用意してないの」

ランドルフ少佐は片手を上げた。「ご心配なく。家に戻ればシチューがあるはずだ。ふたりを早く引きあわせたくてね。またあとで来るよ」

スザンナはドアへと向きを変える軍医に声をかけた。「少佐……」

ランドルフ少佐は優しい顔で振り向いた。「ホプキンス夫人、率直に言わせてもらうが、ぼくはジョーと呼んでほしいな」

「まさか、そんなこと」スザンナは反射的にそう言っていた。

「そのうち試してみてくれ」ランドルフ少佐は言った。「で、何を言いかけたんだい?」

「この暖炉は掃除が必要だと思うの」

「物資・備品部の事務官に言って、兵士いちばんの煙突掃除人を送ってもらおう」

「いつごろになりそうかしら?」

ランドルフ少佐は肩をすくめた。「なんとも言えないが、このまえ、事務官の子どもたちのうち、ふたりのひどい下痢を治してやったから、早急になんとかしてくれるだろう。では、のちほど」

再びふたりのほうに軽くうなずくと、ランドルフ少佐は立ち去った。

スザンナはケイティ・オレアリーを見た。「いまのはどういうことかしら?」

「少佐らしい言い方ね」ケイティはそう言って、笑いをこらえるように口に手をあてた。

「あの人がこんなに生き生きしているのは、初めて見た」

「ジョーと呼ぶなんて、とても無理だわ」

ケイティは肩をすくめ、サンドイッチに目を落とした。「少佐は心にないことは決して言わない人よ」

「でも、あなたはランドルフ少佐と呼んでいるわ!」

「だって、ジョーと呼んでほしい、なんて言われたことないもの」ケイティはとうとう笑いだした。「食べましょうよ」

そう言って包みを開き、ひと口かじってくるりと目玉をまわした。「夫のジムはラミー砦がすっかり気に入っているの。ほら、この近くには、真夜中にお腹が減ったわたしを満足させるために、ひとっ走りさせられるようなお店がひとつもないでしょう?」

「ほかにもお子さんはいらっしゃるの？」スザンナはアイルランド訛りの心地よい響きを楽しみながら、自分でもサンドイッチをひと口噛《か》んだ。政府支給の牛肉はとてもおいしく味がつけてある。「おいしいわ、オレアリー夫人」

「ケイティと呼んで。ランドルフ少佐ほど堅苦しくしなくてもいいわよ。あなたの従妹《いとこ》は、わたしをほかの名前で呼んでいるようだけど」

スザンナが赤くなって答えあぐねていると、ケイティが腕に触れた。

「気にしないで。彼女がわたしたちをトロールと呼ぶのを、壁越しにジムが聞いただけだから。さっきの質問だけど、息子がひとりいるわ。ルーニーよ」ケイティはお腹を優しく叩《たた》いた。「それに、もうすぐふたりめが出てくる」

「息子さんは……？」

「メイドとお留守番」ケイティがあとを引きとった。「そのメイドのことで、あなたの従妹に妬まれてるの。メアリ・マーサは伍長の奥さんで、昼間の家事を手伝ってくれるのよ」ケイティは片目をつぶった。「ジムやわたしと同じアイルランド出身。メアリ・マーサはあなたの従妹よりわたしのほうが好きみたい。これはたしかな筋から聞いた話よ」

「息子さんはこの学校に来てくれるの？」

ケイティはうなずいた。「ルーニーは六歳だから、学校に行く必要があるもの。アルファベットは教えたし、数も二十五まで数えられる」ケイティはサンドイッチを食べおえると、人参の袋を取りだした。「ええ、わたしは読み書きができるわ。ついでに言うと、汚い言葉を使って、幼いスタンリーに悪影響を与えてなんかいない」

「エミリーは昔から自分の上品さを吹聴《ふいちょう》したがる癖があるの」スザンナは言った。「スタンリーとは、もうあの悪い癖について話しあったわ。原因はどう考えてもあの子の父親よね！」

「〝兵士みたいに罵る〟という言い回しがあるくらいだから、軍隊にはリース大尉みたいな人が多いんでしょうね」ケイティは笑いながら言った。「さてと、わたしは何をすればいい？　今日のわたしの午後はあなたのものよ」

なんてチャーミングな言い方かしら、とスザンナは思った。ランドルフ少佐もそうだが、こんなに親切にしてもらったのはずいぶん久しぶりだ。

ケイティには床を掃いてもらい、スザンナは窓を拭くことにした。伍長が連れて戻った囚人はふたりで、彼らは机をきれいにしてから立ち去った。スザンナは窓の上のほうを拭くために梯子《はしご》に上がり、アンモニア水の入ったバケツを梁《はり》の横木にのせた。

「あまりきれいにしすぎると、どこかの中尉が自分の部屋にして、あなたと生徒たちを追いだしてしまうかもしれないわよ」ケイティは、汚れをせっせと落とすスザンナに向かって言った。

「断固死守するわ！」スザンナは一日の仕事に満足して、梯子のてっぺんに腰をおろし、部屋を見まわした。

行儀よく机についている生徒たちの姿が目に見えるようだ。ケイティは床を掃きおえ、片手を背中に添えて丸椅子に腰をおろした。

「ずいぶん長く引き留めてしまったけど、もう少しだけいいかしら?」スザンナは梯子をおりながら言った。「わたしが教える子どもたちの家族について教えてくださる?」

「ふた言で言い表せるわ」ケイティは立ちあがりながら言った。「お高くとまった、厄介な連中。あなたにものすごく多くを期待するでしょうね」

「怖《お》じ気《け》づくわね」スザンナはつぶやいた。

「子どもたちは愛らしいのよ。でも、その母親たちは……まるでべつ」ケイティは声をひそめた。「ただし、彼女たちのお眼鏡にかなえば順風満帆」スザンナの袖に恥ずかしそうに触れて続ける。「あなたなら大丈夫よ」

わたしは戦争未亡人ではないことがばれるまでは。スザンナはケイティと部屋を出てドアを閉めながら思った。どうか、エミリーの嘘から悪いことが起きませんように。

ジョー・ランドルフは時計に目をやり、またポケットに入れた。ちょうどいいタイミングだ。ふたりの女性はオールド・ベドラムの広いポーチに立っていた。彼は物資・備品部の倉庫から出てきたところで、柄の長いブラシを持った疑わしげな表情の一等兵が後ろからついてくる。

「まだ床にモップをかけていないといいが」ジョーはそう言いながらポーチに上がった。

「この男がララミー砦の煙突掃除人だ。頼むぞ、一等兵。勇気を持って仕事を片付けてくれ。では、おふたりさん、行こうか？」

ケイティ・オレアリーはジョーの腕を取ったが、ホプキンス夫人はためらい、つぶやいた。「家に戻るには、まだ早すぎると思うの」

「あそこはそんなに居心地が悪いのか？「そろそろ雑役が終わるラッパが鳴るころだ」ジョーは言った。「ケイティを家まで送ってくる。よかったら、下士官の子どもたちを教えている男を紹介しようか？」

「ええ、ぜひ」ホプキンス夫人はそう言って、ジョーを待つために腰をおろした。

ケイティの家はオールド・ベドラムからほんの二軒しか離れていない。だが、バージニア育ちのジョーは、女性にはとくに親切にするよう躾《しつ》けられているのだ。

「どう思う？」スザンナに聞こえないところまで来ると、彼はケイティに尋ねた。

「いい人ね。だけど、とても悲しそう」ケイティは玄関の扉を開けながら言った。「わたしも戦いのまえには、いつもジムのことを心配したものよ。でも、ジムは帰ってきた。未亡人になって、自分の力で生きていくなんてわたしには耐えられない」

ジョーは相槌《あいづち》を打ちながら、こんなに思いやりのある女性に嘘をつきつづけなくてはならないことが後ろめたくてならなかった。ケイティには本当のことを話そうか？　ちらっとそう思ったが、結局、帽子の縁を傾け、気持ちよく協力してくれたことを感謝して、オールド・ベドラムに戻った。

ホプキンス夫人はポーチで震えていた。「エミリーの家のほうが暖かいだろうに」

「ええ。でも、もうひとりの教師に会いたいの」夫人はちらっと肩越しに振り返りながら早口に言った。「煙突掃除の一等兵はコウモリや鳥の巣を見つけたみたい。スタンリーよりも派手に毒づいていたわ」

話題を変えたいわけだな。ジョーはそう思いながら練兵場を横切り、パン屋の隣にある倉庫に向かった。ちょうど子どもたちが出てくるところだった。夫人は彼らを見ている。理知的な顔に興味が浮かんでいた。

「ララミー砦は下士官の子どもたちの教師をどこで見つけるの？」

「兵士のなかから募るんだ。一日五十セント、給料に上乗せされる」ジョーは言った。「骨の折れる作業を逃れたくて、怠け者が志願することもあるよ。囚人が教えるのも見たことがある。鎖の音をさせて教室を歩きまわっていたっけ。いや、ほんとの話だ」ジョーは開いているドアを示した。「だが、幸運に恵まれて、ベネディクト一等兵のような逸材を得ることもある」

ジョーは、砦内の店が共同で使っている倉庫に入ったとたん、ホプキンス夫人が微笑するのを見守った。食料品の樽が壁際にずらりと並び、干し葡萄《ぶどう》と干し杏《あんず》、スモーク鰊《にしん》のきついにおい、酢のにおいもする。黒板が目に入ると、その笑みが大きくなった。ダンクリン大尉が嘲りをこめて描写したように、小麦袋の上に立てかけた、ただの黒い板なのに。

「教室らしくないだろう」ジョーは弁解するようにそう言っていた。

「ええ。でも干し葡萄は好きよ」

「ひと冬、干し葡萄しか食べずに過ごしてごらん。きっと嫌いになる」

他愛《たわい》ない会話を交わしながらふたりが近づいていくと、梱包箱《こんぽうばこ》の机に向かって何か書いていたベネディクト一等兵が顔を上げ、すぐさま立ちあがって敬礼した。ジョーも敬礼を返した。

「一等兵、ホプキンス夫人を紹介する。将校の子どもたちを教えてくれる人だ」

喜ばしいことに、ホプキンス夫人は即座に右手を差しだした。

「同僚に会えて嬉《うれ》しいわ」

「教室はどこになったんですか、ホプキンス夫人？」

「これほどいいにおいがしないところ」夫人は言った。「オールド・ベドラムの一階にある部屋よ。コウモリや鳥、ひょっとしたら幽霊もひとりかふたり棲《す》みついている煙突があるの。衛兵の伍長の話を信じれば、だけれど」

ふたりはもうすっかり同志の気分で一緒に笑っていた。ケイティ・オレアリーという友人とベネディクト一等兵という同僚。これでホプキンス夫人はララミー砦で気持ちよく過ごせるだろう。あとは、空いている時間を少しだけ病院で過ごすように説得さえできれば……。

一等兵がホプキンス夫人に椅子を勧めると、ふたりはたちまち熱心に話しはじめた。ジョーはりんごの樽に座り、胸の前で腕を組んで、満ち足りた思いでホプキンス夫人を見守った。古い建物の部屋を朝からずっと掃除していて疲れているにちがいないが、ベネディクト一等兵とはすっかり意気投合したようだ。

これまでも、金色の髪の女性をきれいだと思ったことがないわけではない。だが、メリッサの美しい暗褐色の髪にそそられ、ほかの色にはほとんど目がいかなかった。とくに、枕に広がっているウエーブのかかったあの髪を見ると……。

とはいえ、ホプキンス夫人の金色の髪と褐色の瞳はどれだけ見ても飽きない。ほっそりした体つきも好ましいし、いつもきちんと身繕いし、背中をぴんと伸ばしているのもいい。それにあの笑い方。取り澄ましたお上品な笑いではなく、心から面白がっているのがありありとわかる。あれを聞いていると、つい引きこまれてしまう。

ジョーはふたりが揃《そろ》ってこちらを見ているのに気づいた。何かの答えを待っているようだ。ホプキンス夫人に見惚《みほ》れるのに忙しくて、聞き逃したらしい。「悪い、なんだって？」

ベネディクト一等兵が繰り返した。「ホプキンス夫人は自分がお宅までお送りしましょうか？　少佐を長く待たせておくのは申し訳ないと思いまして」

　くそ、とんでもない。親切な申し出に自分が反発を感じているのに驚きながら、ジョーは二、三度深く息を吸いこんで怒りを抑えこんだ。「実は、このあと病院に同行してもらって、ニック・マーティンに紹介したいと思っていたんだ」ジョーはそれだけ言った。夫人にはこの申し出を承知してほしいが、無理強いする気にはなれない。これもバージニア育ちのせいだ。「ホプキンス夫人、どうします？」

　どうか、ぼくを選んでくれ。ジョーは初めてデートを申しこんだ学生のように、ひたすら心のなかで懇願していた。

「一等兵、お互いの生徒について意見を交換する機会は、今後いくらでもあるわね」夫人がこう答えるのを聞いて、ジョーは自分が息を止めていたことに気づいた。

　ベネディクト一等兵がうやうやしく頭を下げ、同意する。「たしかに」

「ごきげんよう、一等兵。またすぐに話しましょう。少佐、お待たせしました」

　子どものころ、大農園で暮らしていたジョーには、片目の愛犬がいた。ブルータスという名前に似合わず、とてもおとなしくて控えめな犬だったが、郵便配達人が来るとがらりと変わった。

　まるでそれが自分の使命だと言わんばかりに、猛然と配達人を追いかけまわすのだ。配達人は常にきわどいところでブルータスをかわしていたが、ある日、あろうことかブルータスは、配達人の馬の尻尾に噛みついた。

　馬は驚いて止まり、頭をぐるりとめぐらせて不快の元凶を見た。が、とくに何もしなかった。呆《あき》れたことに、ブルータスのほうも尻尾をくわえたまま道にぺたりと伏せ、やはり何もしなかった。ただ止めることに必死で、馬を止めたあとのことまでは考えていなかったのだろう。

　ジョーはもう少年ではなく立派な大人だが、どうやら頭の中身はブルータスとたいして変わらないらしい。ホプキンス夫人を手元に留《とど》めたはいいが、そのあとどうすればいいのか途方に暮れていた。おそらく、とっさに病院に誘ったものの、内心、夫人は一等兵とここに残ると確信していたのだろう。ところが、夫人は自分と病院に行くことを選んだ。おそらく、従妹の家にあと一時間は戻らずにすむという見通しに心を惹《ひ》かれて……。

　となると、少なくとも一時間は夫人を引き留める努力をしなくてはならない。ようやく目標ができると、多少ぎこちないながらも、ジョーはホプキンス夫人を倉庫の外へとゆっくり導いた。

「そう、ぼくはニック・マーティンに紹介すると約束した。なぜ彼が必要なのかと思っているかもしれないな」

「ええ。生徒をおとなしくさせておく自信はあるもの」うなりをあげて練兵場を吹きぬけてくる風に、夫人は頭を下げながらよろめいた。

ジョーは夫人の腕をつかんで支えた。「ここは風が強いんだ。砦の女性にはスカートの裾に鉛を縫いこむ人もいるよ。スカートがめくれるのを押さえるために」

「なるほど、そういう手もあるのね」

病院へ向かう途中で、衛兵の詰め所の前に立っているラッパ手が、雑役の終了を告げた。いや、彼が吹くそばから風が音をオマハへと運んでいってしまうから、告げようとした、と言うほうが正しいかもしれない。

「あまりにも風が強すぎると、自殺する兵士もいるんだよ」ジョーはついそう言って、自分を殴りたくなった。もっとふつうの会話ができないのか？

「こんなにひどい風だもの、彼らを責められないわ」ホプキンス夫人は言った。「それで、なぜニック・マーティンを教室に座らせたほうがいいと思うの？」

「ニックは抑止力になる」ジョーは向かい風と闘いながら言った。「きみの生徒のなかには、もう何年も好き勝手に過ごしている子もいるんだ。そういう子は何時間も教室に閉じこめられるのは気に入らないだろう。だが、ニックが後ろの列でにらみを利かせていれば、勝手な真似《まね》はできない」

「その人はほかにすることがないの？」

「たぶん。ぼくたちの誰も、ニックのことはあまり知らないんだよ」ジョーは風に負けまいと声を高くした。

「兵士ではない、ってこと？」

「それもよくわからない。近くの皆に問いあわせたんだが、どこもうちの兵士だとは言ってこなかった」ジョーはかすかに笑った。「もちろん、問題のある兵士や素行の悪い兵士は、行方不明のままでいてくれたほうが助かるから、あてにはならないが」

ホプキンス夫人はジョーをじっと見た。「あなたの話はさっぱり要領を得ないわ、ランドルフ少佐」

「しかし、ぼくに言えることはそれくらいしかないんだ。ニックは去年、八月の暑いさなかに、針金のように痩せ、虱《しらみ》だらけでふらりと現れた。副司令官が病院に連れてきたんで、とりあえず風呂に入れ、虱を駆除した」風がますます強くなったのをこれさいわいと、ジョーは片方の腕をホプキンス夫人にまわした。「するとニックは、副司令官ではなくぼくに、自分は聖パウロだ、と言ったんだよ」

ホプキンス夫人がぽかんと口を開けるのを見て、ジョーはにやりと笑った。「きみに嘘をつく気はないよ。ニックの本名がなんなのか、ぼくには見当もつかない」

「だったら、どうして……」

「ニック・マーティンか？　ジム・オレアリーがそう名付けたからさ。このまえの戦争のとき彼の連隊にいた、ぐちばかりこぼしている男だったらしい」ジョーは肩をすくめた。

「まあ、どんな名前でもないよりはましだ。ニックと呼ばれると、そういう気分のときは答える。聖パウロと呼んでも答える」

「害はないの？」

「まったくない」ジョーはきっぱり答えてホプキンス夫人を安心させた。

夫人はスカートを両手で押さえながら、遅れまいと彼の横をついてくる。病院はもうすぐそこだった。

ジョーは上機嫌で建物に目をやった。ララミー砦の病院は、まだ建ってから二年にしかならない。それまでは、病を癒やすより生みだしそうな、風通しも採光も悪い建物だったのだ。ホプキンス夫人をなかへ導きながら、ふと気づくと、ジョーは薬品と石炭酸のにおいがすることを詫《わ》びていた。

「病院はそういうにおいがするものよ」夫人はジョーの謝罪をさえぎってそう言った。

自分の愚かさがおかしくてジョーが笑うと、その声を聞きつけたニック・マーティンが病院の玄関ホールに出てきた。ニックはだいたいその近くにいる。コートを脱ぐ手伝いができるように、ジョーが戻るのを待っているのだ。だが、いきなりニックが出てきたことに驚いて、ホプキンス夫人はあとずさった。

ニック・マーティンもしくは聖パウロを、ホプキンス夫人の目から見ようと努め……夫人が驚くのも無理はないと思った。ニックは、イエス・キリストの使徒は髪が長くなければいけないと思っているようだし、ほとんどの男よりもひょろりとして背が高い。

　ホプキンス夫人が驚きから立ちなおるのを待って、ジョーは紹介した。いまはどちらの気分なのか、本人に訊《き》く以外に知るすべはないから、あてずっぽうで言うしかない。「ニック、この人はスザンナ・ホプキンス夫人だ」

「主が多くの宣教の旅でおれを守ってくださったように、あんたを祝し守ってくださるように、ホプキンス夫人」ニックは言った。

「聖パウロ、主はたしかにあなたを船の難破から救ってくださったわね」ホプキンス夫人が片手を差しだし、ニックはそれを取った。「ランドルフ少佐が、生徒が行儀よくできるよう、あなたをわたしの教室に来させてくださるそうなの」

「宣教の旅の妨げにならないかぎり、だが」ニックはそう返し、ジョーには小さくうなずいた。「そろそろ仕事に戻らないと。コリントの教会はとくにまとめにくいんでね」ニックはふたりをホールに残し、立ち去った。

「驚いたわ。聖パウロはこの病院でどんな仕事をしているの？　コリントの人々に助言をしていないときは、だけれど。患者さんの代わりに手紙を書くとか？　パウロならそういう仕事は得意でしょうね」

　この人にはユーモアのセンスもある。ジョーはニックに対するホプキンス夫人の対応に感謝しながらそう思った。「たいていは病室に座っているよ。患者は誰も気にしていないようだ。まあ、文句を言う勇気がないだけかもしれないが。そのおかげかどうか、病院の秩序はよく守られている」

　夫人の表情豊かな顔を見守りながら、ジョーはふと、頭のねじが緩んでいるあの男のことを、本当はどう思っているのか知りたいと思った。

「今学期は布教の旅が少ないといいけれど」ホプキンス夫人はそう言いながら、ジョーが開けたドアから彼の部屋に入った。「読み書きができないなら、教えることもできるわね。そうすれば、ローマ人やヘブライ人への手紙を書きやすくなるでしょうし」

　ジョーは笑い声をあげた。「ああ、きみが彼に読み書きを教えたら、信者ではないぼくのような人間はともかく、何世代もの熱心な信者にさぞ感謝されるだろうな！」

　突然ドアが開き、ニックがコーヒーのカップをふたつ持って入ってきた。

「ありがとう、聖パウロ」ホプキンス夫人が嬉しそうに受けとると、ドアがまた閉まった。

　ジョーはひと口飲んで、満足のため息をついた。「ニックの淹《い》れるコーヒーはうまいんだ」回転椅子に座り、背中をあずける。「ニック・マーティンのような人間が、どうしてそんなことができるのかぼくにはわからない。御者か何かだったと思うんだが。ひどい扱いを受けて、ある日、頭のねじを緩めたほうが生きやすいことに気づいたのかもしれない」そこで、ホプキンス夫人が受けたひどい扱いについて考えた。「そのほうが安全に思えたんだろうな」

「どこに住んでいるの？」

「ここだよ。病院の備品を置いている倉庫に、簡易寝台を置くのにちょうどいい場所があってね。食事はぼくの助手のところでとる。病院のそばにある小さな家に気づいたかい？」ニックのほうがぼくよりましなものを食べているんだ。ジョーはそう付け加えたかったが、同情を求めるのはいやだった。

「あなたは優しい人ね」

「精神病院に送る気にはなれなくてね」

ホプキンス夫人はコーヒーを飲みながら、ニックが素晴らしいものに変えてくれた、政府支給の豆の香りを深々と吸いこんでいる。ジョーが咳払いをすると、夫人はとても甘やかな表情を浮かべて彼を見た。

「時間があったら、ここの手伝いをしてもらえると助かる。患者に本を読むとか、手紙を代筆するとか。若い連中は故郷からずいぶん遠くに来ているからね、女性がそばにいるだけで心が慰められる」ぼくもそうだ、と心のなかでつぶやく。

「病室を見せてくださる？」

ジョーは少し驚いた。砦のほかの女性たちに同じことを頼むときは、そのたびにうまくおだて、上手にその気にさせなくてはならない。自分から病室が見たいなどと言った女性はひとりもいなかった。

「いいとも。こっちだ」ジョーは夫人の気が変わらないうちに、と急いでドアを開けた。

「十二床しかないんだが」

「女性や子どもたちが病気になったときはどうするの？」ホプキンス夫人は少しもためらわずに、ジョーがドアを押さえている戸口から出た。

「彼らの自宅で診る」ジョーは病室のドアを開けてそれを押さえた。金属製の簡易寝台が六つずつ、両側に並んでいる。「うちにも診察室があって、歩ける一般市民はそこに来る」

「ここには？」ホプキンス夫人は興味深そうに大部屋を見まわした。

「診察室はべつにあるが、手術室はない。手術が必要な場合は診察室で行うんだ。ホプキンス夫人、助手のテッド・ブラウン軍曹だよ。軍曹は、ぼくよりも、ハートサフ大尉よりも腕のいい外科医なんだ」

ブラウンが手にしたカルテから顔を上げた。「ジョー、知らない人は本気にしますよ。ホプキンス夫人はそれほど騙《だま》されやすい人ではなさそうですが」

「そうだな」ジョーはちらっと夫人を見てからうなずいた。

夫人が手を差しだすと、ブラウン軍曹はそれを握っただけでなく、その上に軽く頭を下げ、ジョーを感心させた。夫人は彼と二言三言話してから、寝台のあいだを奥の壁まで歩いていった。馬に蹴られて顎の骨が折れた患者を見ても、パンを焼くかまどでひどい火傷《やけど》を負った男を見ても、たじろいでいる様子はない。あの火傷には、ブラウン軍曹ですら顔をひきつらせたというのに。

　もっと驚いたことに、夫人は火傷の男のそばで足を止め、ためらいもせずに無事だったほうの手を取った。夫人は振り向いて説明した。「シッペンズバーグにも病院があるの。去年はこの目が治るまでよくお手伝いをしたのよ」

　ホプキンス夫人は簡易寝台の一等兵に目を戻し、ピンセットと器を手にブラウン軍曹が寝台の反対側に座るあいだ、低い声で話しかけていた。ジョーはブラウンにうなずき、衝《つい》立《たて》を移動してその寝台をほかから隠した。

「ぼくが必要かな、軍曹?」ジョーは尋ねた。

「いえ」軍曹は、少しも怖がっている様子のないホプキンス夫人をちらっと見た。「この処置が終わったら、夫人を軍医の部屋にお連れします」

　まったく、人間は驚きに満ちている。ジョーは病室を出て部屋に戻った。それから三十分ほどして太陽が西の地平線に近づき、退去の合図である銃声が聞こえ、助手が火傷の処置をおえるまで、書類仕事を片付けて過ごした。

「夫人をお届けにあがりましたよ」ブラウンがホプキンス夫人を執務室に伴った。「レディの前でわめきちらすことはできないと思ったんでしょう、患者はとても勇敢に耐えぬきました。戻ってこられますか?」

「ああ、戻る。本を読んでやりたいからな」

いつもより崩れた敬礼をすると、ブラウン軍曹は執務室を出ていった。

「ホプキンス夫人、きみはたいしたものだ」ジョーは率直に言った。「ほとんどの人は、優しく触れられたいと思っているだけなのよ」

すると、夫人はこう答えて、またしても彼を驚かせた。

将校通りへとホプキンス夫人を送りながら、ジョーはこの言葉について考えた。リース家に近づくと夫人の歩みは遅くなり、つられてジョーの歩みも遅くなった。家の前の階段を上がりながら、夫人は小さなため息をもらし、無意識に肩に力を入れた。

「おやすみ、ホプキンス夫人。今日はずいぶん長く引き留め、あちこち連れまわしてしまった」

「こちらこそ、お世話になりました」夫人は低い声で言った。

自宅に着くと、玄関扉の横、釘《くぎ》で打ちつけてある小さな板に、何枚もメモが留めてあった。ジョーはそれをはずし、キッチンにランプを持ちこんで、温める手間をはぶいてシチューを冷たいまま流しこみながらメモを読み、頭のなかで明日の予定を立てた。

〝モーヴが〟

ラティガン軍曹のメモに書いてあるのはそれだけだったが、ほかの説明は必要なかった。モーヴはまた妊娠していたのか？　ジョーは頭のなかで数えた。自分がここに着任してから、すでに七回めだ。せめてそのうちひとりでも予定日まで生き延びてくれれば、みんなが大喜びするだろうに。

すぐに行くよ、モーヴ。ジョーは心のなかで語りかけた。ぼくに何ができるかわからないが。

7

今夜は昨夜よりも気持ちよく過ごせるはず、スザンナはそう自分に信じさせようとした。実際そうなるかもしれない。義理の従弟《いとこ》は何カ月もまえの新聞の後ろに隠れる代わりに、会話をしようと多少の努力をしていた。

スザンナは今日一日の出来事をあれこれ話し、ニック・マーティンのことも話した。大尉は苦い顔で、〝あの男はさっさと連邦精神病院へ送るべきだ〟とつぶやいた。スザンナの話題はすぐに尽き、エミリーが二階からおりてきて、従弟とのぎこちない会話から救ってくれれば、とさえ思った。だが、実際に救ってくれたのは砦《とりで》の軍医だった。シャイアンの馬車の駅で会って以来、ランドルフ少佐がずっとそうしているように。もっとも、今回は本人が来たわけではない。

「あの、わたしには関係のないことだとわかっているけれど……」スザンナがそう言うと、好奇心をかきたてられたのか、従弟の顔にいやな感じの笑みが浮かんだ。ランドルフ少佐が、陸軍の人間は噂話《うわさばなし》が好きだと言っていたが、あれは本当らしい。

スザンナは従弟の男のプライドに訴えるように、こう切りだした。「軍隊のことは何もわからないものだから。でも、あなたはとてもよくご存じね？　ひとつ訊《き》いてもいいかしら？　どこかの将軍だか誰だかのせいで、この砦の軍医は春の遠征からはずされると聞いたのだけれど」

これは彼にとっても好ましい話題だったらしく、ダン・リースは目を輝かせた。「うん、その話はちょっとしたスキャンダルになってるね」彼は渋るふりすらせずに話しはじめた。たしかに兵隊はゴシップ好きらしいが、その噂の種がランドルフ少佐本人だと思うと、スザンナはちくりと胸が痛んだ。

「事の起こりは、一八六二年のサウス山の戦いにあるんだ」ダンは古い新聞をたたんで、そばの小卓に置いた。「より正確には、ブーンズバラギャップでの小競り合いにある。前線応急救護所には、合衆国陸軍の兵士だけでなく、南部連合軍の兵士も運ばれてきた」ダンはチッチッと舌を鳴らした。「あるとき、ランドルフ少佐は味方の兵士をひと目見て、助かる見込みはないとわかった。頭が半分吹き飛ばされていたらしい。だからせめて連合軍兵士の命を救おうと手当を始めたんだが、そのときはまだオハイオ師団の大佐だったクルックが救護所に顔を出し、くそ激怒した」

スザンナは驚いて従弟を見た。女性の前で堂々と悪態をつくなんて。どうりで、スタンリーがふた言めには汚い言葉を使うわけだ。「でも、少佐は説明をしたんでしょう？」

「もちろん。だが、クルックはまったく耳を貸さなかった」ダンは居間に連合軍の味方が大勢いるかのように身を乗りだし、声をひそめた。「噂によると、クルックが少佐をテントから引きずりだそうとしたらしい。ジョー・ランドルフはメスを振ってそれを防ぎ、クルックをテントの隅に追いつめたそうだ」ダンは肩をすくめた。「そのとき、合衆国軍の兵士が死んだ」

「でも、明らかに……」

「戦争のさなかには、何ひとつ明らかなことなどないんだよ。合衆国軍がサウス山を確保したあと、クルックはコネを使ってジョーを沼と鰐《わに》だらけのフロリダに飛ばしたんだ。少佐がマラリアで死ねばいいと思ったのかもしれないな」

「なんてひどいことを。ランドルフ少佐に〝お友達〟はひとりもいなかったの？」

「ごくわずかしかいなかった。ほら、彼はバージニアの出身だからね。まあ、同じバージニア出身のジョージ・トーマス将軍が、なんとかジョーをフロリダから呼び戻し、戦争が終わるまで、ジョーはトーマス親父《おやじ》が司令官を務めるカンバーランド軍で過ごしたんだ」

「トーマス将軍は立派な方ね」

「だが、トーマスは死んでしまった。ジョーは太平洋局で働くことになっていたんだが、将軍が一八七〇年にサンフランシスコに行く途中で亡くなると、陸軍医療部はジョーをプラット方面軍のこの砦に送った。その後クルックがプラット方面軍の総司令官になったのは不運というほかないね。今度の遠征はクルックが率いることになる。だからジョーは痔《じ》と淋病《りんびょう》の手当に残されるだろうな」

「そんな扱いを受けるのは屈辱でしょうね」

「ああ、どうして軍を辞めないのかと思ったことがあるよ。ジョーの腕なら、働く場所には事欠かないはずだから」

この話を教訓にしよう――スザンナは練兵場を見晴らす二階の窓に歩み寄りながら、自分にそう言い聞かせた。どんなに絶望しても、決して人生を投げないこと。

毛布で区切られた寝室に入ったあと、ランドルフ少佐のことを思った。立派な教育を受け、申し分ない経歴を持つ軍医が、そんなふうに公然と無視されたらどんなにつらいだろう？　うとうとしながら、ふと、この一年あまりで初めて、息子がいないつらさがこれまでほど頭を占領していないのに気づいた。そう、不幸な目に遭っているのはわたしだけじゃない。


翌朝、スザンナがオールド・ベドラムへ行くと、ニック・マーティンがすでにポーチで待っていた。包《くる》まっている軍の毛布には軽く雪が積もっている。

「ニック、まさかひと晩中、ここにいたんじゃないでしょうね！」

ニック・マーティンは立ちあがり、雪の吹き溜《だ》まりからむっくり姿を現したセントバーナード犬よろしくぶるっと体を震わせた。「いや、少佐がひと晩中ラティガン軍曹の家にいたから、まずそっちに行った」そこで首を振った。「モーヴ・ラティガンには奇跡が必要だな。だから、そうお願いしておいた」

「万能の神さまに？」

「そうとも」ニックはうなずいた。「ランドルフ少佐が言うには、モーヴは赤ん坊がほしくて何度も妊娠してるが、どうしても産み月までもたないんだそうだ」

気の毒に。「ランドルフ少佐もあなたと同じくらい疲れているのかしら？」

「もっと疲れてるよ。誰かが死ぬと、あの人は狭い執務室のなかをぐるぐる歩きまわるから」ニックは毛布をたたんだ。「で、おれは何をすればいいかな？」

「教室を見てみましょう。それからお願いすることを言うわ」

昨日見たときはあんなに汚かった部屋が、驚くほど急激に教室らしくなっていた。重いカーテンがなくなり、大きな窓から射《さ》しこむ朝日で、部屋のなかは掃除が終わったばかりの暖炉を使わなくても暖かい。机もぴかぴか輝いているし、黒板まで運びこまれている。ドアのそばには本も積んであった。

「ここでは奇跡が起こったようよ、ニック」

窓はまた汚れていた。たぶん煙突を掃除したせいだろう。そこでニックに梯子《はしご》にのぼってもらい、もう一度埃《ほこり》を落としてもらうことにした。スザンナの机のそばにはとても美しい書棚が置いてある。「いったい、これはどこから……」

ニックが天井近くから見下ろして言った。「少佐の家で似たような書棚を見たことがあるな」それから窓に顔を戻し、こう付け加えた。「主は必要なものを与えてくださる」

「まあ、よくそんな時間があったこと」スザンナは感謝をこめてつぶやいた。

「信仰の薄い者よ」ニックが優しくたしなめる。

床を掃きはじめると、ケイティ・オレアリーが地球儀を持って入ってきた。

「あら、ニック」ケイティが明るい声で言った。「この砦の暗い隅に何が眠っているか、いつも驚かされるわ」〝主が与えてくださった〟書棚の上に地球儀を置く。「あなたのことじゃないわよ、ニック！　物資・備品担当の事務官は、アイルランドのメイヨーの出身なの。夫のジムが生まれたところ。で、わたしのためにこれを見つけてくれたというわけ」

ケイティは笑った。「軍の暮らしは、誰を知っているかでずいぶんちがうのよ。ほかの将校の奥方は、わたしにはなんのコネもないと思っているみたいだけど！」

「あなたは生徒たちに世界をくれたわ、ケイティ」スザンナは軽口を叩《たた》いた。

「ホプキンス夫人、たいした詩人ね！　スザンナと呼んでもいい？」

「もちろん。でも、わたしは詩人ではなく教育者よ」

「両方かもね」ケイティはコートを脱いだ。「わたしは何をすればいいの？」

ララミー砦に仕事が見つかったのがどんなに幸運だったか、それを思い出させてくれるだけで十分。そう思ったとき、本の上にあるメモに気づいた。

「〝行政委員会は砦の図書室の管理もしているんだ。これは好きなように使うといい。J〟」スザンナは声に出して読み、ケイティを見た。ランドルフ少佐は、砦の仕事に真剣に取り組んでいるのね」

「あなたはそう思うの？」ケイティはにこにこしながら言った。「わたしは少佐があなたに気があるんだと思うな」

スザンナは顔が赤くなるのを感じた。「まさか。それより、さきほどの質問だけれど。わたしが床を掃くあいだ、本の埃を払っていただける？」

ケイティは丸椅子に腰をおろし、埃のせいでくしゃみをしながら、スザンナが手渡した布で本を拭きはじめた。スザンナは掃き掃除の手を止めて箒《ほうき》に寄りかかった。「ゆうべ義理の従弟から、ランドルフ少佐にまつわる話を聞いたの。クルック将軍は本当に春の遠征で少佐を無視し、ここに置き去りにするほど意地の悪い人なの？」

「将軍がそうするのは、まず間違いないわね」ケイティは答えた。「遠征のたびに同じことをしているもの」埃を払っている布をおろす。「けど、わたしはそのほうがありがたいわ。次のオレアリーはランドルフ少佐に取りあげてもらいたいの。少佐がパウダーリバー郡に行ってしまったら無理でしょ」ケイティはため息をついた。「クルック将軍は、プラット方面軍の司令官になってから何かにつけてランドルフ少佐を目のかたきにしているのよ」

「ひどい話」箒を動かす手に、自然と力がこもった。「ランドルフ少佐は何をされても無関心なの？」

ケイティは長いこと黙って本の埃を払いつづけていた。「彼の奥さんに何があったか知ってる？　考えるのもつらいほどひどい話」

スザンナはうなずき、気もそぞろで箒を動かした。

「一緒に奥さんの棺《ひつぎ》に入ることができたら、少佐はそうしていたんじゃないかしら」ケイティは梯子の上のニックをちらっと見てからそう言い、また黙りこんだ。しばらくのあいだ、聞こえるのは埃を掃く箒の音だけだった。「でもね、昨日気づいたんだけど、ランドルフ少佐はもう結婚指輪をしていないわ。いつはずしたのか知らないけど、気づいたのは昨日」ケイティは照れたようにスザンナを見た。「あなたも指輪をしていないのね。きっと思い出すのがつらいんでしょうね」

わたしの指輪は質に入れたのよ、とスザンナは思った。婚約指輪はシカゴの汽車代になったし、結婚指輪はシャイアンまでわたしを連れてきてくれた。「指輪はいつか、はずさなくてはならないわ」ケイティ・オレアリーに真実を打ち明けたい気持ちをこらえ、スザンナはつぶやいた。

掃除は正午、些流に言えば昼食のラッパが響くころには終わった。それくらいできると言ったのだが、ニックはバケツの水を正面のポーチから外に捨て、モップとバケツを廊下の掃除道具入れにしまってくれた。

「お昼はブラウン軍曹の家に戻るの？」スザンナは、途方に暮れた顔でポーチに立っているニックに優しい声で尋ねた。

「ああ……そう、そうだよ」ニックが礼儀正しくお辞儀をするのを見て、スザンナは微笑した。「思い出させてくれて助かった。神の祝福があるように」

「ニックに親切にしてるのね」並んでオールド・ベドラムのポーチに座り、ニックが歩み去るのを見送りながら、ケイティが言った。「あの人、記憶をなくしてるでしょう？　みんなばかにして、まともに扱わないのよ。ときどき子どもたちまで意地の悪いことを言うの」

「人に相手にされないのがどんな気持ちか、知っているから」スザンナはただそう言った。この言葉をどうとるかはケイティの自由だ。

両手を背中で組んだランドルフ少佐が、練兵場の向こう側、建設中の衛兵詰め所のそばをうつむいて歩いてくる。スザンナは、突きでたお腹のせいでコートのボタンが三つしかはまらないケイティにそれを示した。

「ラティガン夫妻の家で不幸があったみたい」ランドルフ少佐は聞こえないほど遠くにいたが、スザンナは声を落とした。

「ラティガン夫妻？　ああ、またなの？」ケイティが悲痛な声で言った。「あなたはまだ会ったことがないでしょうけど、モーヴ・ラティガンは数カ月おきに妊娠しては、流産しているの」そこで自分のお腹を見下ろした。「慰めに行きたいけど、このお腹を見たらよけい悲しくなるだけよね」

「わたしが行きましょうか」スザンナは申しでた。

ランドルフ少佐が近づいてきた。自宅に戻るのかと思ったら、こちらに来る。彼が顔を上げ、肩に力を入れるのを見て、スザンナの胸は痛んだ。「お医者さまの仕事はたいへんね。わたしにはとてもできないわ」

ふたりはランドルフ少佐がポーチに上がってくるのを待った。練兵場は、それぞれの宿舎の裏にある食堂へ向かう大勢の兵士でごったがえしている。が、ランドルフ少佐はそれさえ気づいていないようだ。気の毒に、少佐は家に帰っても、毎日目にしているつらい出来事を話す相手が誰もいない。

ポーチに立ったランドルフ少佐は、ケイティの涙を見てふたりが知っていることに気づいたらしく、何も言わずにハンカチを取りだしてケイティの目を拭うと、そのハンカチを鼻に移動させた。「ほら、これでかみなさい」そしてスザンナを見た。「昨夜、帰宅すると、ドアのところにメモが留めてあったんだ。それからずっとラティガン家にいたんだよ。モーヴを助ける方法がわかればいいんだが……」

「わたしにお手伝いできることはありますか？」スザンナは尋ねた。

「ここは終わったのかい？」

スザンナはうなずいた。

「サッズ・ロウにある軍曹の家に行ってくれると助かる。エミリーにはにらまれるかもしれないが」

「その言葉は聞かなかったことにします」意図したよりもきっぱりした言い方になったが、少なくとも、ランドルフ少佐の顔にちらりと笑みをもたらすことができた。「何をすればいいのかしら？」

少佐は少し考えてから言った。「うちから本を持ってくる。一緒に行ってきみを紹介するよ。そのあと、午後いっぱいその本を読んであげてくれないか？　モーヴは聞いているかもしれないし、うとうとするかもしれない。とにかく、誰かが自分のことを気にかけているとわかれば、それでいいんだ」そして、さきほどよりきびきびした足取りで自宅に向かった。

「ラティガン夫人はどんな人？」スザンナはケイティに尋ねた。

「おとなしい人よ。いつも落ち着いてる。で、ラティガン軍曹が歩く地面まで崇《あが》めているわ」ケイティは気の毒そうに首を振った。「ふたりは赤ちゃんがほしいだけなのに」

軍医はどうやら急いで戻ってくる気はなさそうだ。ケイティが寒そうに腕をこすりはじめるのを見て、スザンナは手伝ってくれた礼を言い、帰ってかまわないと告げた。ケイティは黙ってうなずき、凍った階段を注意深くおりていった。途中でオレアリー大尉が合流すると、ケイティは夫の腕を取り、たくましい肩にもたれた。

ランドルフ少佐は、わたしが待っているのを忘れてしまったのだろうか？　そう思いはじめたとき、少佐が本と何かの包みを手にして、急ぎ足に将校通りを歩いてきた。

包みの中身はチーズのサンドイッチだった。「ぼくはこれをよく食べるんだ。ほら、きみの分だよ」

スザンナはにっこり笑ってお礼を言い、ポーチの椅子に再び腰をおろした。少佐はコートのポケットから食べかけのサンドイッチを取りだし、蝋引《ろうび》きの紙をめくった。「ゆうべはあまり食欲がなくてね」サンドイッチを噛《か》み、呑《の》みこみながら言った。「あとで食べることにしたんだ」

「もっとちゃんと食事をなさらないとだめよ」スザンナは穏やかにたしなめ、水がほしいと思いながらぱさつくパンを呑みこんだ。どうやら少佐は料理が苦手らしい。

「ああ、ぼくはいろいろなことをもっとちゃんとすべきだな」少佐は悔いのにじむ声でやんわりとそう言った。「気の毒なモーヴ。どうしても産み月まで子どもを体内に留《とど》めておくことができないんだ。いったいどうしてなのか」少佐はため息をついた。「我慢強い目で見られると、医学部に入りたての学生のころよりも、自分の無力を思い知らされるよ。

化膿《かのう》した傷の手当のほうがはるかにましだ」

ランドルフ少佐はスザンナが食べおえるのを待って言った。「きみさえよければ、今夜は夕食のあとで、生徒たちの家をまわろうか」

スザンナはうなずいた。「ええ、そうしたいわ」

少佐は本を掲げた。「さあ、立って。これが今日の午後、読み聞かせる本だ」

スザンナは本を受けとった。「とても面白い本だそうね」

「シャイアンで買ったんだよ。マーク・トウェインは読むたびに微笑《ほほえ》ませてくれる。まあ、悲しんでいる女性に、同じ効果があるかどうかは疑わしいが」

ふたりで練兵場を横切り、建設中の建物のそばを歩いていると、午後の仕事が始まる合図のラッパが鳴り響いた。

「新しい衛兵詰め所だ」少佐はスザンナの腕を取り、丸太の束を迂回《うかい》しながら言って、凍ったララミー川に架かっている橋を指さした。「きみは泳げるのか？　いや、これは冗談だよ。あの橋の向こうが石鹸水街《サッズ・ロウ》、洗濯場があるのでそう呼ばれている。下士官とその家族もこの通り沿いに住んでいる。ベネディクト一等兵の生徒たちもここから来る。ここがラティガン軍曹の家だ」少佐はそう言って小さな門を開けた。

「わたしでお役に立てるかしら」スザンナは急に気後れがして足が止まった。

少佐が背中を押す。「立てるとも。夫人に必要なのは、女性の話し相手なんだ」

「あなたは誰にでもこんなに強引なの？」

「そうさ。そして常に思いどおりにする」少佐はいまにもにやりと笑いそうに口の端を上げた。

少佐は玄関扉を軽くノックしてなかに入った。肘掛け椅子に座り、足置きに両足をのせて毛布に包まっている女性に向かって言う。「よかった。起きることにしたんだね、モーヴ。この人はホプキンス夫人、月曜日から将校連中の子どもたちを教えるんだ。きみのご主人が戻るまで、話し相手になってくれる。ホプキンス夫人、ぼくのお気に入りのモーヴ・ラティガンだ。いつもソーダブレッドとペパーミント・ティーを作ってくれるんだよ」

スザンナは片手を差しだし、冷たい手を握ったまま、もうひとつの手で包むようにしてソファの端に腰をおろした。

「あの……昨夜……つらいことがあって……」モーヴは手を引っこめずに言い、ちらっと少佐を見た。「彼から聞きました？」

「ええ。本当に残念だったわね」スザンナはそれだけ言った。「少佐にペパーミント・ティーを持ってきてもらいましょうか？」

「アイ。少佐はキッチンから持ってくるのに慣れてるから」

モーヴのアイルランド訛《なま》りはとてもチャーミングだった。「ご存じかしら？　わたしは一昨日《おととい》ここに着いたばかりなの。でも、アイルランドのアクセントがすっかり好きになったわ。ありがとう、少佐。ずいぶん早かったのね！　わたしのカップはそこのテーブルに置いてくださる？　まずコートを脱がないと」

スザンナはモーヴの手を離した。ランドルフ少佐はコートを脱ぐのを手伝い、それを掛け釘《くぎ》にかけて、天井が斜めになったキッチンに戻った。軍曹宅にはこの居間のほかには二室しかないようだが、どこもかしこもぴかぴかだ。

スザンナは再びモーヴの手を取り、ほっとした。さきほどより温かくなっている。ランドルフ少佐がキッチンから毛布に包んだものを持って戻り、脚を包んでいる毛布を持ちあげて、似たような包みを取りだした。「銑鉄《せんてつ》だよ」彼はけげんそうなスザンナにそう言った。「冷たくなったほうをオーブンに入れておくから、これが冷たくなったら、そっちと取り換えるといい」

少佐は毛布をもとに戻してぽんと叩き、〝脚を温めておくんだよ、モーヴ〟と言って患者に微笑んだ。

「体を前に倒してくれるかな？」その言葉にモーヴがおとなしく従うと、足を包んでいる毛布よりも薄い毛布を引っ張りだした。「これもオーブンに入れておく」彼はキッチンに戻り、代わりを持ってきて、痛みに顔をしかめながら再び前かがみになったモーヴの背中にそれを差しこんだ。「背中を温めることにどういう科学的な根拠があるのか知らないが、気持ちがいいからね」少佐はふたりに言った。「これも冷めたら、さっきのと取り換えるといい」

少佐は体を起こし、医者の目でモーヴを見てから頬にキスした。「軍曹には内緒だよ」そう言って片目をつぶり、ふたりに向かってうなずくと静かに立ち去った。

モーヴが首を振った。「彼のほうがつらい思いをしているみたいなのに……」そう言うと、それまでずっとこらえていたように涙ぐんだ。

スザンナもこみあげてきた熱いかたまりを呑みこむと、ためらいを捨てて食卓の椅子をモーヴのそばに引き寄せ、身を乗りだして抱きしめた。モーヴは世界中の悲しみを一身に背負っているように泣きだし、スザンナも一緒に泣いた。ふたりとも母になることを否定されたのだ。ひとりは無情にも息子と引き離され、もうひとりは流産で。

互いの涙が涸《か》れるまで泣いたあともまだモーヴを抱きしめていたスザンナは、背中の毛布のぬくもりが消えたことに気づいた。「前かがみになって。温かい毛布を持ってくるわ」オーブンで温まった毛布を持って戻り、モーヴの背中に滑りこませる。モーヴはほっとしたように背をあずけた。泣いたせいで目は腫れているが、気分はさきほどよりいいようだ。

「本を読みましょうか？」スザンナは尋ねた。「ランドルフ少佐が出たばかりの本を持ってきてくれたのよ」本を開く。「マーク・トウェインはわたしも好きな作家なの。あなたはどう？」

モーヴは黙っている。その顔にはランドルフ少佐に向けていたのと同じ表情が浮かんでいた。まるで痛みを終わらせる何かをスザンナに期待しているようだ。

スザンナはモーヴの手に触れた。「『新旧世界のスケッチ』というタイトルの短編集よ。ええと、最初の短編は〈わたしの時計〉。ねえモーヴ、わたしも靴を脱いで、その銑鉄のそばに足を入れてもいいかしら？」

モーヴはにっこり笑い、自分の足を少し横に寄せた。「まだ温かいわ。〈わたしの時計〉ね？」

スザンナはうなずいて快適な姿勢になり、咳払《せきばら》いをひとつしてから読みはじめた。「わたしの新しい、美しい時計は十八カ月のあいだ、遅れもしなければ進みもせずに動いていた。どこも壊れず、止まることもなく。なので、わたしはこの時計が告げる時刻に絶対の信頼を置くようになった……」

モーヴを見ると、すでに眠っている。スザンナは本を閉じ、ささやいた。「おやすみなさい、モーヴ」

8

一時間後にモーヴが目を覚ますと、スザンナはあたりまえのように必要な世話を焼き、すっかり終わると再び腰をおろしてモーヴの手を取った。

「ジョニーが手伝ってくれるんだけど、とてもつらそうなの」モーヴは言った。「ランドルフ少佐もよ」

スザンナはうなずいて本を開き、〈わたしの時計〉を続きから読みはじめた。モーヴは居眠りをしては、目を覚まし、笑みを浮かべてこの短編に聞き入って、そしてまたうとうとした。〝……わたしはその場で彼の脳天をかち割り、自分の金で埋葬した〟というくだりでは声をあげて笑い、スザンナが本を閉じると満足したようにため息をついた。

「あとで読めるように置いていきましょうか？」スザンナは時計を見ながら言った。

するとモーヴの青ざめた頬が急に赤く染まった。「わたしは読めないの」小さな声でつぶやく。

ララミー砦《とりで》でする仕事がもうひとつ増えたわ――スザンナは嬉《うれ》しくなった。

「読めるようになりたい？」

「アイ」モーヴは静かに答えた。「その時間がある？」

「夜ならね」それに、エミリーの家の歓迎されない居間からも逃れられる。「ベネディクト一等兵も、男性の下士官に夜の授業をしているのよ」

「ジョニーはわたしがそこに行くのをいやがるの」

スザンナはまだ本を手にしたまま体を起こした。「ほかにも、男性とはべつのクラスで学びたいと思う女性がいるかしら？」

「いるかもしれない」モーヴはぱっと顔を輝かせて玄関扉を見た。「ジョニーが帰ってきたわ」

スザンナには何も聞こえなかったが、自分はジョニー・ラティガンと結婚しているわけではない。モーヴの嬉しそうな表情には愛があふれていた。「そろそろ失礼しないと」スザンナは言った。

「いいえ、どうか、ジョニーに会っていって」

扉が開き、心配そうな顔のハンサムな男性が入ってきた。モーヴを見ると目を輝かせたが、まだ心配そうだ。ランドルフ少佐がそのすぐ後ろに立っていた。長身の男がふたりも入ってきたせいで、陸軍の軍曹に割り当てられた小さな家の居間は、急に狭くなったように見えた。悲しみと折り合いをつけようとしているモーヴのそばで、軽妙なマーク・トウエインの物語に引きこまれて過ごすうちに忘れていた冬の冷たい空気も、ふたりと一緒に入ってきた。

軍曹は妻が座っている椅子のそばに膝をついた。モーヴが彼を優しく引き寄せ、その頭にキスするのを見て、スザンナは涙ぐんだ。ちらっと少佐を見ると、ランドルフ少佐はスザンナを見ていた。この軍医はまるで自分の気持ちを隠すことができない。いまはこう言っているようだった。〝ごらん、なかには素晴らしい結婚もあるんだよ〟と。

ランドルフ少佐が軍曹にスザンナを紹介したあと、軍曹は毛布を引きぬいてキッチンに行った。どうやら、この手順に慣れているようだ。ふたりが味わってきた苦しみを思うと、喉を熱いかたまりがふさぐ。自分が世の中の誰よりも不幸だと思いこんでいたことが信じられなかった。

妻のささやくような言葉で、軍曹は温めた毛布を今度はお腹に置いた。昼間は大声で部下に命令しているにちがいないが、スザンナに向けた軍曹の声は落ち着いて静かだった。

「あなたのご親切に、なんとお礼を言えばいいか」軍曹はモーヴと同じチャーミングな響きのアイルランド訛《なま》りで言った。

「こちらこそ、お役に立てて何よりよ」陸軍の軍曹たちは、みなこんなに魅力的なのだろうか？　スザンナはハンサムな顔につい見惚《みほ》れ、そう思っていた。「明日も忙しいようなら、喜んで奥さまの話し相手をさせていただくわ」毛布に包まれたモーヴの足に触れる。

「短編はまだたくさんあるし」

「実は明日も忙しいんです」軍曹は答えた。「家族の具合が悪いからといって、軍人が休むわけにはいきませんから」

「では、明日もお邪魔するわね？」スザンナは久しぶりにきっぱりとした声で言った。「こちらのお宅は何時に朝食をとるの？」

「六時ごろ、だね、モーヴ？」

「軍医が卵を見つけてくれたら、オムレツを作りましょうか。チーズが軍医のところにあるのはわかってるの。あまり上質のものではないけれど……」

「なにせ軍の支給品だから」少佐があとを引きとった。「きっとアポマトックスの戦いのころからあったチーズを、倉庫の暗い片隅から引っ張りだして新しい箱に入れ、〝ヴィンテージ・チェダー〟とでもラベルを貼ったんだろう。卵は手に入るよ」

「少佐、卵は貴重品よ」モーヴがたしなめた。

「きみのほうが貴重だよ、ラティガン夫人」ランドルフ少佐は明るい声で言うと、スザンナを見た。「そろそろ行こうか、ホプキンス夫人。きみが月曜日から教える生徒たちに会わせておきたい。失礼するよ、おふたりさん」彼は手の甲でモーヴの頬をなでた。「少しでもおかしいと思ったら、急いで軍曹をよこしてくれ」

ラティガン夫妻は顔を見合わせて微笑《ほほえ》んだ。でも、その笑みににじむ悲しみに気づかないのは愚か者だけだろう。

外に出ると、スザンナは冷たい冬の空気を深々と吸いこみ、一月の寒さに身を震わせた。軍医は何も言わずにスザンナのマフラーをきつく巻きなおし、驚いてラティガン家の小さなポーチで足を止めたスザンナに言った。

「ホプキンス夫人、コートのボタンを上まではめないなら、もっとしっかりマフラーを巻く必要があるぞ」

少佐が自分の悲しみをごまかしているのに気づいたスザンナは、黙って少佐の気のすむようにマフラーを直させた。

「あのふたりはどうやって耐えているのかしら?」そうつぶやきながら、差しだされた腕をためらわずに取る。道が凍っているのはもうわかっていた。

「さあ。モーヴとジョニーはこの砦のどの夫婦より愛しあっていた。それなのにモーヴは、ふたりがあんなにほしがっている子どもを産めないんだ。そして愛しあうたびに、その結果が悲しみをもたらす。不躾《ぶしつけ》な言い方ですまないが」

「ええ、バケツいっぱいの血をもたらすのね。率直な話し方くらい、わたしにもできる」スザンナはつぶやいた。「なんて悲しいこと」授業をおえた子どもたちが、凍った板を走って渡ってくるのを見て、スザンナは橋の前で立ちどまった。「少佐が今日ラティガン家にわたしを連れていったのは、そろそろ自己憐憫《れんびん》に浸るのをやめるべきだと言いたかったたからなの？」

「いや。だが、きみがそう思ったのなら、なおよかった」ランドルフ少佐は子どもたちが橋を渡ってしまうと、再びスザンナの腕を取った。「ぼくがきみを連れていったのは、ほかの軍曹の奥さんが子どもを引き連れてきて、そばに座り、同情のまなざしを注ぐのに、モーヴは耐えられないだろうと思ったからだよ。アイルランド人はほかの誰よりも子作りが上手だからね。見ていてごらん、モーヴは二、三日もすれば元気になる。だが、いま流産した赤ん坊を思い出させるのは、弱った体に鞭打《むちう》つようなものだ。さて、今日は何を学んだのかな？」

「わたしも温めた銑鉄《せんてつ》に足をのせたいってこと。あとは、読み書きを覚えたがっている女性たちに、それを教えられるかもしれないということ。卵は本当に手に入るの？」

「おっと、きみは話題を変えるのがうまいな」ランドルフ少佐は笑った。「病院に小さな銑鉄があるから、それを貸してあげよう。それに卵は手に入る。そのあてがあるんだ。医療物資の公式リストに載っているからね。女性たちに読み書きを教えるなんて、素晴らしいじゃないか」

ランドルフ少佐はそれっきり黙りこんだ。ひどく疲れているようだ。

「昨夜は何時に寝たの、少佐？」

「寝たのは二日まえだな」

「生徒には、明日の午後に会うこともできるわ」

「明日はまたべつの危機に見舞われるかもしれない」少佐は将校通りのはずれにある日干し煉瓦《れんが》の家を指さした。「ここから始めよう」

「あなたとは議論しても無駄だってことね」

「そのとおり」

ドアを出たときには、もう暗くなっていた。始まるのが待ち遠しそうな生徒もいれば、不満そうな生徒もいる。後者は、せっかくのんびり好きなことをしていられたのに、スザンナのおかげで台無しだ、と思っているかもしれない。

「ホプキンス夫人が突然現れて、教室に閉じこめられることになったら、わたしなら腹が立つでしょうね。砦には毒づく男たちや、刺激的な冒険がたくさんある。それに、せっかく父の遠征に連れていってもらう約束だったのに、とか」スザンナは最後の家に近づきながら言った。

「死刑執行人のような笑みを浮かべたニック・マーティンが後ろの列に座っているかぎり、心配はないよ」少佐が言った。「ニックは見るからに怖いからな」彼は足を止めた。「怖いと言えば、ここがチェズ・ダンクリンの家だ。最悪の家は最後にまわしたんだよ」

スザンナの鼓動はとたんに速くなった。「ダンクリン夫人がカーライルの噂話《うわさばなし》に興味がないといいけれど」

「もうすぐわかる」

　ダンクリン家はほかのすべての家と同じように、暑いほど暖められていた。だが、この家の家具は重厚で暗い色だ。荷箱を寝椅子代わりに使うのは、ダンクリンの家風ではないようだが、スザンナは荷箱や軽い折りたたみ椅子を魅力的だと思っていた。次の砦に移動するときも簡単に荷造りができる。けれど、ダンクリン夫妻はペンシルベニアを西部に持ちこむのに最大の努力を払っていることが見てとれた。

　ありがたいことに、シャイアンからこの砦に戻る救急馬車のなかでしたように、どっかりと居間に座ったダンクリン大尉がほとんどひとりでしゃべった。頭が痛いというぐちに、ランドルフ少佐は真顔で〝つくいた症〟のせいだとなだめた。

「明日の午後にはおさまるだろう。さてと、ボビー・ダンクリン、こちらがきみの先生だよ。ホプキンス先生はきみにたくさん教えることがある」

　息子のボビーが顔をしかめるのを見て、スザンナは思った。ニック・マーティンには、月曜日からさっそく、この子のすぐ後ろに座ってもらうとしよう。ちらっと母親を見ると、ボビーそっくりのしかめ面でこちらを見ている。見るからに気の進まなそうなボビーと他《た》愛《わい》ない言葉を交わすあいだも、スザンナは鳥肌が立つのを抑えられなかった。

「馬に乗ってるほうがいいんだけど」

「でも、ボビー」スザンナは言った。「春が来るのを待つあいだに、いろいろなことを学べるのよ」

そのあいだもずっとダンクリン夫人の食い入るような視線を感じ、ひどく居心地が悪かった。そろそろ失礼してもいいでしょう？　ランドルフ少佐に伝わることを願いながら、スザンナは心のなかでそう訴えた。

少佐も玄関扉をちらちら見始めたとき、ダンクリン夫人が突然立ちあがった。「あなたが子どもたちを教えてくださるのには、とても感謝しているんですのよ」彼女は夫と同じ、人を見下すような口調で言うと、眉根を寄せた。「ただ、どうしてあなたの名前が頭にこびりついているのか思い出せなくて。でも、きっと思い出しますわ」

「月曜日の朝までに、ダンクリン大尉がほかの砦に移動にならないかしら」外に出ると、スザンナはそうつぶやかずにはいられなかった。

ランドルフ少佐はリース家のポーチで別れを告げた。「本当に明日の朝、ラティガン家でオムレツを作るつもりなら、五時半に立ち寄って送ってあげよう。もちろん、卵と一緒に」

スザンナは低い声で笑った。「オムレツに関しても、もっと重要な問題に関しても、わたしは決して冗談など言わないわ」

少佐も低い声で笑いながら、帽子の縁に手を触れて通りを下っていく。その笑い声がスザンナの胸を温めてくれた。

スザンナは五時半までには支度をおえ、軍医が扉をノックするのを待っていた。だが、玄関の外に立っていたのは、軍医の伝言を手にしたニック・マーティンだった。〝今朝の付き添いはニックに頼んだ〟――外の雪からニックを玄関に入れたあと読むと、少佐のメモにはそう書いてあった。〝ぼくは奥さんが赤ん坊を産もうとがんばっているあいだ、ベヴィンス中尉を落ち着かせているところだ。卵を持たせるからおいしいオムレツを作るといい〟

ふたりは兵士たちが集まってくる練兵場を急いで横切った。眠気のさめない目をこすっている者もいれば、あくびをしている者もいる。

「これから何があるの？」スザンナはニックに尋ねた。

「伍長《ごちょう》が点呼をとる。それから朝食に行くんだ」ニックが答える。「ラティガン軍曹も、あそこにいるよ」

ニックが腕にかけた籠を揺らしながら指さすほうを見ると、モーヴの夫が直立して、伍長が点呼を終わらせるのを待っていた。四十人の眠そうな兵士たちよりモーヴのほうがはるかに彼を必要としているのに、軍隊がそれを斟酌《しんしゃく》してくれないのは残念なことだ。

モーヴの夫が練兵場にいるとあって、スザンナはラティガン家の玄関扉をノックするまえに少しためらった。モーヴを起こさなくてはならないのが気の毒に思えたのだ。だが、軽くノックするとモーヴはすぐに扉を開けた。

昨日より元気になっているのはひと目でわかった。モーヴはにこやかな笑顔で扉を大きく開け、卵を戸口で渡して引き返そうとするニックを引き留めた。

「ニック、少佐は忙しいんでしょう？　少佐の分は誰が食べるの？　オムレツは日持ちしないのよ」

ニックは卵の入った籠をモーヴに渡し、玄関に入るのを頑として拒んだ。「ポーチで待っている」彼はつぶやいた。

「だめよ」モーヴはきっぱり言った。こういう有無を言わせぬ口調は、とても軍曹の妻らしい。「外は寒すぎるわ」ニックがそれでも尻込みしていると、モーヴは考えこむような目になった。「聖パウロ、オムレツを食べずに、どうやって宣教の旅に出る体力を保てるのかしら？」

「たしかにそうだな」ニックはそう言って家のなかに入った。

そのころにはモーヴは、スザンナが昨日の午後、肘掛け椅子のそばに引っ張っていった椅子に寄りかかっていた。

スザンナは彼女の腕を取った。「聖パウロ、その小さな椅子をキッチンに運んでくれる？　わたしが料理するあいだモーヴが座れるように」

ニックは言われたとおりにした。「薪《まき》を取ってこよう」

モーヴはほっとしたように腰をおろした。「朝食の支度ぐらいできると思ったのに」

「わたしがお手伝いするわ」スザンナはコートを脱いで、流しのそばにかかっているエプロンをつけた。「ランドルフ少佐はお産で……」そこであわてて言葉を切る。ララミー砦のほかの女性が赤ん坊を産もうとしているのを、モーヴに思い出させるのは酷だ。

だが、モーヴはスザンナの腕に手を置き、静かに言った。「ホプキンス夫人、わたしに不幸があったからといって、人生は止まってはくれない。ランドルフ少佐がベヴィンス家で赤ん坊を取りあげているのは知ってるわ」

「そのとおりね」スザンナはモーヴの言葉に心打たれた。たしかに自分の身に不幸が起きたときも、人生は止まってくれなかった。その気になれば、ただ不幸を嘆くのではなく、そこから何か学ぶことができるのかもしれない。

「それに、あなたよりもつらい状況なんてめったにないわ。こんなに若いのに、ご主人を亡くされるなんて」

この嘘をつきつづけるのはもういやだ――スザンナは心の底からそう思った。でも、いったいどうすればいい？

オムレツを焼く準備ができるころには、ニックが薪を運びこみ、ラティガン軍曹がブーツの雪をポーチで落としていた。ちらっとモーヴを見ると、急に生き生きとした表情になっている。ああ、いつか自分もこういうふうに誰かを愛したい。

「聖パウロ、あなたが手伝ってくれてとても助かるわ」スザンナは、ストーブの横に薪を置いているニックに声をかけた。

軍曹がモーヴに手を貸して肘掛け椅子に座らせ、脚を毛布で包んで額にキスしてから、オーブンを開けて温かい毛布をもう一枚取りだした。

「今日は一日ここにいるつもりよ、軍曹」スザンナは言った。

「ありがとう、助かります」

「わたしも楽しいんですもの」スザンナは注意深くオムレツをひっくり返し、反対側が焼けるまで息を止めていた。

「そう言ってもらえるとほっとします」軍曹はモーヴの背中に毛布を差しこむと、キッチンに戻ってきてちらっと居間に目をやった。「モーヴから聞いたんですが、夜に読み書き教室を考えているとか」

「ええ」スザンナはキッチンの隅で待機しているニックに、大皿を差しだすように合図した。「まず、ほかの仕事との兼ね合いを見てみるわ。そのあとで始めたいと思っているの」

ニックは、スザンナがテーブルに座れと勧めたとき躊躇《ちゆうちよ》したが、ラティガン軍曹がじろりと見ると黙って席につき、行儀のよい子どものように膝の上で手を組んだ。

朝食はオムレツのほかにトーストとお茶だった。モーヴがたくさん食べられるように、スザンナはほんの少しだけ食べた。ラティガン軍曹もそうしている。モーヴが大きなひと切れを食べ、目を閉じて満足のため息をもらすのを見て、ふたりはこっそり笑みを交わした。

「卵はめったに手に入らないの」モーヴは口元をほころばせ、まだ目を閉じたまま言った。

「少佐は一ダースくださったのよ」スザンナが言うと、モーヴは驚いてぱっと目を開けた。

「三つ取っておいたわ。このあとケーキを焼こうと思って」

「まあ、ジョニー、ケーキですって」

スザンナはただのケーキに、ほとんど畏敬の念に満ちた反応を引きだせたのが嬉しくて、こう付け加えた。「干したりんごがあれば、アップルソース・ケーキを作れるわ。今夜はここでカードパーティをしたら？　お友達を招いて」

「そうしてもいいな」軍曹が言った。「きみはどう、モーヴ？」

「アイ、ジョニー。そうしましょうよ」

モーヴはそのあと穏やかな表情で目を閉じ、うとうとした。ニックが皿洗いを手伝ってくれて、軍曹は肘掛け椅子のそばに座り、妻が身じろぎするたびに手をなでている。ケーキの種をオーブンに入れる用意ができるころ、軍曹は静かに立ってキッチンに来ると、ニックに向かってうなずき、小声で言った。

「そろそろレディたちを置いて出かける時間だな。衛兵の交代が始まる。病院の助手も、きみの手伝いを必要としているにちがいない。ええと……」

「聖パウロだ」ニックが胸を張って告げる。

「聖パウロ」軍曹はコートに袖を通すと、ニックが自分のいる場所を思い出し、コートを着るのを待った。「本当にありがとう、ホプキンス夫人」スザンナに向かって言う。「恩に着ます」

「恩だなんて」スザンナは気後れがした。「奥さまのことはご心配なく」

軍曹は急に涙ぐんだものの、黙ってスザンナの手を離し、聖パウロを従えて出ていった。モーヴ・ラティガンが癒やされ、自分の心が安らぐ穏やかなひとときに感謝しながら、スザンナは長いこと静かにキッチンに座っていた。

スザンナが焼きあがったケーキの上に砂糖をぱらぱらとかけ、居間の唯一の窓のそばに置くと、モーヴは嬉しそうに手を叩《たた》いた。テーブルにのったケーキは、たしかに拍手に値するように見える。

「お茶と一緒に出せばいいんじゃないかしら」スザンナは言った。さっきキッチンをざっと見たから、特別なものが何ひとつないのはわかっている。軍の配給品は慎《つつ》ましいパーティにすら向かないものばかりだ。

「ええ、そうするわ」モーヴが言って、自分のそばを示した。「でも、いまはここに座って。また短編を読んでくれる?」

ふたりはマーク・トウェインの短編集から、〈キャラヴェラス郡の名高き飛び蛙《がえる》〉を読むことにした。モーヴはじっと聞き入り、それからうとうとして、目を覚ましたあとは終わりまで聞いていた。ラティガン軍曹は昼休みに一度戻り、何もせずにただ眠っている妻を眺め、感謝をこめてスザンナにうなずいた。

軍曹が再び出かけると、スザンナは冷めた毛布をオーブンに入れて温め、不満をひと言も口にしない患者が目覚めるのを待った。やがて小さなノックが聞こえ、ランドルフ少佐が入ってきて人差し指をスザンナの唇に置いた。

そしてそばに腰をおろし、軍曹と同じように、眠っている患者をしばらく見ていた。もっとも少佐の目は、優しいとはいっても医者のそれだった。まもなく彼は静かに立ちあがり、足音をしのばせてキッチンへ向かいながら、ついてくるように合図した。

「万事順調なんだね」

スザンナはうなずいた。「オムレツはとてもおいしかったわ。卵をいくつか残してアップルソース・ケーキを作ったの。ラティガン夫妻は、今夜カードパーティをするのよ。軍医の反対がなければ、だけれど」

「反対どころか、素晴らしい考えだ」少佐は言った。「モーヴは肘掛け椅子から采配を振れるし、友人たちも大いに笑って楽しいひとときを過ごせる」

彼の声には焦がれるような響きがあった。「あなたもそのうち、カードパーティをしたら?」

「モーヴのような女主人がいたら、そうするだろうな」

「ごめんなさい、そんなつもりは……」スザンナは赤くなって言いよどんだ。

「妻がいないことを、思い出させるつもりはなかった?」ランドルフ少佐は首を振り、スザンナの腕を取った。「ホプキンス夫人、きみもいずれはわかるよ。人生は止まらないものなんだ。そういった意味では、ぼくはあまりよい例ではないが」肩をすくめる。「ラテイガン夫妻はその好例だ。カードパーティだって? 賭けてもいいが、モーヴはみんなから巻きあげるぞ」

スザンナは声をあげて笑い、あわてて口を塞いだ。ランドルフ少佐が優しくその手を口から離す。

「いまのは、これまででいちばん自然な笑いだな」ランドルフ少佐は目をきらめかせた。

「もっとそうやって笑うほうがいい。それがきみに対する処方箋だよ」

とてもよい助言だ。スザンナはさっそく従うことにした。

9

翌週は順調に始まった。月曜日の朝にドアを開けると、暖炉には石炭が赤々と輝き、教室はすでに暖かかった。スザンナの机には、茶色い薬瓶に入ったもしゃもしゃの雑草が置いてある。それが目に入ったとたん、自然と笑みが浮かんだ。軍医の美しいとは言えない字で、〝一月には薔薇《ばら》がない。だが、ラビットブラッシュも香りがいいぞ。幸運を祈る!〟というメモもある。そのあとに〝合衆国医務官ジョー・ランドルフ少佐〟と署名が入り、さらにいくつかアルファベットが続いていた。

生徒が入ってくるのを見て、スザンナはさっそく彼らの席を決めようと口を開けたが、何も言わないうちに、みな勝手に席についていく。それも、スザンナが考えもしなかった法則に従って。まず高学年の三人がいちばん前の席に陣取り、小さな子どもたちはその後ろに座った。あれでは前を見るのに、年少の子どもたちは横から首を伸ばさなくてはならない。しかも、隣りあって座っている少年と少女も何人かいる。これは珍しいことだった。

これまでの経験では、男女は自然と教室の反対側に分かれたものだ。

しばらくこの席順をじっと見てから、スザンナはようやく気づいた。なんと、子どもたちは父親の階級順に座っているのだ。

そんなばかな考えは、さっそく捨ててもらわなくては。

スザンナは自分の机の前で立ちあがった。ニック・マーティンが入ってきて、後ろの列に座るのを見て微笑する。何人かの少年が振り向いて不安そうな顔になった。

「ようこそ、みなさん」スザンナはまず生徒たちを歓迎し、次いでこう言った。「年少の生徒は前に座りましょうか」

誰も動こうとしない。

「さあ、移動して」スザンナは少しきっぱりと言ったが、声は高くしなかった。「お父さまたちの階級は、この教室では関係ありません」

何人かがぎょっとして目を見合わせた。だが、彼らが動くことになるのは間違いない。スザンナは彼らが移動するまで、ひとりひとりをじっと見た。

年上の子どもたちに手伝わせ、年少の子どもたちの机を教室の片側に集めると、アルファベットを書いた紙を配った。スザンナ自身は年上の子どもたちと座り、彼らに本を読ませ、それに耳を傾けた。ラッパが昼食の時間を告げるころには、年上の生徒は午後から行う作文の課題を告げられていた。午後からスザンナが教えるのは年少の子どもたちだ。

生徒がお昼をとりに家に帰り、教室が空になると、ニック・マーティンが称賛するような目でスザンナを見た。

「どうかしたの、ニック?」

「べつに。けど、おれはとくに必要じゃないみたいだ」

スザンナはニックを見た。いつものように無表情だが、目には力がある。スザンナは余分な石板をニックに渡した。ニックはさきほど、年少の子どもたちがアルファベットを書くのをじっと見ていたのだ。スザンナは活字体でアルファベットが書いてある黒板を示した。「あれを写して」

「勉強するには、少し歳《とし》をくってやしないか?」

「勉強は死ぬまでするものよ、ニック」スザンナはにっこりした。「それとも、聖パウロかしら?」

ニックは目を泳がせたりせずに、まっすぐスザンナを見た。「ニックだよ。ただのニックだ」

スザンナは注意深くアルファベットを写しているニックを教室に残し、お昼を食べるためにリース家に急いだ。エミリーは二階でいやがるスタンリーに昼寝をさせようとしていたから、キッチンに座り、ひとりで食べた。昼寝をさせるのに失敗しても、エミリーが二階からおりてくるつもりがないことはわかっている。

お昼はすぐに食べおえた。スザンナはコートに袖を通すと、練兵場を急ぎ足に横切って橋を渡り、温かい歓迎を受けることがわかっているラティガン家にモーヴの様子を見に行った。モーヴは目を輝かせて玄関扉を開け、スザンナを引っ張るようになかに入れるとお茶を出してくれた。

生徒が親の階級順に席に座ったという話に、モーヴはうなずいた。「砦《とりで》を移動するときだって、将校の奥さんや子どもたちが救急馬車に乗って出発し、わたしたちを埃《ほこり》とともに残していくのよ」

「ひどい話ね。喘息《ぜんそく》やほかの持病がある奥さんや子どもたちはどうするの？」

「可哀《かわい》そうだけど、特別扱いなんてしてくれない。それが軍隊のやり方。彼らの大事な子どもたちを後ろの席に座らせたとすると、文句が出るかもしれないわ」

「いいえ、きっと後悔するはめになる」スザンナが言い、ふたりは笑った。

五分後、スザンナはモーヴがすっかり回復した様子なのを嬉《うれ》しく思いながら立ちあがった。「モーヴ、元気になったら、ほかにも読み書きを学びたい人がいるかどうか、お友達に訊《き》いてみて。夜ならオールド・ベドラムの教室を使っていけない理由はひとつもないわ」

「きっと文句が出るわよ」

「だったら、倉庫のなかの教室を使えないかベネディクト一等兵に訊いてみる」

スザンナはワイオミングの強風に頭を下げ、練兵場をきびきびした足取りで横切った。オールド・ベドラムに戻ると、少しのあいだその前に立ち、これから行う授業を頭のなかでひととおりさらって、再び教える機会を得られたことに感謝した。

〝ララミー砦の好きなところ〟という作文を書くことには、誰も文句を言わなかった。スザンナはたっぷり時間を与え、年少の子どもたちが午前中に写したアルファベットを発音する手助けをした。

終業のラッパが鳴ったあと授業の終わりを告げると、年長の少年たちはどたどたと教室を走りでていき、少女たちがそれよりも少し静かに立ち去った。なかには足を止め、年少の子どもたちにコートを着せるのを手伝ってくれる少女もいた。ひとりは小さな声でこうささやいた。「学校ができてよかった」

「ええ、そうね」恥ずかしそうな少女の言葉にぽっと胸がぬくもり、スザンナもささやき返した。

教室の床を掃いて、暖炉の石炭を灰で囲うあいだ、ニックはアルファベットを発音し、石板に何か書いていたが、やがて石板をスザンナの机に置いて出ていった。何を書いたのだろう？　スザンナは石板を見て、読みあげた。「こうもり、ねこ。すごいわ、ニック」

スザンナはその夜ニックのことを考えながら、キッチンの食卓で翌日の授業の準備をした。明日は今日書いた作文を読ませ、算数の初歩を教えるとしよう。ランドルフ少佐が今日の首尾を聞きに立ち寄ってくれればいいのに。そう思いながら、わざわざ居間に入ってそれとなく窓の外をのぞき、少佐の姿を捜した。外は雪が降っている。たぶん少佐は来ないだろう。

だが、居間にはエミリーがいて、揺り椅子に座り、スザンナをじっと見ていた。義理の従弟《いとこ》のほうは寝椅子でいびきをかいている。エミリーは、窓辺に立っているスザンナの背中を穴が開きそうなほど見つめていた。

「どうしたの？」スザンナはうんざりして、とうとう尋ねた。

エミリーは目を合わせようとはしなかった。「この通りの奥さんたちが、あなたがサッズ・ロウで過ごしていることを話題にしていたわ」

「でしょうね」つまらない非難に腹が立ち、自然と顔に血がのぼる。「ラティガン軍曹の奥さんが流産したのよ。ランドルフ少佐に頼まれたの。本を読んであげて、ちょっとした世話をする人間が奥さんには必要かもしれない、と思ったのね」

エミリーの顔に浮かんだショックからすると、〝流産〟という言葉を口にするのはタブーなのかもしれない。

「モーヴ・ラティガンは友人を必要としていただけよ。それに……たぶん、わたしも。モーヴはずいぶん元気になったわ。いちおう話しておくけれど、もうすぐ夜の空いている時間に、希望者を募って軍曹や伍長《ごちょう》の奥さんたちに読み書きを教えるつもりよ」

ったよ。これは自分で買ったんだ」

ランドルフ少佐は取りだした箱を注意深く机に置くと、留め金や差し錠をはずし、箱の側面を引きあげた。なかに入っているのは顕微鏡だった。スザンナは驚いて息を呑《の》み、手を叩《たた》いた。

「その顕微鏡でもぞもぞうごめくものを見せるために、年長の生徒たちをここに連れてきてもいいかしら」

ランドルフ少佐は笑って言った。「いいとも。はき古した靴下でも見つけておくよ。さもなければ、朝食に食べたものとか」

「いいえ、氷が溶けたあとのララミー川の水で十分」

「なんだ、つまらない」

ランドルフ少佐は接眼レンズをのぞきこみ、たちまち夢中になった。スザンナはそっと執務室を出て坂をおりはじめた。今日は風があまり強くないのがありがたい。明日は遅くなったクリスマスの贈り物について、どんな作文ができあがることだろう。

週末までの授業計画を頭のなかで立てながら歩いていたせいで、もう少しで丘を登ってくるニック・マーティンを見落とすところだった。ニックがあまりにも寒そうに見えたので、スザンナはすれちがうときに彼の腕に手を置いた。

「こんなに寒いんですもの、屋内にいないと」

「これからそうするところだ」今日は聖パウロらしいニックは、尊大な調子で言った。「ランドルフ少佐から、教室の掃除をして、灰をかきだせと言われたんでね」

「まあ、あなたがわたしの守護天使だったのね」この言葉に、ニックが嬉しそうに顔をほころばせる。

彼が震えているのを見て、スザンナはもう行ってと手を振り、後ろ姿を見送りながら思った。あの頭のなかはどうなっているのだろう？ それからモーヴ・ラティガンと彼女の悲しみのことを思い、ほかの奥方からの嫌みなど歯牙にもかけない明るいケイティ・オレアリーのことを思った。それぞれが心折れてしまわないように、自分なりの方法で順応しているのだ。病院を振り返り、ランドルフ少佐と夫人の痛ましい事故のことを思う。

「みんな苦しい経験をしている」風に向かってつぶやき、急ぎ足に丘をおりてリース家に入った。スタンリーが新しい揺り馬にまたがり、従妹《いとこ》は驚きに口を開けて立体幻灯機《ステレオプティコン》を見ている。ララミー砦の家々にようやくクリスマスが来たのだ。


翌朝は生徒全員が興奮してまくしたてた。スザンナはふだんの授業を中止して、瞬《まばた》きする新しい人形や、玄関からキッチンまで敷いた線路の上を走るゼンマイの汽車の話に耳を傾けた。

昨日描いた上手な動物の絵を褒めたかったのだが、ボビー・ダンクリンは休んでいる。

リース大尉が妻に贈った新しい皿――割れていたのは三枚だけだった――でお昼を食べながら、そのことをエミリーに話した。

「そうだ、ダンクリン夫人が、今夜行う集まりにあなたにも来てほしいそうよ」エミリーは招待状を見つけ、スザンナに差しだした。「生徒の親御さんたちとの顔合わせですって。親切よね？　ダンクリン夫妻はこれまでカードパーティさえ、したことがなかったのに」

「でも、息子さんの具合が悪いのに、どうして集まりなんか？」スザンナはちらっと時計を見た。「あなたは呼ばれていないの？」

「ええ」エミリーがほっとしているのは明らかだ。それを見て、スザンナの疑いは募った。

「生徒の親御さんだけだもの」そこで従妹は顔をしかめた。「菌がうようよいる家にあなたを呼ぶつもりなのかしら？」

「そこまでの悪意はないでしょうけれど……」

年長の生徒たちに朗読の準備をさせ、年少の生徒たちには黒板を見ないでアルファベットを書かせているときに、スザンナは再び今夜の集いのことを考えた。生徒が帰ったあと、ランドルフ少佐が顔を出し、ダンクリン家に送ると言ってくれたときも不安は消えなかった。

緑のウールと黒い綾織《あやお》り綿布のどちらにしようかさんざん迷ったあと、黒いほうにした。そのほうが落ち着いていて教師らしい気がしたのだ。それに、機嫌のよいときのフレデリックが、きみは黒がとてもよく似合う、と言ったことがあった。ランドルフ少佐も同じように感じてくれるかもしれない。

　スザンナがノックに応えて扉を開けたとき、少佐の目に浮かんだ表情からすると、どうやら願いどおりになったようだ。

「とてもきれいだ」少佐は言った。

　スザンナは女学生のように赤くなり、急いで話題を変えた。「そういえば、あの顕微鏡で世紀の発見をなさった？」

「いや。実は、何年かまえにフランスの医療雑誌に載ったルイ・パスツールの論文を読んでね。細菌感染に関するものだったが、自分の顕微鏡がほしいとずっと思っていたんだよ」ランドルフ少佐はそう言ったあと、急に照れたような顔になった。

「どうしてそれを恥ずかしがるの？」

「これは誰にも言ったことがないんだが、ぼくはパリのルイ・パスツールのもとで細菌の研究をしたいんだ」

「まあ、どうして？」スザンナは好奇心に駆られて尋ねた。

「細菌には昔から関心があった。顕微鏡と池の水、黴《かび》を使う授業がいちばん好きだと自分自身に認めたのは、医学部で学びはじめてからだいぶたっていたが」

「でも、あなたは……とてもよいお医者さまだわ」

ランドルフ少佐は流麗なお辞儀をしてスザンナを微笑《ほほえ》ませた。「ありがとう！　だが、いちばん心を惹《ひ》かれるのが細菌学なんだ」

「どうしてそちらに進まずに、医官になったの？」

「もっともな質問だな。だが、南部連合がサムター要塞を砲撃したあとは、細菌学のことなど頭から吹き飛んだ。で、医学部の最後の学年を六カ月で終わらせ、軍に志願した。当時はみんながそうだった」

「パリへ行くべきね」スザンナは少佐が広げたコートに袖を通しながら言った。「医療部隊の誰かが、合衆国陸軍の費用であなたをパリに送りだしてくれるといいのに」

　少佐は首を振った。「ワシントンでは、そういううまみのある任務には後援者が必要だ。バージニア出身の男には無理だな。自分の金で行くしかない」

「だったら、どうして行かないの？」

　ランドルフ少佐はダンクリン家に急いで行くつもりはないらしく、スザンナの質問を考えるように立ちどまった。

「そう言われると、ぼくがパリに行くのを止めるものは何もないな。資金は十分あるし。今年の夏の遠征が終わったら退役するか」

「わたしの学期が終わるまでは行かないでね、少佐」スザンナはついそう口走り、また赤くなった。「だって、少佐はわたしの唯一の味方なんですもの」

ランドルフ少佐はスザンナの手を叩き、再び歩きだした。「味方は何人もいるじゃないか。まあ、ラティガンやオレアリーはぼくほど熱心ではないが」少佐はまたしても足を止めた。「ダンクリン夫妻は何を企《たくら》んでいるんだ？　正直に言うと、この招待が少々気になってね。生徒の親たちとはもう会っているのに」

「わたしも心配しているの」スザンナは静かな声で同意し、ボビー・ダンクリンが授業を休んだことを話した。息子の具合が悪いのにわざわざパーティをする理由がわからない、と。

「ダンクリン家には行かないほうがよさそうだ。実際……」

そこでランドルフ少佐は言葉を切った。ダンクリン大尉が玄関の扉を開け、なかに入れと合図をしていたからだ。通りに面した窓からは、居間にあふれんばかりの人々が見える。

「ええ」スザンナは急に怖くなってささやいた。だが、ダンクリン大尉が扉を開けたまま待っている。

「ぼくがそばにいるよ」ランドルフ少佐が約束した。「昨日のきみはみんなのお気に入りの教師だった。わずか一日のあいだにそれが激変するはずがない」

10

ダンクリン大尉が黙ってふたりのコートを受けとり、それを持ち去った。スザンナは遠ざかる背中を見ながら胸騒ぎを覚えた。あらゆる本能が逃げろと叫んでいる。だが、一年前はその本能に従ったせいですべてを失ったのだ。唾《つば》を呑みこもうとしたが、喉《のど》がからからだった。居間のドアが開き、ダンクリン夫人が夫と同じ作り笑いを浮かべて出てきた。

「ホプキンス夫人、お待ちしていましたわ。あら、少佐も？　ようこそ拙宅に」

恐怖に駆られて居間を見まわすと、そこには生徒の親が顔を揃《そろ》えていた。好奇心から敵意まで、彼らの顔に浮かんでいる表情はさまざまだ。急に膝の力が抜けそうになり、スザンナはあわてて何度か深い呼吸を繰り返した。

夫がふたりのコートを隠した場所から戻るのを待っているのか、ダンクリン夫人はそれっきり何も言わない。大尉は作り笑いを浮かべ、やがて居間に入ってきた。スザンナは唾を呑みこみ、彼が口を開くのを待ったが、大尉は何も言わず、妻にうなずく。ダンクリン夫人が咳払《せきばら》いをひとつして、くしゃくしゃの新聞を手に取った。ほかのみんなは座っている。スザンナは倒れるまえに座ろうと椅子を探したが、どこにもなかった。

「椅子はないのかな、ダンクリン夫人？」ランドルフ少佐が尋ねた。

「ありません。すぐにすみますから」

「だったら帰らせてもらう」

スザンナは首を振った。「さあどうぞ、ダンクリン夫人」

部屋のなかが静まり返った。ダンクリン夫人がせせら笑いを浮かべてぐるりと見まわした。「あなたの名前をどこで聞いたか、ずっと思い出そうとしていたのよ。でも、何も思い出せなかった。するとクリスマスの贈り物の荷造りに、この新聞が使われていたの。ほら」

ダンクリン夫人が突きつけた新聞を、スザンナの代わりにランドルフ少佐が受けとった。

ダンクリン夫人は言った。「ホプキンス夫人に読む勇気がないなら、あなたが読んでください な、少佐」

ランドルフ少佐に鉛でも切れそうなほど鋭い目でにらまれ、夫人は思わずあとずさった。

少佐は新聞に目を通しながら青ざめ、それから怒りに赤くなると、新聞をダンクリン夫人に突き返した。

「人の人生を台無しにするまえに、事実を確認したほうがいいぞ、ダンクリン夫人」

「事実ならわかっているわ！」ダンクリン夫人は噛《か》みつくように言い返し、スザンナをにらみつけた。「戦争未亡人のふりをしてここに来るなんて」

「いいえ」スザンナは震える声で否定した。ランドルフ少佐のようにしっかりした声を出せればいいのに。「誰かがそういう話を始めて――」

「嘘つき！」

「嘘ではないわ」スザンナは軍医にもたれたいと思った。でも、そんなことをすれば、ダンクリン夫人にべつの攻撃材料を与えるだけだ。

ダンクリン夫人はスザンナに新聞を突きつけた。「自分の子どもを捨てた女に、大切な子どもたちをあずけていたなんて！」

誰も何も言おうとしない。スザンナは自分を鞭打《むちう》ち、こちらを見ている顔を見返した。ここは狭い社会だ。なんらかの手段でララミー砦《とりで》を出ていくまでは、この人たちと何度も顔を合わせることになる。いますぐ逃げだすことはかなわないのだ。

ダンクリン夫人は新聞を振りたてた。「ここに全部書いてある。あなたが子どもを捨てたから、気の毒なご主人は離婚を申しでるしかなかった。それなのに戦争未亡人のふりをして、みんなの同情を買うなんて。恥知らず！」

スザンナは集まった人々の顔を再び見まわした。ここにいるのは、みな南北戦争で戦い、南部や北部の友人知人を失った人たちばかりだ。同情は期待できない。実際、そこには同情を浮かべている顔はひとつもなかった。

「その嘘を始めたのは、きみたちの仲間だ」ランドルフ少佐が言った。

ダンクリン夫人は怒りの対象を軍医に向けた。「あなたの口から出た言葉なんか、誰も信じるもんですか。南部の――」

ひとりの女性があえぐように息を呑みこんだ。

「――男のくせに」ダンクリン夫人はひるまずにそう言いきった。「クルック将軍はあなたを信用していない。どうしてわたしたちが信用しなくてはならないの？」

「バージニア州の出身だという理由で、ランドルフ少佐を非難するのは間違いよ」ダンクリン夫人のあまりに理不尽な理屈に驚愕《きょうがく》して、スザンナは言い返した。「あなたの攻撃の的は軍医ではなく、わたしでしょう」スザンナは深く息を吸いこんだ。「ええ、わたしは家から逃げたわ。でも、それは酔った夫から暖炉へ顔を叩《たた》きつけられ、怪我《けが》をしたから。手当をすませて戻ろうとすると、夫が扉を開けようとせず――」

「新聞には、そんなこと書かれていないわ」ダンクリン夫人がさえぎった。

「ええ、書かれていない」スザンナは震えはじめたが、どうにか声を振り絞った。「フレデリック・ホプキンスがカーライル、シッペンズバーグ、ゲティスバーグだけでなく、ボイリング・スプリングスの弁護士まで買収して、わたしの弁護を断らせたことも書かれていない。そうでしょう？〈シッペンズバーグ・センチネル〉の編集長は、元夫の飲み仲間ですもの」

「ばかばかしい。ペンシルベニアでそんな不正がまかりとおるものか」ダンクリン大尉が五十人の聖者を合わせたより独善的な調子で言った。

「まかりとおったのよ」

「ホプキンス夫人、もう何も言わなくていい」ランドルフ少佐が言った。「聞く耳を持たぬ相手には言うだけ無駄だ」

少佐の言うとおりだった。でも、真実を話すチャンスはいましかない。

「たとえ誰ひとり聞く気はないにせよ、わたしの言い分も知ってもらいたいの」目のまわりに小さな光の点が躍りはじめ、スザンナはそれを止めようとして瞬《まばた》きした。「あなた方は信じないでしょうけれど、信じようと信じまいと、あの夜わたしは死ぬまで殴られるか、逃げて病院に駆けこむか、どちらかを選ばなくてはならなかった。左目はいまでもよく見えないわ。お医者さまには、右目だけでも助かってよかったと言われた」同情を探す気はなかった。「わたしはここで教えたいだけ。教育者として――」

「いいえ、もうちがう」ダンクリン夫人は一枚の紙を取りだした。「ここには、新しい教師が来るまで子どもたちは誰ひとり学校には行かない、と書いてある。ここにいる全員の署名もね！」

ランドルフ少佐がスザンナとダンクリン夫人のあいだに入った。「いいかげんにしないか」

「こんなやり方は間違っている」

誰かが低い声で言った。アイルランド訛《なま》りのある声だ。スザンナが見まわすと、オレアリー大尉が立ちあがるところだった。

「ありがとう」スザンナはそれだけ言った。

「ルーニーは明日も学校に行きますよ」

「では、待っているわ」スザンナはどうにか頭を高く上げた。

「あの子だけよ！」ダンクリン夫人が叫ぶ。

オレアリー大尉は肩をすくめ、ドアに向かった。「立派な教師の個人授業が受けられるなんて、運のいい子だ」

「わたしたちはこの女には一セントも払わない。あなたは給料をそっくりこの女に渡すつもり？」

「ルーニーは下士官の子どもたちの学校にやる」あえぐような声をもらす親たちに、オレアリー大尉がにやりと笑った。「去年そうすべきだったんだ。ホプキンス夫人、いつでもケイティを訪ねてください」

オレアリー大尉はダンクリン夫妻にはひと言もかけずに部屋を出た。

「ホプキンス夫人、われわれも帰るとしよう。魔女狩りはもうたくさんだ」ランドルフ少佐が言った。「大尉、コートを頼む」

また光の点が戻ってきた。それを消そうと頭を振ったせいでバランスを崩し、よろめいたが、ランドルフ少佐が支えてくれた。

部屋がまわりはじめ、スザンナは再び深呼吸して、最後はあえぐように息を吸いこんだ。そしてこの家の女主人に向きあった。

「ダンクリン夫人、わたしの言葉を信じるも、新聞の偏った記事を信じるも、あなたの自由よ。でも、あのときは死ぬか離婚するかだった」スザンナは低い声で言った。「わたしは生きることを選び、離婚したわ。でも、結果的には死を選んだことにもなると言えば、きっとご満足でしょうね。毎朝目を覚まし、息子がそばにいないのを……二度と一緒に暮らすことができないのを思い出すたびに、心は死んでいるんですもの」

どこまでコートを取りに行ったのか、ダンクリン大尉はなかなか戻ってこない。スザンナはそれっきり口をつぐみ、息を吐いて吸うこと、立っていることだけに集中した。

一年もたったような気がするほど手間取ったあと、大尉がコートを持って戻ってきた。ランドルフ少佐はほとんど動くこともできないスザンナに黙ってそれを着せ、自分でも袖を通すと、スザンナの腕をしっかりとつかみ、おそらく患者を歩かせるときにするやり方でスザンナを玄関まで歩かせた。

ポーチの階段をおりられるとは思えなかったが、気がつくとなんとかおりきっていた。板敷きの歩道までどうにか歩いたあと、スザンナは生まれて初めて気を失った。

少佐が額にのせたひとつかみの雪が気付け薬の役目を果たし、意識はすぐに戻った。ダンクリン家のポーチのすぐ前に倒れているのに気がつくと、スザンナは恥ずかしさと恐怖に襲われた。なぜかニック・マーティンもそばにいて、起きあがるのに手を貸してくれた。

「歩けるかい、スザンナ?」少佐が尋ねた。

「ええ、たぶん。リース家はそれほど遠くないもの」気を失ったことが恥ずかしくて、とっさに謝っていた。「ごめんなさい」

「自分が制御できないことについて謝る必要はないよ。ぼくのほうこそ、あの毒蛇の館からすぐに連れださなくてすまなかった」

「いいえ。今夜でなくても、きっとそのうちこうなっていたわ」泣き声がもれたことに驚き、スザンナは片手を口にあてた。「この件では、もう涙なんて一滴も残っていないと思ったのに……」

ランドルフ少佐は黙ってスザンナの肩に腕をまわし、歩きながら引き寄せた。少佐の支えがなければ、立っていることさえできなかったろう。少佐は見るのが怖いほど怒っている。その顔をちらっと横目で見た。原因は、今夜の出来事だけではないのだ。

スザンナは足を止め、そっと彼から離れた。

「嘘をそのままにして、逃げおおせると思ったのが間違いだった」

「今度は自分を責めるのか?」少佐が叫ぶように言った。

スザンナはその手を振りほどき、自分で歩きつづけた。少し先で振り返ると、少佐は白い息を吐きながら、同じ場所に立っている。怒っているのは明らかだが、その怒りはスザンナに向けたものではなかった。引き裂かれてずたずたになった心にも、それくらいはわかる。

スザンナはリース家に入ると扉を閉めた。鍵をかけて、二度と誰もなかに入れたくない。でも、ここは自分の家ではなく、家のなかにも敵がいるのだ。

その敵は目の前に立っていた。スザンナは、血の気のない従妹《いとこ》の顔を見つめた。ぶつけたい言葉は山ほどあった。とはいえ、急に深い疲れに襲われ、怒る気力さえなくなった。どんなにあがいても、息子と会うことはおろか手紙のやりとりさえできぬ現実を受け入れ、これからずっと非難の視線に耐え、子どもと夫を捨てた悪女だと白い目で見られながら生きていかねばならない。フレデリックがそうなるように仕向けたのだ。ああ、お酒よりもひどい悪魔はいるのだろうか？　重い足取りで階段を上がり、軍支給の毛布で区切られた〝部屋〟に向かう。いまの自分に残された、唯一の避難所に。

「あのちょっとした嘘をついたのはわたしだって、みんなに言ったの？」あとをついてきたエミリーが、階段の途中で尋ねてきた。

スザンナは首を振った。エミリーが従姉《いとこ》に一片の同情も示さず、従姉を案じる気持ちすらないのは悲しいことだ。エミリーの頭には、スザンナと一緒に自分の評判が台無しになってはこまるという思いしかない。スザンナは振り向いて従妹をじっと見た。本音で付き合える友になれたかもしれないのに。エミリーはよかれと思って嘘をついたのかもしれないが、もう少し考えれば、戦争未亡人などという嘘がばれたら兵士やその妻がどんな反応を示すか理解できたはずだ。

「いいえ。あなたが嘘をついたことは言わなかったわ。少しでもお金があれば、明日にでもここを出ていくのに。そうすれば、あなたにこれ以上いやな思いをさせずにすむのにね」

この皮肉もおそらくエミリーには通じないだろう。スザンナは毛布をめくり、それを自分の後ろでおろすと、寝台に横になって天井を見上げた。砦の司令官に会うまえ、ジョー・ランドルフは、嘘のことを説明しておいたほうがいいのではないかと言った。彼の助言に従っていれば！　でも、あのときは、まさかこれほどひどい事態になるとは思いもしなかった。わたしが臆病すぎたんだわ。もっとまえに何か言うべきだった。

スザンナは家のなかが静まり、みんなが寝てしまうのを身じろぎもせずに待った。壁が薄いせいで、ケイティ・オレアリーの泣き声が聞こえてくる。

足音をしのばせて一段ずつ階段をおり、コートを着る手間もかけずに外に出ると、隣の扉をノックした。

オレアリー大尉が応じ、急いでスザンナをなかに引き入れた。

「そんな恰好《かっこう》で外に立っていたら肺炎になりますよ、ホプキンス夫人」大尉は言って、肩を抱き、二階に向かって妻の名を呼んだ。「ケイティ」

友人は急いでおりてきてスザンナを抱きしめ、居間に連れていった。

「なんてひどい人たちなの」ケイティは濡《ぬ》れたハンカチを握りしめてつぶやいた。

スザンナはてのひらに爪が食いこむほど強く両手を握りしめ、すべてを話した。フレデリックの酒量が増えるにつれ、暴力や侮辱もエスカレートしたこと――目をやられた夜、自分の血で視界をふさがれながら必死に逃げたことを。

「フレデリックはわたしを破滅させた」スザンナはそう締めくくった。「エミリーは自分の体面を保つため、わたしが戦争未亡人だと嘘をついたのよ」スザンナはケイティを見て両手を差し伸べた。「ああ、ケイティ。軍医からは、タウンゼント少佐に真実を話したほうがいいと言われたの。でも、怖くてできなかった！　わたしはこれから一生、日陰で生きなくてはならないの？」スザンナはそれ以上続けられずに泣きだした。

ケイティは友人をひしと抱きしめ、夫を見た。「ジム、わたしたちにできることはないかしら？」スザンナの頭にキスして続ける。「スザンナ、わたしたちもここでは爪はじきにされているのよ」

ジム・オレアリーが乾いたハンカチを差しだし、スザンナはそれで目を拭った。オレアリー大尉は長いことスザンナを見ていた。

「明日、いま聞いたことをバート大尉に話すよ」オレアリー大尉は影を思わせる笑みを浮かべた。「バート大尉は歩兵部隊の所属だが、ランドルフ少佐を除けば、あの男がほかの誰よりも信頼できる」

スザンナは首を振った。「バート大尉も奥さんとあの場にいたわ。ふたりともダンクリン夫人が持っていた手紙に署名したのよ」

「わかってる」オレアリー大尉はスザンナの手を取った。「だが、アンディ・バートは分別のある男だ。署名を取りさげるまでは行かなくても、疑いの種をまくことはできる」

スザンナはうなずいた。バート大尉が翻意するとは思えないが、せっかくの親切な申し出を無下にすることもできない。「一歩ずつね」スザンナはそう言って立ちあがり、オレアリー夫妻を見た。「最初に真実を話さなくてごめんなさい。長いこと不安に駆られて生きてきたせいで、ただ耐えることしかできなくなっていたの」ケイティの肩に触れる。

「友情には値しない人間だけれど、あなたを失いたくないわ」

「失ったりしないわよ」ケイティが静かに言った。「絶対に」

今夜はうちの居間で寝たらどうかと夫妻は勧めてくれたが、スザンナは首を振り、隣のリース家に戻って、出ていったときと同じように静かになかに入った。鉛の靴でもはいているように重い足で階段を上がり、寝台に横になる。

ひとりになると、そこを出ていくお金もなしに、小さな社会のなかで破滅したことが何を意味するか、じっくり考える時間ができた。将校通りの裏にある空き地に出ていこうか？　薄着で歩きつづければ、さほど長くかからずに凍死するだろう。だが、不運続きのここ数年のことを考えると、死ぬまえに歩哨《ほしよう》に出くわし、家のなかに引き戻されるのがおちだ。

とにかく、明日はオレアリー夫妻の息子が学校に来るのだから、きちんと教えることにしよう。そして、ダンクリン夫人があの陳情書を届けてすべてが終わる。

静かに横になり、薄い壁を通して聞こえるオレアリー夫妻の声を聞くともなしに聞いているうちに、少しずつ体の力が抜けていった。いつものようにロザリオの祈りを暗唱する声が、今夜は香油のように心の痛みを和らげてくれる。ラテン語の祈りの意味はまったくわからないが、壁の向こうに自分を受け入れてくれる人たちがいると思うだけで慰められた。

互いに慰めあうラティガン夫妻、倉庫で教えているベネディクト一等兵、スザンナよりもつらい過去を背負っているジョー・ランドルフのことは、ほかの誰よりも長く考えた。

それからいつものように、カーライルの家で眠っているトミーに思いをはせた。そこの暮らしは理想的とは言えなかったにせよ、フレデリックが酒で憂さを晴らし、家族を苦しめるようになるまでは耐えられるものだった。

毎晩するように、はるか彼方《かなた》にいるトミーが好きだった子守歌を小さな声で口ずさみ、

〝どうかいい子でいてね〟とささやいて目を閉じた。

ジョー・ランドルフはその夜ほど、患者たちに失望させられたことはなかった。お産の手伝いを頼んでくる者はひとりもおらず、咽頭炎の患者もなし。冬のララミー砦の夜に、彼を忙しくさせる大小の疾患を訴えてくる者はいなかった。シャーマン総司令官のもとで四年過ごし、メリッサの衝撃的な死を目の当たりにしたあと、眠れないのには慣れている。今夜もいつもと同じだ。彼はぱっちり目を開け、服を着たままベッドに横たわっていた。せめて自分を必要としている人間が頼ってきてくれたら……。

スザンナ・ホプキンスを破滅させたダンクリン夫妻には、激しい嫌悪しか感じない。今夜あの家で目撃した醜怪きわまりないつるしあげを思い出すと吐き気がして、ジョーは起きあがって家のなかを歩きはじめた。そうやって体を疲れさせようと思ったのだ。だが代わりに、あの嘘で自分が果たした役割を再考するはめになった。気づいた時点で、なぜすぐにエド・タウンゼントのところへ行き、エミリー・リースがついた嘘を説明しなかったのか。だが、たとえそうしていたにせよ、あの新聞記事を見つけたダンクリン夫人が、骨を見つけた犬のようにそれにかぶりつけば、結局、同じことが起こっていただろう。

そうなると、いまの自分にできるのは、朝の衛兵の交代がすんだら、タウンゼント少佐にこのおぞましい一件の詳細を話すことだけだ。

「彼はどうすると思う？」ジョーは居間をもうひとまわりしながらつぶやいた。「自分のあずかり知らぬ問題だと言うだろうな。生徒の家族と、彼らが契約した教師のあいだで解決すべき問題だ、と。まさしくそのとおりだから、よけい頭にくる！」

　ついに足が痛くなり、お気に入りの肘掛け椅子に身を投げるように座りこんだ。が、数時間まえ同様、頭は冴《さ》えわたるばかりだ。険しい顔で夜明けが来るのを見守っていると、ありがたいことにようやく起床ラッパが鳴り響いた。

　黙ってひげを剃《そ》り、シャツを着替えて、病欠を申しでる者に備えて丘を登っていった。いつもなら、感心するほど独創的な仮病を申したてた者には、粋な計らいで病欠を許可する。だが、この日の朝は愚か者に寛容に対処する気分ではなかったから、大半が症状を口にするチャンスすらほとんどないうちに、そっけなく却下され、仕事に戻された。

　衛兵の交代も、今朝ばかりはささやかな高揚さえもたらさなかった。厳寒のなか、楽隊は音楽堂に留《とど》まっているとあって、伝統ある衛兵交代の儀式は、寝不足の目には倍の速さで進むように思えた。朝の行事が終わると、練兵場を横切る者の姿はほとんどなくなった。ラティガン軍曹が部下の伍長《ごちょう》とともに、サッズ・ロウの家族のもとへ急ぐのが見えた。これから朝食をとるのだ。

　数分後には、交代した衛兵が詰め所に入り、寒さに肩をすぼめた兵士たちが食堂に向かった。ニック・マーティンがオールド・ベドラムを出てきたところをみると、いつものように暖炉に火を入れ、教室を暖めたのだろう。ジョーはポケットに両手を突っこんで窓の前に立ち、スザンナがリース家から出て、凍っている歩道をオールド・ベドラムに向かうのを見ていた。数分後、大尉とケイティ・オレアリーが息子のルーニーをあいだにはさんで、やはりオールド・ベドラムに向かう。ジョーは医者の目でケイティを一瞥《いちべつ》し、まもなく軍の被扶養者をもうひとりこの世に導きだすことになりそうだ、と思った。出産の手伝いは好きな仕事のひとつだ。神よ、オレアリー夫妻に祝福を。

やがてオレアリー夫妻が戻ってきた。夫の肩に頭をあずけて歩くケイティを、オレアリー大尉は支え、慰めている。そんなふたりを見て、またもや昨夜の怒りがよみがえった。だが、意地の悪さに暗澹《あんたん》たる気持ちになるよりも、怒るほうがましかもしれない。いや、はたして自分が感じているのは怒りだけなのか？　オレアリー大尉が妻を慰めるように、スザンナ・ホプキンスを慰めたいのでは？

「だが、踏みだす勇気がなくて、ここに立ち尽くしている」ジョーはつぶやいた。

オレアリー大尉が再び家を出て、通り沿いにあるバート大尉の家に歩いていく。バート家にいったいなんの用がある？　バート夫妻もあのいまいましい陳情書に署名したのだ。

次はダンクリン夫人が家を出てきた。きびきびした足取りで行政部を目指していく。見当ちがいの義憤で、ひとりの女性の人生を台無しにするために。ジョーはため息をつきながら、ダンクリン夫人が自宅に戻るのを待った。それからジョーの番が来た。

靴底で雪をざくざくと踏みしだき、温度計の水銀がどれだけ低くなったかを知らしめながら行政部に向かう。顔をあげると降雪雲が見えた。これも北の平野部で一月の寒さを象徴するもののひとつだ。一月は、ワシントンにある政府が北の平原を移動して過ごすインディアンに、ネブラスカの、ここからさほど遠くない居留地の家族のところへ戻るよう命じている月だ。もちろん、インディアンはそんな命令には従わない。だからまもなく政府の狙いどおりに戦いが起こる。そのあわただしい時期に、有能な教師が卑劣な振る舞いで職を奪われたところで、気に留めるものなどひとりもいない。

タウンゼント少佐はジョーを待っていた。ジョーがうなずき、ドアを閉めると、何も言わずに、ダンクリン夫人が今朝持ちこんだにちがいない陳情書を差しだした。オレアリー夫妻を除く、腹を立てた親たちの署名が並んでいることはもうわかっている。

ジョーはほとんどそれを見もせずに言った。「こうなるのは時間の問題だったんだ、エド」ジョーは砦の司令官との長年の友情をあてにして、苦痛でしかない話し合いをくだけた調子ですることにした。「ダンクリン夫妻はホプキンス夫人の事情を半分だけしか見ていない。つまり、戦争未亡人だという嘘と、新聞のでっちあげの記事しか」

エドウィン・タウンゼントはじっと見つめているだけだ。ジョーの気持ちはさらに沈んだ。

やがてぼそりとこう言った。「ホプキンス夫人は、戦争未亡人だなどと偽るべきではなかったな」

「嘘をついたのはエミリー・リースだ。どういう理由でそんな嘘をついたのか、ぼくにはさっぱりわからないが」ジョーは言い返した。

「しかし、その嘘を否定するチャンスはいくらでもあった」

「そうかな？　夫人の立場で、世話になっている従妹を嘘つき呼ばわりできると思うか？　エド、きみはケーキを焼かれるまえに戻そうとしたことはあるか？　解剖された人間をよみがえらせようとしたことは？　そんなことは不可能だ！」

「まあ、座れよ、ジョー」

ジョーは座った。タウンゼントが隣にある椅子に座ってくれるのを願ったが、彼は机の向こうにまわった。友情よりも司令官としての立場を選んだのだ。そして何も言わずに机の上の郵便物をかきまわし、二つ折りの書類を引っ張りだした。政府の押印がある。

「正式に決まったぞ。春の遠征の指揮を執るために、クルック将軍とレイノルズ大佐が二月に到着する。オールド・ベドラムのあの部屋は仮の宿舎として必要になるな。いずれにせよ、ホプキンス夫人には、あそこを明け渡してもらうしかなかった」

「将軍さえよければ、我が家に滞在してもらってもかまわない」ジョーはわざとそう言った。「嘘と名誉毀損をこってり盛った大皿を突きつけられたときの気持ちは、ぼくにはよくわかる」

声を荒らげるつもりはなかった。落ち着いて話すはずだったが、スザンナ・ホプキンスの打ちひしがれた顔が目の前にちらついた。優しい目に浮かんでいた絶望、いっそ死にたいという願いを目の当たりにしたあとで、どうして落ち着いていられる？　スザンナの気持ちはわかりすぎるほどわかった。それと同じ暗い目を鏡のなかで毎日見ているから。

タウンゼント少佐はジョーと目を合わせようとせず、病理学研究室の不快なにおいを放つ標本のように、ふたりのあいだに置かれたダンクリンの陳情書を再び示した。

「ジョー、この状況はわたしの力ではいかんともしがたいんだよ」友人であり戦友でもある男の目を見られないものの、タウンゼントはきっぱりそう言って、陳情書を指で強く突いた。「ここに署名している家族はホプキンス夫人と契約した。今回のように、彼らにはその契約を解除する自由もあるんだ」

「で、今年の行政委員長として、教えるのを中止しろとぼくが言い渡すのか？　ホプキンス夫人はいまオレアリーの息子を教えているぞ」

「すまない。だが、わたしに何ができる？」

ジョーは南北戦争でともに戦った、長年の戦友をにらんだ。「何もできないな、明らかに」そう言ってドアに向かい、荒々しく引き開けたいのを我慢した。ドアの前に立つと、心が決まった。「タウンゼント少佐、ぼくは陸軍医療部隊を退役する」

「言うだけ無駄だぞ。きみの要請は却下する、ランドルフ少佐」砦の司令官は苦虫を噛《か》みつぶしたような顔で言った。「われわれは二週間まえからスー族と戦闘状態にある。退役要請は受けられない」

ジョーはうなだれて病院に向かうと、雑役の終わりを告げるラッパが鳴り響くまで書類を手荒く扱い、それから義務を果たすために重い足取りで丘を下った。

スザンナは、このつらい仕事をたやすくしてくれた。ジョーがオールド・ベドラムに近づいていくと、スザンナがルーニー・オレアリーと手をつないで建物を出てきたのだ。そのままジョーの前を通りすぎてルーニーをオレアリー家の前まで送り、少年を抱きしめて、愛情をこめて背中を叩く。ケイティ・オレアリーが扉を開けた。おそらくなかに入れと誘われたのだろう、スザンナは首を振り、ポーチをおりてきて、板敷きの歩道でジョーのかたわらに立った。

「少佐、暖炉の火は灰で囲ったし、教科書は机に集めておいたわ」スザンナはしっかりした、落ち着いた声で言った。さきほどタウンゼントと話したとき、ジョーもこういう声で話すべきだったのだ。「生徒の親御さんたちに返してください」

「スザンナ、ぼくは……」

スザンナは穏やかに首を振った。「あなたのお骨折りはありがたいと思っているわ、少佐」

「ジョーだよ」なんと愚かで、情けない、無力な男だ。ジョーはそう思いながら弱々しく抗議した。

スザンナはそれには何も言わずに横を通りすぎ、リース家の階段を上がった。ジョーは惨めな気持ちで長いこと扉に額を押しつけ、ポーチに立っているスザンナを見ていた。

「スザンナ、望まれていない場所にいるのがどういう気持ちか、よくわかるよ」ジョーはスザンナに聞こえるようにはっきりと言った。

「そうかもしれない。でも、男のあなたにはその状況を変える力があるわ」スザンナはそう言って家のなかに入り、静かに扉を閉めた。

「いや、ない」ジョーは閉ざされた扉に向かってつぶやいた。「ぼくもここを離れることができないんだ」

11

しばらくそっとしておこう。ジョーは三日のあいだ、そう自分に言い聞かせつづけた。意気地のなさが恥ずかしいが、呼ばれもしないのに顔を出し、なんの足しにもならない同情を差しだすより、放っておくほうがいい。案外、自分がでしゃばらないほうが、スザンナも従妹《いとこ》と和解できるかもしれない。

ジム・オレアリーが、スザンナが夜中に訪れて、詳しい状況説明をしたという報告に来た。「あの人はすっかり怯《おび》えて、真実を話すことができなかったんですよ」オレアリーは気の毒そうに言い、低い声で、スザンナから聞いた夫の暴力について話した。「何をされても言われてもひたすら我慢しつづけたあげく、殺されそうになってついに逃げだしたそうです」オレアリーはあまりにもひどい夫の仕打ちにショックを受けていた。

ジムは、翌朝バート夫妻を訪ね、スザンナの事情を告げたことも打ち明けた。

「で、彼らの反応は？」

「ショック、嫌悪、不信……かな。何を信じればいいかわからないようでした」オレアリーは言った。「でも、こういう下劣な話はみんなが知るべきです」

必ずしもスザンナに好意を持っているわけではない相手に、ジム・オレアリーがあの優しい女性の恥をさらしたと思うと、ジョーの胸は痛んだ。それを聞いたあとすぐにスザンナのところへ行くべきだった。だが、患者を診たり、傷薬を塗ったり、薬を処方するので忙しいと自分に言い訳した。実際、厩舎《きゅうしゃ》でひどい事故が起きたときは、安堵《あんど》に近い気持ちで手当をした。人差し指の骨のひどい剥離だった。おそらく感染症を起こし、あとで切断するはめになるだろう。くわえてサッズ・ロウの難産もあった。それよりはるかに楽だったオレアリー家のお産では、ケイティが自分そっくりの、元気のいい赤毛の女の子を産んだ。さらに契約医がしぶしぶロビンソン砦《とりで》の仕事に出かけ、ハートサフ大尉はいったい何をしているのか、もう一週間シャイアンにいる必要があると言ってきた。

とはいえ、スザンナ・ホプキンスから教室の鍵を受けとってから四日めの朝には、さすがに心配になりはじめた。

かたまりの多いオートミール粥《がゆ》に干し葡萄《ぶどう》を入れ、朝食をとりながらスザンナのことを考えていると、誰かが横手の扉をこっそりノックした。往診が必要なときに使われる入り口だ。外には、エミリー・リースが立っていた。彼女の顔はとくに見たくなかったが、いつものように自分の好き嫌いよりも医者の倫理観を優先させ、エミリーをなかに入れた。

「リース夫人、ぼくになんの用かな？　スタンリーが汚い言葉を口にしすぎたあと、石鹸《せっけん》で喉を詰まらせたとか？」

「スタンリーは元気よ」エミリーはジョーの腕をつかんだ。「でも、スザンナをもう四日も見ていないの」

「な、なんだって？」

叫ぶつもりではなかったが、思わず声を荒らげていた。いまのはきっと聞き間違いだ。ジョーは深呼吸をしてから尋ねた。「きみたちは四室しかない家に一緒に暮らしているんだぞ。いまのはどういう意味だ？」

エミリーは愚か者を相手にするように繰り返した。「だから、スザンナを見ていないの」

今度は問いただすまえに、背筋が寒くなるような思いでこの言葉の意味を考えた。「だが、少なくとも食事のときには顔を合わせるはず。それに、誰でもときどきは、その……排泄《はいせつ》しなくてはならない。一度も見かけないなんてことがあるものか」

エミリーは首を振り、ジョーは初めてその美しい瞳が心配そうなのに気づいた。

「夜遅くと朝早く、階段をおりてまた上がってくる足音は何度か聞こえたわ。でも、それ以外はいつも毛布の向こうにいるし、そもそも食べ物がなくならないの」

「スザンナはきみの従姉《いとこ》だろう？　毛布をめくって様子を見ることはできなかったのか？」

エミリーが涙ぐんだ。「いまとなっては、何が見つかるか怖くて」

ジョーはコートをつかむ手間もかけずに家を走りでた。頭にあるのは、毛布の向こうに何が見つかるかだけだった。息を乱しながら一段おきに階段を駆けあがり、かけていた棒からはずれるほど強く毛布をめくった。

スザンナがくしゃくしゃの髪、紙のように白い顔でぎょっとしてジョーを見上げ、無言で横向きになり、背を向けた。ジョーはその肩を優しくつかみ、再び自分のほうを向かせた。スザンナが疲れきったように目を閉じると、まぶたを指でこじ開け、眼球がまだ眼窩《がんか》に引っこんでいないことを確認した。

「あっちへ行って」スザンナはしゃがれた声でささやいた。

「断る」ジョーは権威に満ちた声で言った。「両腕をぼくの首にまわすんだ」

スザンナはおとなしく従ったが、力が入らず途中までしか腕を持ちあげられなかった。ジョーはかまわずかがみこんで抱きあげ、体を安定させた。スザンナがまるで空気のように軽いことに気づくと、胸がずきんと痛んだ。

エミリーは階段の下で泣いていた。ジョーが一瞬足を止めて目をやると、彼女はまるで何かをふるい落とそうとするように両手を揉《も》みはじめた。自分の責任をか？　後悔をか？　ジョーにはわからなかったが、ふいにどうでもよくなった。

「リース夫人、きみは役立たずだ」ジョーはそう言うとスザンナを抱いて外に出た。

ポーチでいったん足を止め、どうすればいいか考えた。病院に連れていくわけにはいかない。ひとつしかない病室には兵士たちがいる。ラティガン家はどうだ？ モーヴは歓迎してくれるだろうが、練兵場を横切って、詮索するような視線にさらされるのは気が進まなかった。そうなると、連れていける場所はひとつしかない。この状況の奇妙さに笑みが浮かんだ。

「スザンナ、きみの評判を台無しにすることになるが、ぼくの家に連れていくぞ」ジョーはそう言って、凍った歩道を急ぎ足に自宅へ向かった。「しかし、きみには台無しにするような評判はもうないし、ぼくにもない。異議があるかい？」

スザンナはぐったりして目を閉じている。

「ないと思ったよ」

家のなかに入ると、居間の肘掛け椅子に彼女をおろした。メリッサが最後の旅のまえに、これは捨てていこうと言った古い椅子だ。ジョーは黙々とスザンナを毛布で包み、額に手をあて熱がないことを確かめてから、廊下を横切って診察室に急いだ。

ブラウスのボタンを腰まではずされ、シュミーズを脇に押しやられて胸に聴診器をあてられても、スザンナは何も言わなかった。多少緩慢とはいえ、規則正しい鼓動を聴くと、ジョーは少し安心した。脈はゆっくりすぎて気に入らないが、少なくとも弱くはない。もっと弱い脈をとったことはいくらでもある。

「喉が渇いているかい？ お腹はすいていないか？」ジョーは優しく尋ねた。いまは責めたりなじったりするべきではない。

「このまま……死なせて」スザンナはようやく声を出した。

ジョーは首を振った。「申し訳ないが、ぼくが見ているあいだはだめだ。死ぬことは許さない」そう言った声は、自分でもびっくりするほど明るかった。

「ああしろこうしろと指図されるのは、もううんざり」

「ああ、そうだろうな。だが、我慢するしかないぞ。牛乳を持ってくる。それを飲みおえたら、ぼくが作ったオートミールを温めてあげよう」

「話を聞いて」スザンナは声を尖《とが》らせた。

「患者の戯言《たわごと》には耳を貸さない主義でね」ジョーは言った。「スザンナ、きみは生きつづけるし、きっと元気になる」耳に触れるほど唇を近づける。「驚いたな、きみほど賢い人が、いちばんの復讐《ふくしゅう》は幸せになることだと気づかないなんて」

ジョーは腹を立てているスザンナをそこに残し、ゲイル・ボーデン（〝近代乳業の父〟と呼ばれた実業家）のおかげで楽に手に入るようになった牛乳を温めた。薄めたオートミールも温め、たっぷり砂糖を入れる。

「料理はまるでだめでね」居間に戻ると、スザンナがこの家から飛びださなかったことに気をよくしてジョーは言った。もっとも、飛びだそうにも、彼女には行くところなどないが。ジョーは温かい牛乳を入れたマグカップを渡し、息を止めた。そしてスザンナが飲みはじめると、少しずつためていた息を吐きだした。

スザンナは黙ってオートミールの器を受けとり、スプーンできれいにたいらげた。空っぽの器を返してよこしたので、もう少しどうかと勧めると首を振った。ややあって、スザンナはようやくジョーと目を合わせた。

「絶食してから二日もすると、空腹はそれほど感じなくなったの。誰にも顔を合わせたくなかった」スザンナは悲しそうに首を振り、ジョーの腕に震える手を置いた。「わたしが望んだのは、やりなおすことだけだったのに」

「わかっているよ」ジョーは彼女の手に自分の手を重ねた。「決して高望みではない。もう一度やりなおそう」

「ここではいや」

「いや、ここでだ」

スザンナは独身女性で、たとえ医者だとしてもここは独身の男の住まいだ。スザンナを抱いてこの家に運びこんだことは、すでに砦中に広まっているかもしれない。ゴシップの種になる出来事などめったに起こらない小さな砦では、ほんのささいなものであっても、何週間も噂《うわさ》になる。しかも、これは決してささいな出来事ではないのだ。とはいえ、さっき口にしたように、彼女の評判はすでに地に落ちている。

ジョーはそろそろ頃合いだと立ちあがった。スザンナには恥ずかしい思いをさせるが、それはこのさい、我慢してもらわねばならない。「キッチンに入浴の用意をするよ。きみは風呂に入ったほうがいい。用意ができたら、キッチンに行って体を洗うんだ。リース家に着替えを取りに行って、この居間に置いておく」

ちらっとスザンナを見ると、まったく血の気のなかった頬にかすかな赤みがさしている。ジョーは気をよくして言った。「きみが入浴し、着替えているあいだに、タウンゼント少佐と話をしてくる」

「聞いてくれないに決まっているわ」スザンナは即座に決めつけた。

「聞くとも」ジョーは自信たっぷりに言った。「このまえだいぶ罪悪感を覚えさせたからね。罪悪感というのは、なかなか使い道があるんだぞ！」

再びさりげなくスザンナを見ると、かすかな笑みが顔をよぎるところだった。

「タウンゼント少佐に言って、きみがベネディクト一等兵の学校で教えられるようにするつもりだ」

「お断りします」

「いや、引きずってでもあの倉庫に連れていく」

「あなたも、ほかのみんなと同じくらいひどい人だわ！」そう言ったスザンナの声には、いまや少しばかり怒りがこもっていた。

「もっとひどいかもな」ジョーはスザンナのなかに強い感情が戻ったことにほっとした。

「優れた能力を持つ立派な人間の人生を無駄にするのは許せない。ヒポクラテスがそれを見たら、なんと言うかな？」

小さなブリキの浴槽は、風呂と呼ぶのもおこがましいくらいだ。キッチンで湯を沸かしながらジョーはそう思った。だが、スザンナは自分よりもずっと小柄だから、このなかで体を丸めれば全身を浸せるだろう。居間にいるスザンナが胸の前で腕を組み憤慨しているあいだに、清潔なタオルと体を洗う布、手持ちの最後の石鹸を用意した。タオルはキッチンにある椅子の背にかけ、石鹸は小皿に置いた。

居間に戻ると、スザンナの険しい顔はまだそのままだった。

「さあ、立って」

スザンナはそっぽを向いて無視している。だが、ジョーが黙って毛布を剥ぎとり、ブラウスのボタンをはずしはじめると、あえぐように息を吸いこんでその手を押しやり、キッチンに入って荒々しくドアを閉めた。ジョーは微笑を浮かべ、ドアのすぐ外で耳をそばだてた。ほどなく浴槽に入る音がした。けっこう。

一方エミリーは、すっかり罪悪感に駆られていた。そう指示すれば、スザンナの手持ちの服全部を運んできたにちがいない。

「着替えだけでいい」ジョーはエミリーに言った。「それを居間に運んでくれないか。ぼくはタウンゼント少佐に用事がある」人差し指を振りたてる。「このことは、ひと言も誰にも話すんじゃないぞ！」

エミリーは恐怖にひきつった顔でうなずいた。

ジョーが執務室に入っていって腰をおろすと、タウンゼント少佐は用心深い目で見返してきた。今回は落ち着いていて、何が起こったかを正確に説明する。スザンナがオレアリーに打ち明けた離婚の詳細から、いま自分の家のキッチンで入浴していることまでつぶさに語った。

「ホプキンス夫人はこの砦の誰とも顔を合わせずにすむように、餓死しようとしたんだ」

「だが、生徒の親たちにわたしが無理強いすることはできない」タウンゼントは抗議したが、この話にショックを受けたのは明らかだ。

「そんなことを頼むつもりはないよ」ジョーは友人を安心させた。「ぼくが頼みたいのはこれだ。砦の司令官として、ベネディクト一等兵と一緒に倉庫の学校で教えるよう、ホプキンス夫人に要請してもらいたい」

「ジョー、一般財源には、下士官の子どもたちの教師に払う給料はひとり分しかない。それも薄給だよ。だが、それが政府の決まりなんだ」

「わかっている。夫人の給料はぼくが払う。だが、毎月この執務室から夫人に渡してもらいたい。もちろん、この件はいっさい口外しないでくれ」ジョーは言った。「本当は何年もまえに退役すべきだったんだ。しかし、いまはそれができないなら、せめて多少は状況を改善しなくては」

「口さがない連中にいろいろ言われるぞ」

「きみが金の出処《でどころ》を黙っていれば、誰も何も言うものか」ジョーは怒りに顔が赤くなるのを感じながら、少佐の机に叩《たた》きつけるように両手を置いた。「ホプキンス夫人はすべてを失った。妻としての尊厳も、子どもも、家も——そのうえ今度のことで、人間としての尊厳すら否定された。ぼくたちはいまからあの人の運命を変えるんだ」

タウンゼント少佐は驚いてジョーを見つめた。「どうしてかな、わたしが許可を与えなくても、きみはそうするつもりだという気がする」

答えはひとつしかない。「それが正しいことだからさ」

ふたりは互いの目を見つめた。先に目をそらしたのは、エド・タウンゼントのほうだった。

「いいだろう。いくら払うつもりだ?」

「一カ月二十ドル」ジョーは言った。「将校たちの子どもの教師として結んだ契約の半分だが、ベネディクト一等兵がいくらもらっているか、夫人はすでに知っている。それ以上払えば疑問を持つだろう。夫人には、合衆国陸軍が給料を払っていると思わせなくてはならない」

そしてジョーは黙って立ちあがり、少佐の執務室を出た。外に出て深く息を吸いこむと……かすかにいやなにおいが鼻をつく。おそらくこのにおいの出処は、独り者の下士官たちの宿舎の裏だ。そろそろ冬の〝ゴミ〟を処分し、砦の衛生状態を保つよう通達を出さなくてはならない。これも春の先触れのひとつだった。

ジョーはパリに行き、パスツールの下で学ぶ可能性を考えた。そして急ぎ足に自宅へ戻りながら、メリッサが死んでから初めて、自分が将来の計画を立てていることに気づいた。

スザンナはブリキの浴槽のなかに座り、膝を抱えて顎をのせ、ランドルフ少佐に腹を立てていた。ダンクリン夫人よりももっと腹が立つくらいだ。

でも、やがて良識が勝ち、丁寧に体を洗いはじめた。四日間もお風呂に入っていない状態を男性に見られるなんて恥ずかしいことだ。ふだんは何よりも清潔を心がけているのに。でも考えてみれば、あの軍医には、シャイアンで最悪の状態を見られている。それを思い出しながら、石鹸をつけた小さなタオルで体をこする手に力をこめた。やがて疲れすぎて動けなくなり、また膝を胸に引き寄せて額を押しつけた。

立ちあがるには、かなりの努力が必要だった。あまりに弱っていることに不安を覚えながら、少しのあいだタオルを巻いた体を揺らし、浴槽のなかに立っていた。小さなキッチンのなかは暖かいが、震えが止まらない。苛立《いらだ》たしいことに、そばにある椅子で体を支えなくては浴槽の縁をまたぐこともままならなかった。だが、それも飢え死にしようなどというばかなことを考えた罰だ。スザンナは椅子に腰をおろし、愚かな真似《まね》をするのはもうこれっきりにしようと決意した。

まだタオルを巻いたままの恰好《かっこう》でいると、玄関の扉が開く音がした。キッチンのドアは閉まっているのに、冷たい風が吹きこんできてむきだしのくるぶしを冷やす。立ちあがって服を着たかったが、さきほどエミリーが置いていった着替えがあるのは居間のほうだ。

「スザンナ?」ランドルフ少佐が呼んだ。

すぐに答えないでいると、彼はキッチンのドアを開けて、そこから医者の目でさっとスザンナを見た。

「そっちへ行けないの」スザンナは仕方なく認めた。タオルを巻いただけの姿を少佐に見られた屈辱に、顔が赤くなる。

「着替えを手伝おう」

自分の弱さが恥ずかしくて、スザンナは首を振った。「いいえ、ここに持ってきてくれれば……」

ランドルフ少佐は居間に行き、着替えを腕にかけて戻ると、それを小さな食卓に置いたが、出ていこうとはしなかった。「きみに背中を向けて、ランドルフ・シェフ特製のチーズサンドイッチを作るとしよう。軍の支給品のチーズとパンで。キッチンでぼくが作るのはそれだけなんだ。きみはそれをひとつ食べる。きみをひとりにしておく気はないから、いやだと言っても無駄だよ」

この言葉どおり、少佐は背を向けてパンを切りはじめた。「助けが必要なときは、遠慮なく言ってくれ。女性の体を見るのは慣れている」まるで線は点の連なりだと説明しているような調子でそう言った。

スザンナはため息をついてタオルを落とし、着替えはじめた。ランドルフ少佐が落ち着いた声でこの数日の出来事を話しだす。彼がいちばん長く話したのは、ケイティ・オレアリーが女の子を産んだことについてだった。

「メアリ・ローズと名付けるらしい。ジョセフィーン・ランドルフはどうかと提案してみたんだが、ケイティに鼻で笑われたよ。赤ん坊を取りあげた医師に対する感謝の念はどこへ行った、と言いたいね」

スザンナはこらえきれずについ笑いをもらし、自分がまだ笑えることに驚いた。ストッキングをはこうとしたが、下を向くとめまいがする。「少佐……かがむと目がまわるようなの」

「ジョーと呼んでほしいな」ランドルフ少佐はそう言って振り向き、片方の脚にストッキングをはかせて引っ張りあげ、続いてもう片方の脚にも同じようにした。「ガーターに留めるのはできるだろう?」そう言ってガーターを渡し、パンのほうに向きを変えた。「バターはあるが、古すぎていやなにおいがすると思う」

「ちぐはぐな会話ね」スザンナは着替えをすませながら言った。

「いや、ニック・マーティンと話すときのほうがもっとちぐはぐだ」ランドルフ少佐はできあがったサンドイッチを皿にのせた。「それで思い出したが、ダンクリン家に火をつけてもいいか、と真面目な顔で訊《き》かれたよ」

スザンナは息を呑《の》んだ。「止めてくれたんでしょうね！」

「もちろん。そんなことをしたらホプキンス夫人が失望する、と言うと最後はうなずいたが、心から納得した様子ではなかったな」少佐はサンドイッチを示した。「これがうちの昼食だよ、ホプキンス夫人。召しあがれ《ボナペティ》」にっこり笑って続ける。「フランス語を学びなおすつもりなんだ。助けてもらえるとありがたい。きみのフランス語はどの程度なのかな？　インディアンとの戦いが終わったら、退役するつもりなんだ」

そこで少佐は司令官にするようにさっと敬礼し、またスザンナを笑わせた。

「パリに行って、パスツールのもとで学ぶことにした。ゴシップ好きの偽善者のなかで働くうちに長靴にたまっていた埃《ほこり》を、きみが吹き飛ばしてくれたおかげだ。きみには借りができたな」そう言って頭を下げ、腰をおろしてスザンナにサンドイッチを差しだした。

「軍のチーズ……ええと、フロマージュ？」

スザンナは彼の宣言に驚きながら、サンドイッチを受けとった。何度か噛《か》んでつぶやく。

「おいしいとは決して言えないわね。どんな作り方をすれば、ただのチーズサンドイッチがこんなにまずくなるのかしら？」

「たしかに」少佐はパンとチーズを噛み、呑みくだした。「ぼくが食べるのは生きるためだからな。パリには素晴らしいレストランがたくさんあるそうだよ」

スザンナはまじまじと少佐を見つめた。「あなたは本当に強い人ね」

「たんなる標準装備さ」少佐はテーブルに肘をついた。とても疲れた目をしている。

「眠ることはあるの？」

「あまりない」サンドイッチを半分食べ、スザンナを再び見たときには真剣な表情に変わっていた。「タウンゼント少佐のところに行ってきた。ベネディクト一等兵の学校できみを雇うように話をつけたよ」

「練兵場を横切っていくだけでも耐えられないのに、教えるなんて……」

「できるさ。そしてきみはやる。少しのあいだだけでいいから、勇気を持ってくれ。頼むよ。ベネディクト一等兵にはきみの助けが必要だ。それに、きみの給料は砦の予算で賄える。モーヴ・ラティガンは、読み書きを学びたい女性を三人見つけたそうだよ。彼女たちにも、たとえば一週間に二回、夜のクラスで教えられるんじゃないかな？　そっちはせいぜい一週間に一ドルぐらいにしかならないだろうが。ベネディクト一等兵の学校はきみの学校と同じで五月まで続く予定だ」

そう言うと、少佐はサンドイッチに注意を戻した。

「教える気はないと言ったのよ。聞こえなかったの？」

「無視したのさ。やはりバターがあったほうがうまいな」彼は腹を立てているスザンナのそばでサンドイッチを食べおえた。「五月が終わるころには百ドルたまる。それと夜間クラスの実入りが少々。シャイアンに行く交通費には十分だ。その先にもたぶん行けるだろう」

「でも、どこへ行けばいいの？」スザンナは食べかけのサンドイッチを皿に置いた。

少佐はそれをスザンナの手に戻した。「それはきみしだいだ」


ジョーはいじめっ子になった気分でそこに座り、スザンナがまずいサンドイッチを最後まで食べるのを見守った。それから朝食用のオートミール粥をもう一杯食べさせ、シナモン入りの缶入り牛乳を温めた。ラッパが昼休みの終わりを告げ、砦全体で午後の仕事が始まるころには、スザンナは完食し、髪をとかしていた。エミリーにヘアブラシを頼むのを忘れたが、まったく胸の痛みを感じずに、別れがたい遺品を入れてあるチェストからメリッサのヘアブラシを持ってきた。

スザンナはヘアブラシを受けとったあと、つらそうな目で長いことそれを見つめ、何か言おうとしたが、結局何も言わずに口を閉じた。髪をとかす彼女の姿を見ていると、ジョーは気持ちが明るくなるのを感じた。まるで、長い髪をとかすという単純な行為が、胸にびっしり張っていた十年分の蜘蛛《くも》の巣を払ってくれたかのように。

「奥さんの名前を訊いてもいい？」スザンナが言ったのはそれだけだった。

「メリッサ・ローズ。オハイオ出身で、素晴らしくきれいだった。ぼくはムリスと呼んでいたんだよ」

スザンナは微笑《ほほえ》んだ。さきほどのつらそうな表情は、もうほとんど消えている。「あの……メリッサはヘアピンも持っていたかしら？」

持っていた。ジョーは再びヒマラヤ杉のチェストを開けてそれを取りだし、キッチンに戻った。スザンナは金色の髪を編んで丸め、エミリーが持ってきたであろう黒いヘアネットのなかに入れているところだった。メリッサのヘアピンでそのネットを留めると、スザンナ・ホプキンスは再びきちんと身繕いした女性になった。が、まだこの家からは出ていきたくなさそうだ。

それにはかまわず、ジョーは彼女が立ちあがるのに手を貸し、体がふらつかないように支えた。スザンナに練兵場を横切らせるのは少し無理があるかもしれない。まだ十分な体力が戻っていない可能性もある。ジョーは医者の目でスザンナを見た。顔色は申し分ない。目にも力が戻っている。少し震えはあるようだが、まっすぐに立つこともできる。

いつのまにかジョーは、夫が妻を見るような目になっていた。これが愛するメリッサだったら、無理やり練兵場を引きたてていけるだろうか？　答えは出なかった。わかったのは、スザンナはすっかり痩せてしまったが、とても美しいという明らかな事実だけだ。弱々しく体を揺らしているとはいえ、琥珀《こはく》色の瞳には決意のようなものが浮かんでいる。あれほどひどく打ちのめされたことを考えると、その決意がどこから来るのか、ジョーには見当もつかなかった。

しかし、それに賭けてみるとしよう。ジョーはスザンナを抱擁し、そっと頭の後ろを押して胸にもたれさせた。ありがたいことに、スザンナは体に腕をまわし、しがみついてきた。ひとりでは立っていられないだけかもしれないが……。

「きみに心を取り戻してあげたいんだよ、スザンナ」ジョーはささやき、ふと、スザンナもそうとは知らずに同じことを自分にしているのかもしれないと思った。「練兵場を横切れるかい？　そうすることが大事なんだ」

スザンナは顔を上げ、ジョーの胸に両手を置いた。押しやるためではなく、自分を支えるために。闘いに疲れた女性のように見えるが、認める覚悟がまだできないだけで、味方がいるのはきっとわかっている。

「横切れると思うわ」スザンナはようやくそう言った。「どうしてもと言うなら」

「どうしても、だ。でも、きみに何かを無理強いするのはこれが最後だよ」

「最後？」

「倉庫の学校では、仕事がきみを待っている。ベネディクト一等兵としばらく過ごしたあとで、それをつかみたいかどうかは自分で決めるといい」

「ベネディクト一等兵は、わたしが行くのを知っているの？」

「きみが行くかもしれないと言ってある。ところで、彼のファーストネームはアンソニーだよ。どうだい、練兵場を横切れるかな？」

「行くと言ったはずよ。聞いていなかったの？」

スザンナの顔に苛立ちがよぎるのを見て、ジョーは内心にんまりした。すべてをあきらめた人間は苛立ちなど感じないものだ。

戸外で活動するには寒すぎるため、練兵場に人影はなかった。ふたりはゆっくり歩いた。スザンナは倉庫に目を向け、まっすぐ前を見ている。一度だけ目を閉じたのに気づいて、ジョーは足を止め、再びスザンナの用意ができるのを待った。

ララミー砦の練兵場はとくに大きなわけではないが、スザンナの体力が奪われていくのをジョーは感じた。引き返したほうがいいだろうか？　そう思ったものの、前を見据えたスザンナの視線は揺るがない。スザンナがまた足を止めた。体力を使い果たしたのかもしれない。

「ぼくの話はリース大尉から聞いているだろうな」ジョーは疲れから気をそらすために話しはじめた。「除隊させるまともな理由が見つからないものだから、ジョージ・クルックは自分の影響力を使ってポトマック方面軍からぼくをフロリダに異動させたんだ。あれほどの屈辱を受けたことはなかった。だが、ジョージ・トーマス将軍がフロリダから救いだしてくれた。その後、将軍は亡くなってしまい、彼自身にその恩は返すことはできなくなった。ぼくは今日、そのときの借りを返しているんだよ。もうすぐ着くぞ」

倉庫のなかは暖かかった。ほっとしたようにため息をつくスザンナのコートを脱がせ、教室のある、長い倉庫のいちばん奥まで行くのに手を貸した。ちらりと横を見ると、スザンナはさきほどのように唇をぎゅっと結び、目をひたと奥に据えている。まるで戦場に赴く兵士のように。その芯の強さにジョーは舌を巻いた。

ベネディクト一等兵に椅子を勧められると、スザンナは即座に腰をおろした。一等兵は生徒たちを見た。「ぼくらはたったいま素晴らしい幸運に恵まれたぞ。ホプキンス夫人がここで教えてくれるかもしれないんだ。だから、そうなるように、みんな行儀よくしてくれよ。ランドルフ少佐、夫人を連れてきてくれてありがとうございました。あとはぼくらに任せてください」

一等兵からこれほど巧みに出ていけと言われたのは初めてのことだが、ジョーはそこにはこだわらず、アンソニー・ベネディクトがそうした意味を考えてみた。一等兵にそう言われなければ、疲れきって、体力も生きる気力も失っているスザンナをここに置いて立ち去ることなど考えもしなかっただろう。彼女がここに留《とど》まりたがっているかどうかすら、はっきりわからないとあってはなおさらだ。ジョーは一等兵にうなずき、スザンナの肩に軽く触れた。

「雑役終了のラッパが鳴ったら迎えに来る」

どうかぼくを見て、これが愚かな真似ではないと知らせてくれ。ジョーは心からそう願った。

ありがたいことに、スザンナはジョーを見た。その顔に浮かんでいる固い決意が、ジョーの不安を取り除いてくれた。

12

ベネディクト一等兵の生徒たちは、とても可愛《かわい》かった。スザンナは疲れきって動くこともままならず、ただ暖かさに感謝して座っていたが、一時間もすると、子どもたちの勉強に引きこまれ、二時間後には年少の子どもたちをまわりに集めて教える準備ができていた。

ランドルフ少佐にどう説明されたのかわからないが、ベネディクト一等兵の振る舞いは、疲れ果てた女性が毎日彼のクラスを訪れているように自然だった。彼は道徳的な教訓を組みこんだ読み物として名高い『マクガフィー・リーダー』を差しだした。そしてスザンナを支えながら、自分が掛け算表を使って年長の子どもたちに掛け算を教えている黒板から少し離れた場所に移動するのを手伝い、年少の生徒をそちらに送った。スザンナは授業の終わりを告げるラッパが鳴り響くまで、一等兵からあたりまえのように任された生徒たちに本を読み聞かせた。そしてラッパの音に顔を上げ、にこやかにこちらを見ているアンソニー・ベネディクトに微笑《ほほえ》んだ。

一等兵が〝今日の授業はこれで終わり〟と言ったとたん、年少の生徒たちがコートとマフラーと帽子を持ってスザンナのまわりに集まってきた。まるでスザンナが学期の最初の日から、ずっと自分たちと一緒だったかのように。生徒たちが出ていったあと、自分が感じている気持ちを無視しようとしながら座っていると、一等兵がやってきた。

「どうです、ホプキンス夫人？」そう言って、すぐ横に腰をおろす。

「あなたさえよければ、教えたいわ」

安堵《あんど》と同意を浮かべたその表情を見れば、彼が何を考えているかは聞かなくてもわかる。スザンナはずっと昔、初めて教壇に立ったころの自分を思い出した。

「明日から、衛兵の交代が終わったらここに来てください。ぼくは土曜日も来るんですよ。子どもたちに本を読んでやるんです」

スザンナは圧倒され、ただうなずいた。一等兵が立ちあがってお茶を淹《い》れ、バターつきのパンを少し持ってきてくれた。スザンナは感謝してそれを受けとった。

「朝食を食べずに来た子どもたちのために、ランドルフ少佐が手配してくれたんです」一等兵は腰をおろし、お茶を飲みながら言った。「教師がそれを食べてもかまわないですよね。でも、きちんと朝食をとってから来るようにお願いしますよ」

兵士のなかでもいちばん階級の低い、自分よりはるかに若い人間からの、優しい叱責だった。アンソニー・ベネディクトには、教えたいという気持ちと教えることに対する関心以外は、教師としての技術は特段ない。だが、スザンナは一等兵の言葉を肝に銘じ、その優しさに心から感謝した。

「はい、先生、明日からは昼食をちゃんと持ってきます」スザンナはそう答えて彼を笑わせた。

ふたりが明日の授業について話しあっていると、ランドルフ少佐が倉庫のなかを近づいてきた。ベネディクト一等兵が彼を見ながら低い声で言う。

「あんなにいい人には会ったことがないですよ」

「わたしも」スザンナもささやき返した。「少佐はわたしに成功してほしいと思っているの」

「だったら、成功してください」

スザンナはコートを着て、少佐が倉庫の扉を開けるまえから風を避けるようにうつむきつつ、ベネディクト一等兵の言ったことを考えていた。

外は思ったほど寒くなかった。砦《とりで》の空気の何かがいつもとちがうような気がする。

「もうすぐ春が来るのかしら?」

「いや。一月がいたずらをしているんだ。だが、せっかくの陽気だ、楽しむんだね。すぐにまた寒くなる」少佐は腕を差しだした。「ラティガン夫妻がぼくたちふたりを夕食に招待してくれたよ。きみの予定はどうだか知らないが、ぼくの料理の腕はすでに見ただろう？　だから食事の誘いは決して断らないことにしている」

「賢い判断ね」スザンナはつぶやいた。「それに、まだ従妹《いとこ》と顔を合わせられる自信がないの。夕食のあとなら……その勇気が出るかもしれない」

「リース家にはぼくも一緒に行こう。エミリーにひとりで立ち向かうことはない」

少佐の優しさに胸が詰まって、スザンナは立ちどまった。

「どうかしたかい？」医者と友人の二役を同時に演じているような甘い声で、少佐は尋ねた。

悪意のない相手が自分に関心を持ってくれるのがただ嬉《うれ》しいのだ。が、それを言葉にできるかどうかわからず、スザンナは橋に向かいながら黙って首を振った。「説明するのは難しいわ」

「やってごらん」

橋を渡りながら、つかのま考えた。「あなたはわたしを陥れるために、いろいろ探っているわけではないわね」

「ああ、ちがう」少佐は即答した。

「親切にしないと、ヒポクラテスに医師失格だと失望されるのかしら？」スザンナは軍医をからかった。

「ぼくがきみを思う気持ちは、ヒポクラテスとはなんの関係もないよ」少佐は突然そう言い、自分の口から飛びだした言葉に自分でも驚いたようにスザンナを見た。

ふたりとも、もう赤くなるような歳《とし》じゃないぞ。ラティガン軍曹の案内で居間に入りながら、ジョーはそう思った。スザンナが急ぎ足に、モーヴが夕食の仕上げをしているキッチンに向かう。おかげで、さきほどの衝動的な言葉を考えずにすむことに感謝しながら、ジョーは部屋のにおいに小鼻をひくつかせた。

「軍曹、割り当てられた七十年よりぼくがはるかに長生きしたとしても、うちのキッチンからこんなにいいにおいがすることはまずないな」

「再婚すれば、あるかもしれませんよ、少佐」ラティガンが言った。

再婚という言葉は、何度もほかの人間から聞いている。彼らはたいていそう言ったあと、気詰まりな様子で謝罪する。まるでジョーがやもめであることが、触れてはならない話題だとでもいうように。だが、ラティガン軍曹はそうではなかった。落ち着き払ってパイプをふかしながら、思慮深い目でジョーを見ている。その顔には煙草《たばこ》が与えてくれる喜びばかりとは言えない表情が浮かんでいた。

女性たちの笑い声が聞こえると、ラティガンの目が優しくなった。ジョーは魅力的な妻を持つこの軍曹が羨ましくて、ついこう言っていた。

「モーヴ・ラティガンの代わりになる女性はいないだろうな」受けとりようによっては、

妬んでいるように聞こえるにちがいないが、ラティガンがこの言葉の真の意味を理解してくれるのはわかっている。

「ええ。でも、ホプキンス夫人も同じくらい魅力的だ。そう思いませんか?」

それについては、ジョー自身、ここしばらく考えていることだった。が、ゴルディアスの結び目のように手に負えないこの難問を、ラティガン軍曹はずばりひと言で表現してみせたのだ。

モーヴが居間に入ってきて、ジョーはこの問いに答えずにすんだ。政府支給の牛で作った料理が居間のテーブルに置かれると、ジョーは深々とそのにおいを吸いこんだ。スザンナがパンケーキを運んでくる。デザートは、軍の家庭でよく作られるプラム入りプディングだといい。ジョーはそう思い、やがて願いがかなったことを知った。

料理は豪華ではなくても、それを囲んで交わされる会話が食事をとても楽しいものにしてくれた。まもなく始まる春の遠征のこと、いまではオマハ・バラックと改名されたオマハ砦からの最新のゴシップ、今年の冬の終わりにはプラット川沿いに物資を配給する砦からどんな奇妙なものが届くだろうかという予想、などなど。食事に招かれるたびに似たような話題で盛りあがるが、今夜は特別だった。この最近の恐ろしい日々を知らない者の目にどう映るかはわからないが、ジョーの目には、スザンナ・ホプキンスがまるで目の前で花開いていくように見えた。スザンナがこんなふうに夕食と会話を最後に楽しんだのは、いったいいつのことだろう？

ジョーは話題を変えた。「モーヴ、夜のクラスを受けたい友人を集められたってね？ホプキンス夫人は誰かに何かを教えていないと、すぐに飽きてしまうんだ」

そう言ったあと、ジョーははっとした。この話を持ちだすのは早計だったかもしれない。スザンナが倉庫の教室で教えることにしたかどうかも、まだはっきりしないのだ。続けてそれとなく探りを入れる。「少なくとも、倉庫の学校での仕事はあるが」

「ええ、あるわ」ありがたいことに、スザンナはそう答えた。「ベネディクト一等兵に、明日はラードの缶に入れて昼食を持ってくる、と言ったばかり。でも夜の時間は空いているから、生徒がいると嬉しいわ、モーヴ」

「もう三人見つけたわ。それで足りる？」モーヴが尋ねた。

「もちろん。ひとりでも十分」スザンナは迷いのない声で応じた。「明日の夜から始めましょうか？　時間と場所はあなたが決めて」

ジョーは我慢できずに身を乗りだし――いや、我慢などまったくしなかったかもしれないが――スザンナの頬にキスをしていた。「ブラボー」それから、まるで毎晩そうしているように、目の前のプラム入りプディングに注意を戻した。

モーヴがくすくす笑いだし、少し遅れてスザンナも笑った。ふたりは汚れた皿を集め、女性の聖域であるキッチンに向かうあいだもまだ笑っていた。賢くもラティガン軍曹は夕食後の話題に来るべき遠征のことを選び、その夜スザンナの腕を取って橋を渡るころには、ふたりの気持ちはすっかり落ち着いていた。

「もうすぐ灯《あか》りが消えるよ」練兵場を横切るスザンナの足がどんどん進まなくなるのを見て、ジョーは言った。将校通りに近づくとスザンナの歩みはさらに遅くなった。「明日は朝の授業があるんだろう？　たっぷり休まないと。今夜これ以上きみを引き留めては、監督者として失格だろうな」

スザンナは足を止め、ささやくように言った。「ありがとう。心の底からお礼を言うわ」

「義務を果たしているだけだよ。なにせ行政委員長だからね」ふたりは黙って、鳴り響く消灯ラッパの音に耳を傾けた。最後の音がまだ消えないうちに、ジョーはスザンナを促して歩きだした。風が強くなり、寒さが戻っていた。「ぼくはオレアリーの家に寄って、ルーニーが下士官の子どもたちと学ぶ気があれば、きみが喜んで朝一緒に連れていく、と伝えようと思う。いいかい？」

「もちろん」

ふたりはリース家のポーチに上がった。「一緒になかに入ろうか？　ぼくから一度説明を――」

スザンナは彼の腕に手を置いた。「ありがとう。でも、大丈夫よ。これはわたしがしなくてはならないことですもの」スザンナは、まるでぱっくり開いた地獄の口を見るような目で玄関の扉を見つめ、なかに入った。

ぼくと一緒にいてくれ――ジョーはそう言いたかったが、言わなかった。衝動的に口にしていいことではない。こういう口やかまし屋ばかりの狭い世界ではとくに。

つかのまポーチに立ち尽くし、それから隣のオレアリー家の玄関の前に移動して、扉を開けたジム・オレアリーと戸口で二、三分立ち話をした。大尉は明日の朝、スザンナが出かける時間にはルーニーの支度をすませておく、と請けあった。

ジョーは冷えきった家に戻り、居間にある小さなストーブに火をおこした。ラティガン軍曹が訪れることになっていたからだ。モーヴとスザンナがキッチンにいるあいだに小声で軍曹と話し、約束を取りつけていた。

微妙な問題ではあるが、たぶん科学が味方についてくれるだろう。モーヴ・ラティガンには、ほかのどんな方法もうまくいかなかったのだ。これを試してもらうしかない。ジョーが机について〈ホメオパシー・ジャーナル〉を見ていると、扉を叩《たた》く音がした。

ラティガン軍曹は、ジョーが自分のわずかな医療武器庫に残された唯一の方法、一八五四年にイギリスの医療雑誌に載った論文のことを説明するあいだ、じっと耳を傾けていた。発表された当時、メリーランド大学の教授たちは嘲笑《あざわら》ったが、ジョーは世間にはあまり知られていないこの論文のことを、一度も忘れたことがなかった。

「夫婦間の非常に親密な問題に口をはさむことになるから、これ以上聞きたくないと思ったら、いつでも止めてくれ。ぼくが腹を立てることはない。いいね？」

軍曹はうなずいて、ぴかぴかに磨かれた長靴に目を落とした。「どうか、ぼくらに……控えろとは言わないでください、少佐。そんなことは無理だと思います」

ジョーはメリッサのことを考え、自分たちにも無理だったろうと思った。ラティガン軍曹の気持ちを軽くしてやらなくてはならない。それにモーヴの気持ちも。ジョーは椅子の背にもたれたものの、すぐに立ちあがって軍曹のそばに座った。医学部の教授たちは、医者は患者と距離をとるべきだとよく言っていたが、ジョーは、ブルランの戦いの直後にそんな戯言《たわごと》とはきっぱり決別した。

「性交を控えろとは言わない。言えるはずがない。いいか、事実はこういうことだ。きみの奥さんは何度妊娠しても、数カ月後に流産してしまう。まだ胎児ができるまえに流れてしまうわけだから、厳密には、これは早産とは呼ばないんだ。そのせいで、奥さんは身心ともに疲弊している。この状態が今後も続けば、きみの愛するモーヴは墓石に刻まれた名前になり果て、連隊が移動になれば、きみは彼女をこの砦の墓地に残していくことになる」

ラティガン軍曹は低い声でうめいた。その声に満ちている苦悩が、思い出を呼び起こし、ジョーの背筋を冷やした。戦闘で仲間が死ぬと、アイルランドの男たちはこういううめき声をもらしたものだ。その声が何日も耳について、どれほど眠れぬ夜を過ごしたことか。

「ぼくは心配なんだよ。このままではモーヴが死ぬんじゃないか、と。ひどい貧血もそうだが、この自然の中絶は心身の健康に大きな影響をおよぼしているんだ」

ラティガン軍曹が顔を上げた。そこに浮かんでいる苦痛と恐れ、ジョーはそのすべてを自分のもののように感じた。それが医者の役目でもあるのだ。

「軍曹、ひとつ試してほしいことがあるんだ」配置換えになるたびにほかの医学書と一緒に持ち歩いているせいで、すっかりよれよれになった医学雑誌を開く。「ジョージ・ドライズデイルが提唱したこの方法は、一八五四年にロンドンで発表された。ぼくがまだ医学部にいるときだ。当時は誰もが冷笑したが、ぼくは効果的な方法だと思う」

絶望が問いかけるような表情に変わった。

「モーヴがなぜ流産してしまうのか、ぼくにはわからない。おそらく死ぬまでわからないだろうな。だが、これを試してみよう。夫婦の営みを毎月の生理の直後にかぎって行うんだ。そうだな、生理が終わったあとの十日間以内に。それ以上は妊娠の危険が生じる。そして次の生理のあとまでは営みを行わない」

「そうすると、どうなるんです？」

「妊娠を防げるはずだ。ほかの連中は戯言だと笑うかもしれないが、主治医として、ぼくはなんとかしてモーヴを助けたい。まったく、藁《わら》でもつかみたい心境なんだ！」

こんなふうに断固とした宣言をするつもりはなかったのだが、そうなってしまった。これがだめなら、もうあとはない。なんだか最近は、ずいぶん頻繁に藁にもすがるようなことをしている気がする。軍曹がなんと答えるか、それを知るのが怖かったが、ジョーは自分に鞭打《むちう》って目を合わせた。ラティガン軍曹は目に驚きを浮かべ、それから関心を浮かべた。

「こういうことなんだ、軍曹。モーヴが妊娠しない期間が長くなれば、体は休み、自然と癒える」ジョーは両手を上げて、質問を止めた。「きみの信仰がなんと言っているかはわかっている。だが、この方法は信仰に反しているわけではないよ。ぼくが提案しているのは人工的な手段ではないからね。それに、誰よりも愛する女性に、何年もひどい悪循環を繰り返させてきたあとで、いま以上に神の怒りを買うなんてことがあるはずがない」

軍曹の目に涙があふれ、彼はうなだれて男泣きに泣きはじめた。

ジョーはすぐさまその大きな体に腕をまわし、しっかりと抱きしめた。「どうか、頼むよ。ほかにどうすればいいか、ぼくにはわからないんだ」

軍曹が泣きやみ、ジョーが差しだしたハンカチで鼻をかむまで、ふたりは抱きあって座っていた。ジョーは医学雑誌も差しだした。「この論文を読んでくれ。ぼくもどうにかわかるくらいだから、理解できない箇所もあるかもしれない。とにかく読んで、モーヴと話しあってくれ。ドライズデイルが提唱している科学は健全なものだと思う」

「ぼくらは子どもを持てないんですね？」

この言葉は炎症を起こした臼歯の痛みをこらえるように絞りだされた。おそらく長いこと、この恐れを胸の奥に押さえこんでいたのだろう。

ジョーはうなずき、低い声で言った。「ああ、作るのは無理だと思う。だからといって、惨めな人生を送るわけではない。とにかく、この方法を試してみてくれ」

ラティガン軍曹は立ちあがり、かすかな笑みを浮かべて敬礼した。「この家の掲示板に夜遅く貼られるメモがなくなれば、成功したと思ってください。試してみるとお約束します」

軍曹が静かに扉を閉めると、ジョーは深いため息をつき、しばらく何をする気も起こらずに座っていた。それから、砦から砦を渡り歩いてきた、傷だらけのヒポクラテスの胸像に向かってうなずいた。「よし、ヒップ、これで一件落着だ。スザンナ・ホプキンスのことはどうしたらいいと思う？　何かいい考えはないか？　ぼくは……彼女を愛していると思うんだ」

ここを出ていくお金ができるまでは、ここで生きていくしかないのよ。スザンナはリース家の玄関に入りながら自分にそう言い聞かせた。申し出を断らずに、ランドルフ少佐についてきてもらえばよかったと一瞬思ったが、そこまで彼の手をわずらわせることはできない。エミリーとのことは自分で解決すべきだ。スザンナは深く息を吸いこみ、居間に入っていった。

　そこではエミリーが、スザンナに何を言われるかとびくびくして、身じろぎもせずに座っていた。従妹の顔に浮かんでいる表情に、スザンナはショックを受けた。この表情には覚えがある。フレデリック・ホプキンスが機嫌の悪いときに、自分が浮かべていたのと同じ表情だ。従妹がこちらにどんなひどい仕打ちをしたにせよ、これ以上責めるのはよそう――スザンナは即座にそう思った。

「エミリー、あなたを怖がらせるつもりはなかったの」スザンナはすぐに言った。「断食なんかしてごめんなさい」そこでちらっとダン・リースを見た。妻と同じくらいうなだれて、じっと座っている。「ただ、生きていく気力がなくなって、死にたいと思ってしまったの。もう二度としないわ」

　スザンナは従妹のそばに腰をおろした。「明日から下士官のお子さんたちを教えることになったの。一週間に何回か、夜のクラスで下士官の奥さんたちも教えるのよ」

「でも、それは……」

　スザンナは手を振って、従妹の言葉を払った。「あなたのお友達に何を言われても関係ないわ。救いがたい悪女だとこき下ろすなら、そうすればいい。ここを出ていくお金ができたら、すぐにそうするつもり。約束するわ」

　エミリーは用心深くうなずいた。

「すぐにその日が来て、あなたはわたしがここにいたことすら忘れてしまうわよ」スザンナは穏やかに言った。この従妹のことだ、本当にたちまち忘れてしまうだろう。「ひとつだけ。フレデリックとの離婚は、わたしだけの落ち度ではなかったかもしれない、新聞の記事は、事実のすべてではないかもしれないと認めてくれる？　そのふりをするだけでもいいの。そうしたら、なんとかやっていけると思う。できる？」

エミリーはまたうなずいたが、今度はしぶしぶだった。

スザンナは立ちあがった。「わたしの頼みはそれだけ。ああ、空っぽのラードの缶があったらもらえるかしら。昼食を入れるのに使いたいの」

「ラードの缶だなんて。何か、もっとちゃんとしたものはないの？」

スザンナは心のなかでため息をついた。エミリーは本当に見栄《みえ》っぱりだ。「何もないのよ」卑屈にならないように最大限の努力を払ってそう言うと、ふたりに会釈して二階に上がった。

少佐が朝はずした毛布は、元通りにかかっていた。今朝の出来事なのに、はるか昔のことのようだ。スザンナは毛布の向こう側に入り、疲れを感じて目を閉じた。まだ体力が戻っていない。ありがたいことに、二階はそこそこ暖かかった。寝る支度に取りかかり、ふと思いついて小さな窓から外に目をやると、練兵場を横切って自宅に戻るラティガン軍曹の姿が見えた。おそらくランドルフ少佐宅を訪ねたのだろう。モーヴの具合が急に悪くなったのでないといいけれど。でも、急いでいる様子はない。考え事をしているような、ゆっくりした足取りだった。

この一年あまりで初めて、スザンナは寝台の横にひざまずき、祈った。まずトミーのことを、それからラティガン夫妻とオレアリー夫妻のことを――薄い壁の向こうで、赤ん坊が泣いているのが聞こえる。ベネディクト一等兵と学校のために祈るのはたやすかった。でも、ときどき世界中の重荷を一身に引き受けているように見えるランドルフ少佐のために祈るのは、それほど簡単ではなかった。でも、祈りの内容を恥ずかしがるのは愚かだ。少佐のために何を祈るにしろ、それを人に知られることはないのだから。

スザンナは枕のなかにささやいた。「どうか彼に迷惑をかけませんように。でも、これだけでもきっと神さまは手いっぱいね」

13

　翌朝はまだ暗いうちに目が覚め、一瞬、自分がどこにいるかわからなくてうろたえた。フレデリックは酔っているのか、素面《しらふ》なのか、機嫌が悪いのか、調子を合わせてくるか。突然悲しそうになるか、それとも、揚げ足をとろうと手ぐすね引いているのか？　そんな疑問が頭をよぎったあと、すべてが過去になったのを思い出し、ほっと息をついて横になったまま一連の決断を下した。

　最初の決断はほかの決断に影響をもたらすから、これがいちばん重要だった。その日の朝、少しまえまでは自分が置かれると思いもしなかった立場で、スザンナは従妹《いとこ》のエミリー・リースを許すことにした。詮索好きの奥方たちに離婚した従姉《いとこ》のことをあれこれ言われたくないばかりに、エミリーがついたひどい嘘を。従妹はそれがどんな結果をもたらすか予測できないほど愚かなだけなのだ。それに、おそらく自分では善いことをしているつもりだったのだろう。

「そう思えば我慢できる」誰も起こさぬように小声でつぶやいた。もちろん、起きているのは壁の向こうのオレアリー家の人たちだけだ。赤ん坊のかん高い泣き声にスザンナは頬を緩めた。一瞬の静寂のあと、赤ん坊の両親の低い声が続く。ふたりの声はくぐもっているが、きっと新たに陸軍の扶養家族となったメアリ・ローズを優しくなだめているにちがいない。

スザンナは簡易寝台に横たわり、つかのま思い出に浸った。自分とフレデリックも、夜中に赤ん坊が泣くと、眠気のさめぬ声であれこれ話しかけたものだった。それから七年後、会社が傾きはじめると、現実をまぎらわすために夫がライ・ウイスキーに頼るようになり、結婚生活はめちゃくちゃになった。でも、最初はとても幸せだったのだ。

「そう思えば、我慢できるわ」スザンナは再びつぶやいた。「幸せな時代もあったのだもの」

最初はフレデリックを愛していた。そうでなければ、結婚などしなかった。若いころのフレデリックは、どんな女性でも振り返らずにはいられないほど魅力的だった。もしもあの夜、暖炉の飾り枠に顔をぶつけて命からがら逃げだしていなければ、スザンナはいまでもあの家でじっと耐え、トミーを守っていたにちがいない。世の中にはそういう境遇の女性が、きっとたくさんいる。

「我慢できる。たとえそれが、女性にとってひどい不公平だとしても」スザンナはささやいた。以前〝悪魔のラム酒〟の製造・販売に反対する女性たちの話を聞いたときは、レディらしくない行動に仰天したものだった。女性は家庭を守るのが仕事で、大衆を扇動するなんてどうかしている、と。でも、いまならそういう女性たちの勇気を理解できるし、称《たた》えたいと思う。お酒は浮気よりも多くの家庭を破壊し、それと一緒に希望を粉々にしてきたにちがいない。人知れず苦しむ妻たちも多いのだ。

時間がたち、壁の向こう側が静かになった。メアリ・ローズは再び眠ったようだ——おそらく両親にはさまれて。こちら側では義理の従弟《いとこ》のいびきが聞こえるが、歯ぎしりよりはまだましだ。スザンナは彼のことも許すことにした。ダンは妻と息子を愛している。それにこのワイオミング準州では、きっと騎兵中隊の立派な隊長なのだろう。

スザンナは自分の臆病な心のことも考えた。人生をやりなおそうと、はるばるペンシルベニアから旅をしてきた。そして最悪の状況に見舞われても、まだこうして生きているし、頭もしっかりと働いている。自分は思ったよりもたくましいかもしれない。さいわいなことに、人に必要とされる技術もある。共同倉庫では、荷箱の机で学ぶ六人の子どもたちが、わたしを必要としている。一回五十セントで、夜の教室を受け持つことも決まった。ニック・マーティンのような守護者もいるし、こちらと同じかそれ以上の悲しみを抱えながら、何かと励ましてくれる軍医もいる。

「そう、我慢できるわ。やることがあるんですもの」スザンナはつぶやき、満足して目を閉じた。しばらくして起床ラッパの音で再び目が覚めると、これからは充実した日々を送ろうと決めた。ランドルフ少佐の言うとおり、楽しく生きることが自分を滅ぼそうとした人々への最善の仕返しかもしれない。たとえそうでなくても、充実した日々を送ろうと努力するのは正しいことだ。

その日の朝、従妹に話をする時間をとってもらうのは簡単だった。エミリーは自分がスザンナの破滅に果たした役割が後ろめたくて、いまのところ何ひとつ逆らわない。スザンナはエミリーに、改めて夜の教室に関する計画を伝えた。

「ここに来たのは教えるためですもの」エミリーだけでなく、自分にもそう宣言する。

するとエミリーは空のラード缶を見つけ、ブリキの蓋に花を描いてスザンナを笑わせた。

「このほうが少しはましでしょ」エミリーが笑顔でそう言うと、スザンナはふたりが親しかった子ども時代を思い出した。パンとバター、干したりんご、常にある干し葡萄《ぶどう》の昼食をその缶に入れながら、ふたりは顔を見合わせてまた笑った。布のナプキンとダンの秘密の隠し場所からくすねたチョコレートがふた粒、それに加わった。

「ありがとう、エミリー」

スザンナは、スタンリーをあいだにはさんで暖かい居間の窓から衛兵の交代を見たあと、従妹に礼を言い、コートに袖を通してマフラーをしっかり巻いて、気分も新たに仕事に出かけた。

ニック・マーティンが練兵場の南側から倉庫まで付き添ってくれた。

「あんたが倉庫にたどり着けるようにしろ、と軍医に言われたんだ」ニック・マーティンが打ち明けた。「おれも勉強したいんだが、軍医には病室を掃除する人間が必要だからな」

人は、誰かに必要とされなくては生きていけない。スザンナは心を動かされ、そう思った。「ええ、そのとおりね、ニック」スザンナはじっと彼を見た。「今日はニックよね？　聖パウロは宣教の旅で忙しいでしょうから」

「だろうな。そのうち訊《き》いとくよ」

スザンナは少し考え、うなずいて、将校通りを振り返った。ふたりの話題の主である軍医は、自宅のポーチに立っていた。手にしたコーヒーのマグカップを掲げる彼に、スザンナは手を振った。

フレデリックと結婚して教師をやめるまえ、スザンナはカーライルにある私立の学校で教鞭《きょうべん》をとっていた。生徒は錦織のおむつで育った特権階級の子女ばかり。床には分厚い絨毯《じゅうたん》が敷きつめられ、机も引き出しのついた優美なものだった。だが、倉庫で初めて教えた日、スザンナは荷箱の机もなかなか使い勝手がよいものだと知った。それにこの教室にはコーヒー豆の香り、その隣に並ぶ干しりんごや干し葡萄のにおいがいつも漂っている。

スザンナは六人の生徒を教える仕事に打ちこんだ。だいたいの学力を突きとめたあと、もう頭のなかで一学期分の授業計画を立てていた。ベネディクト一等兵も、最初のうちこそ教室の奥に静かに座っているスザンナの存在を意識していたが、昼食のラッパが鳴るころには、受け持ちの年長の子どもたちの授業に完全に没頭し、ラッパが鳴ると驚いて顔を上げた。

「午後は作文と暗唱だぞ」彼はお昼を食べに帰る生徒たちに声をかけ、年少の生徒たちを送りだしたあと、ラードの缶を手に再び腰をおろしたスザンナのところにやってきた。

「ぼくも食堂に行かず、ここで食べる許可を得ているんですよ」彼は言った。「生徒が残ることもあるので」

ふたりは食事をしながら午前中の授業について話した。スザンナがいくつか質問に答え、午後の授業はときどき合同で教えないかと提案すると、一等兵は笑顔でうなずいた。

「最初に……教えた子どもたちは、砦の周囲の動植物をとてもよく知っていたの」スザンナは言った。「生徒に自分たちが知っていることを発表させて、それを中心に何度か授業を行いましょう」

この提案を聞いたとたん、ベネディクト一等兵の顔が明るくなった。何かいいアイデアがあるのだ。

「ええ。一日か二日かけて、みんなでバッファローや狼《おおかみ》やインディアンといった興味深いテーマについて学ぶのはとてもいいと思います。それから、友人や親戚の誰かにそのことを手紙で書かせてはどうかな」

「すてき、とてもいい思いつきだわ」スザンナは手を叩《たた》いた。「ただの作文よりも、そのほうがはるかにいいわね。年少の生徒たちには絵を描かせ、手紙はわたしたちが代筆すればいい」

スザンナはじっとベネディクト一等兵を見た。どうやら彼はこの手紙の案をすでに実行しているらしい。積極的に生きようと決めたからには、引っこみ思案も克服しなくてはならない。

「ベネディクト一等兵、あなたはとっくにそういう手紙を送ったことがあるようね。ご実家の……」

「コネティカットです」一等兵の首の付け根が赤くなった。「ハートフォードの町にそういう手紙を受けとる若い女性がいるんです」

スザンナはうなずいた。「そうだと思った。彼女が手紙を大事に取ってくれているといいわね。あなたの手紙は、西部の生活を知るうえで素晴らしい手がかりになるでしょうから」

「実は、彼女はそれを新聞社に送っているんですよ」一等兵はいまや顔まで真っ赤になり、秘密を打ち明けた。「手紙の一部を、ですが。向こうの新聞が定期的に載せてくれるんです。『開拓地の生活とさまざまな出来事』という欄に」

「まあ、すてき！」スザンナは嬉《うれ》しくなって叫んだ。「その人も教師なの？」

そのとき一等兵の顔に浮かんだ表情に、スザンナは息を奪われた。誇りから感謝まで、ありとあらゆる感情が朴訥《ぼくとつ》な顔をよぎった。「ぼくを教師だと思ってくれるんですか？」

「思っているだけじゃないわ。知っているの、わかっているのよ」スザンナは静かに言った。

一等兵は深く息を吸いこんだ。彼がその女性を愛しているのは明らかだ。それに、将来の計画を練っていることも。

「ええ、彼女は教師です。ぼくの兵役はこの夏で終わります。そうしたら、ハートフォードで学校に行き、教師になるために学ぶつもりなんです。今年の秋に彼女と式を挙げたあとで」

スザンナはまたしても手を叩き、リース大尉のチョコレートをひとつ分けて、自分も残ったひとつを口に入れた。この日彼女は、ずいぶん久しぶりに幸せを感じた。

ジョー・ランドルフは朝のあいだ、何ひとつ集中ができなかった。ヒポクラテスに謝罪すべきかもしれない。少なくとも、メリーランド大学で哀れな同級生がしたように、間違った脚に添え木をあてないだけましだった。気の毒なあの患者の驚愕《きょうがく》した顔はいまでも忘れない。彼女は水兵も真っ青になる汚い言葉でひとしきり毒づき、医療過誤からお守りください、と両手を上げて万能の神に祈ったものだった。

ジョーがその日の朝しでかした医療過誤は、下痢で三番ベッドにいる男に下剤を処方するというものだった。ありがたいことに、助手が眉を上げ、この間違いを正してくれた。ジョーは自分の過ちを認め、あとで助手に礼を言った。助手のテッドが、アポマトックスのあと、ルイジアナの南部再建の仕事にも、その後のフロリダへの〝島流し〟にも、ずっとついてきてくれたことを神々に感謝する。

とにかく、今朝のジョーがぼんやりしていたのは間違いない。ニックが〝スザンナは練兵場をとてもきびきびと歩いていった〟と報告をくれたときもそんな調子だった。ニックは続けてこう言った。「あんなに小柄なのに、おれは遅れないように急ぎ足になったくらいはりきっていた」

ニックは気づかなかったが、ひどい味のコーヒーを手に、ジョーもポーチからスザンナを見ていたのだった。そして遠くから、彼女の腰の動きを目で追っていた。今朝のスザンナは、屈辱に耐えられずに死にたいと願った女性ではなかった。昨日の絶望的な目をした女性でもなかった。将来の計画を持っている女性だった。

その事実は、午前中ずっとジョーの胸を温めてくれた。助手のおかげで、病院の仕事は滞りなく進んだ。今朝早くに失敗したあとは、A中隊の厨房《ちゅうぼう》でひどい火傷《やけど》をした患者の創傷清拭《せいしき》を手際よくやってのけ、失点を挽回《ばんかい》した。少なくとも、助手が彼を見たときの目には〝挽回しましたね〟と大きく書かれていた。テッドは創傷清拭が苦手だが、火傷はジョーの得意とする分野なのだ。ジョーはほっとして執務室に戻り、本当はオマハのために薬局方のリストを仕上げるべきところを、好きなだけ空想に耽《ふけ》った。

女性の腰の動きの優美さを見守った朝のひとときのほかに、この日の朝はもうふたつ特筆すべき出来事があった。最初のひとつはラティガン軍曹がもたらした。軍曹はジョージ・ドライズデイルの論文が掲載された雑誌を返しに来ると、なぜかいつもよりもくだけた態度で、ジョーに勧められるまま執務室の椅子に腰をおろした。まあ、この日の話題は軍とはなんの関係もないのだから、堅苦しく振る舞う必要はない。

「昨夜、モーヴにこの論文を読んでやったんです」軍曹は言った。「わからない言葉はけっこうありましたが、趣旨は明確で――」照れたように笑う。「――実は、モーヴが丁寧に説明してくれたんです。ぼくの妻はなかなか鋭いんですよ！」

「そうだな。ホプキンス夫人に教わってモーヴが字を読めるようになったら、きみは完全に尻に敷かれるぞ。それで？」

「これを試してみます。ぼくらは……お互いが必要なんです。でも、愛するモーヴをまた悲しい目に遭わせないためなら、ぼくはなんでもします」

軍曹の率直な言葉に、ジョーは深い愛を聞きとった。「ああ、そう思ったよ」

軍曹は微笑《ほほえ》み、立ちあがって、いつものようにラミー砦《とりで》の誰よりも正確な敬礼をすると、出ていく間際にこう言った。「今日ホプキンス夫人にお会いになったら、うちの居間で今夜、授業をしていただくのを楽しみにしている、と伝えてくれませんか。夕食もうちでしてもらえたら嬉しい、と」

「その招待にぼくも含めてくれたら伝えるよ」

「もちろんです、少佐。でも、食事のあとは居間に近づくな、と釘《くぎ》を刺されてます。では、今夜また」

もうひとつは、ジョーがその気になれば〝画期的〟と呼んでもよいほどの出来事だった。アリカラ族の斥候の妻が、陸軍に新たなインディアンの被扶養者をもたらすあいだ、ジョーはほぼ一時間あまり手持ち無沙汰に立っていたのち、赤ん坊を取りあげたあとの幸福感に満たされて、病院に徒歩で戻った。そして執務室に入り、襟を緩めて、パスツールが教えているパリのリセ宛てに手紙を書いた。

これまでにも、同じような手紙を頭のなかで一、二度書いたことがある。便箋にも三度ばかり書いたことがあるが、どれも途中で丸めてごみ箱に捨てた。だが、今回は自分の学歴と、その後の経歴、戦争の負傷者を治療して過ごした年月、微生物学にひとかたならぬ関心を抱いていることを記し、最後に〝今秋、リセのパスツールのもとで学ぶ許可をいただければさいわいだ〟という希望を述べると、勢いよく署名をして、勇気を失うまえに砦の商人の執務室を兼ねた郵便局に急いで持っていった。

郵便局長と従軍商を兼務しているジョン・コリンズが封筒を見て眉を上げ、〝フランスのパリ？〟とつぶやくと、ジョーは最初の不安を感じた。

「ここからだとずいぶん遠いですね」コリンズは手紙を指先で弾《はじ》いた。

「将来の計画でも立てているんですか、少佐？」

郵便局長兼商人に詮索されるのは初めてだったが、パリ宛ての手紙が持ちこまれるのは、そうあることではないのだろう。「ああ、そのとおりだ」ジョーは答えた。

雑役の終わりを知らせるラッパのあと、ジョーとニック・マーティンはちょっとした言い争いをした。ふだんは従順なこの男が、自分もホプキンス夫人を迎えに行くと言い張ったからだ。助手のテッドが〝頼みたいことがある〟と言葉をかけてくれたおかげで、ジョーはひとりで共同倉庫に向かうことができた。

ちょうど扉が開き、生徒たちがどっと出てくるところだった。ジョーは笑みを浮かべ、スザンナが年少の生徒のそばで膝をつき、ボタンが全部はまっているのを確認し、冷たい風から手を守るミトンをはめ、マフラーをきちんと巻いているか確かめるのを見守った。

気づけばスザンナのほっそりした腰と脚の線に目が行く。少し乱れた髷《まげ》には鉛筆が突っこんであった。どうやら教える仕事は髪まで崩れるようだ。が、スザンナの魅力は少しも失われてはいない。金色の髪にも、いわく言いがたい魅力がある。

冷たい空気が入るのも気づかず、扉の開いた戸口のところに立っていると、スザンナがジョーに気づいて顔をほころばせ、彼の息を奪った。

「扉を閉めてくださる、少佐？」教師の声で言われたジョーは黙って扉を閉め、スザンナが椅子から立つのに手を貸した。温かいその手をいつまでも握っていたかったが、もちろんそんなことはしない。とはいえ、スザンナも急いで放したくなさそうなことに気づいて、顔がにやけそうになった。

スザンナはベネディクト一等兵と何分か話し、ジョーのところへ戻ってきた。ほつれ毛が自分の手をくすぐる感触を楽しみながら、コートを広げて着せかける。

「楽しい一日だったかな、スザンナ?」そう尋ね、向かい風のなかをサッズ・ロウへと歩きだす。

「ええ、とても。明日は昼食のときに授業計画を立てる時間をとることにしたの」

「教師の仕事についても教えているようだね」

「ええ。ベネディクト一等兵はとてもこの仕事に向いているのよ」

他愛《たわい》のない話をしながら、ふたりは橋を渡った。そのあいだも、ジョーはさきほど書いた手紙のことを話したくてたまらず、軍曹の家が近くなるとようやくそれを口にした。その結果は、申し分なく満足のいくものだった。スザンナは美しい褐色の瞳で正面から彼を見て、袖に触れた。何も言わなかったが、満面の笑みがすべてを語っている。スザンナの明らかな賛同を見て、ジョーは久しぶりに、自分の身に起こった出来事を女性と分かちあう喜びを噛《か》みしめた。

「しかし、ムッシュ・パスツールがぼくを学生として迎えてくれるかどうかは、まだわからないよ。それにぼくのフランス語はだいぶ錆《さ》びついている」

「春になったら、わたしが教えましょうか、ジョー。少しはできるから」

名前で呼んでくれたことに十代の若者のように恍惚《こうこつ》として立ち尽くすジョーに代わって、スザンナがラティガン家の扉を叩いた。


夕食はあまりにも早く終わり、ラティガン軍曹はモーヴの頬にキスをして、ジョーを扉の外に連れだした。

「モーヴはすっかり興奮しているんですよ」まもなく始まる春の遠征に備えて部下に指示を出すため、中隊の宿舎に戻る軍曹が、ジョーと橋を渡りながら打ち明けた。

ジョーはオレアリー家に立ち寄り、すっかり体重の増えたメアリ・ローズをざっと診察したあと自宅に戻って、一時間半ばかり家のなかを歩きまわってから、スザンナを迎えにラティガン家に戻った。

今回はニック・マーティンが一緒だった。学校の場所は変わったが、ニックはスザンナを助けるという自分の使命を遂行するつもりでいる。この謎めいた男が、ほかの人々があっさり見捨てたレディに忠誠を示すのを、ジョーは嬉しく思った。

彼らはA中隊の宿舎に立ち寄り、そこに座って部下ににらみを利かせていたラティガン軍曹を拾った。まだ腰が落ち着かない新兵がお互いにうんざりして殴り合いをすることの多い一月と二月は、結婚している軍曹の多くがそうするのだ。軍曹たちのそういう努力は、ジョーにとってもありがたかった。冬のあいだ屋内に閉じこめられて、たまる一方の苛立《いらだ》ちを互いにぶつけあう若者の怪我《けが》を手当せずにすむからだ。

「少佐、今日のホプキンス夫人はいつもとちがいますね」軍曹は橋に向かって歩きながら言った。ニックはふたりの後ろからついてくる。「少なくとも、夕食のときにぼくはそう感じました」

「ぼくもだよ、軍曹。感謝される場所で教えるのが楽しいんだろう」

何がホプキンス夫人に光をもたらしたにせよ、最初の夜の授業でもそれは続いていたにちがいない。ラティガン夫妻と何分か礼儀正しい会話を交わしたあと、ララミー砦の反対側へと戻りながら、ジョーはそう判断した。顔こそやつれているが、スザンナの目は輝いている。

「疲れたかい?」ジョーは医者の質問だと思ってもらえることを願いながら尋ねた。

「もうぐったり。でも、ジョー、あの人たちを見せたかったわ! とても学びたがっているの」

「その調子じゃ、全然疲れていないようだな」ジョーは腕を差しだすと、スザンナはためらわずにそれを取った。

「ここにいるのは教えたいからですもの」スザンナは後ろからついてくるニックを肩越し

に振り返った。「ニック、ベネディクト一等兵が、あなたが学びたければ歓迎するそうよ。後ろの席にどうぞ、ですって」

「どうかな。軍医がおれを必要かもしれないし」

「いつでも好きなときに来て」スザンナはジョーの腕をつかんでいる手に力をこめた。肩に少しもたれてきたような気がしたほどだ。

「ジョー、わたしは今朝、従妹を許すことに決めたの」

突然のその言葉はジョーの胸を打った。「きみはずいぶん寛容な人だな！　ぼくは彼女を許せるかどうかわからない」

「だったら、あなたには従妹を許す必要がなくてよかったわ」スザンナは言った。「ほんとよ、このまえの出来事も気にしないことにしたの。元夫のような人間は必ず何かしでかすわ。それがいつにしろ、彼のしたことが白日の下にさらされる日がきっと来る。わたしはそれを待つことにしたの。我慢するのは得意ですもの」

ジョーはその言葉にためらいを聞きとり、自分がスザンナのあらゆる感情をとらえることができるのに驚いた。まるで、スザンナについてじっくり研究したかのように。この思いつきに嬉しくなって、彼は風に消されないように少し大きな声で尋ねた。「ほかには？」

ニックなら聞かれても大丈夫だ。あの男は口が堅い。

「オレアリー夫妻には、あのあとすぐに打ち明けて、嘘をついていたことを謝ったの」スザンナは言った。

そのことはすでにジム・オレアリーから聞いていたが、スザンナにそれを知らせる必要はない。「ふたりのことだ、謝罪する必要などないと言っただろうね」

「ええ。ほんとにいい人たち」まだ親切にされることに慣れていないのか、スザンナの声には驚きが混じっていた。「今夜、ほかの奥さんたちが帰ったあと、モーヴにも話したの」スザンナはため息をついた。「モーヴは何も言わずにわたしを抱きしめてくれたわ」

「話はほかにもあるんだろう?」ジョーの直感はまだ続きがあると語っていた。

「わたしがそれなくしては生きられないものは、ひとつしかないと気づいたの」スザンナは深いため息をついた。「息子よ。でもいまのところ、それに関してはどうにもできない」

ふたりは黙って歩き、やがてエミリー・リースの家の玄関の前で、ジョーはスザンナにおやすみを言った。

いまはおそらく、息子のことで頭がいっぱいだろう。ジョーはそう思って腕を解き、そのまま立ち去ろうとした。すると驚いたことに、スザンナがジョーの手を取り、まっすぐに見つめてきた。控えめな彼女のことだ、おそらく勇気を振り絞ったにちがいない。

「あなたがムッシュ・パスツールに手紙を送って本当に喜んでいるのよ。フランス語を教えると言ったのも本当。学びたい生徒がいたときのために、教科書を持ってきているの。それがあなたかもしれないわね?」

「ウイ、マダム」ジョーはそう答え、ミトンをした手にキスをしてスザンナを笑わせた。「もっと話せるようにならないとね、ムッシュ。いつでもあなたの都合がいいときに、病院に教科書を持っていくわ」

ジョーはその夜、長いこと眠れなかった。

14

スザンナは仕事のリズムにすっかり慣れ、砦《とりで》の常に変わらない日課に自分を適応させた。毎日のラッパの合図とそれがもたらす指示は、いまでは魂を癒やす香油のように思える。エミリーとのあいだにあったわだかまりがようやく消えたいま、ほかのみんながどういう目で自分を見ていようが、ほとんど気にならない。

ある朝、エリザベス・バートが三番めの息子を連れて倉庫の学校を訪れた。

「上のふたりもお願いできたらよかったのに。学校に入れるため、姉に頼んで東部へ送ってしまったの」

夫人はダンクリン夫人の手紙に署名したことを謝るだけの勇気も持っていた。「あんなことは間違っていたわ。どうか許してちょうだい」静かな声でそう言い、少しためらってから続けた。「オレアリー大尉から、あなたがどんな経験をしたか聞いたわ。ほかの奥さまたちにも伝えたのよ。ほかの人々がどう思うかはともかく、アンディとわたしはあなたに申し訳ないことをしたと思っているの。どうか信じてちょうだい」

ほかの家族は誰も、倉庫の学校に子どもを送ってこようとはしなかった。でも、大勝利など最初から期待していない。これまでの人生が、そんなものは万にひとつもないことを教えてくれたのだ。誰かが自分を気にかけてくれている、それを知っただけで嬉《うれ》しかった。

しだいに、毎日のパターンは固まっていった。エミリーとキッチンで朝食をとり、オレアリー家に寄ってルーニーを拾い、自ら守護者を買ってでたニック・マーティンに伴われて足早に練兵場の端を横切る。倉庫で昼食をとり、アンソニー・ベネディクトとあれこれ思いついたことを話しあう。そのあとは曜日によってそのまま帰宅するか、モーヴ・ラティガンの家に向かい、夜間の授業を行った。生徒はアイルランド出身がふたり、ドイツ出身がひとり、ポーランド出身がひとりの四人だが、みなとても熱心だった。そして週に一度は、ジョー・ランドルフ少佐にフランス語を教え、同じく週に一度、これまでと同じように息子に手紙を書いた。年少の子どもたちのあれこれを話し、ときどき彼らが描いた絵や、字を練習した紙を同封してニック・マーティンに渡す。ニックがそれを郵便局に届けてくれた。トミーが自分の手紙を受けとれるとは思っていないが、スザンナは書きつづけた。

週の予定のなかでいちばん予測がつかないのは、フランス語の授業だった。これは病気や怪我《けが》で潰れることが多い。ジョーの執務室に、〝下痢〟とか〝骨接ぎ〟、〝鼻かぜ《カタル》〟などと走り書きされたメモが貼りつけてある夜は、テッド・ブラウンが管理している病室へ行き、患者に本を読んだ。最初は、〝リース家のドアにメモを貼りつけてくれれば、病院まで足を運ばずにすむのに〟と不思議に思ったが、やがてわかった。ジョーはスザンナに患者を見舞ってほしいのだ。

自分で読もうと砦の図書館から借りていた『若草物語』を読みはじめても、男性ばかりの患者は誰も文句を言わなかった。最初の夜スザンナが持っていたのは、ジョーに渡すフランス語の教科書をべつにすれば『若草物語』だけだったからなおさらだ。だが、『若草物語』の第二巻はまだ手に入っていないため、どういう終わりを迎えるかわからない。次の読み聞かせの夜、スザンナはほかの本を読もうと提案した。

驚いたことに、兵士たちから嵐のような抗議が起こり、結局スザンナは、ときどき聞こえる、病気とは無関係の鼻をすする音には気づかぬふりをして『若草物語』を読みつづけた。

「あなたの患者さんたちは、みんな優しいのね」ある夜、珍しく部屋にいたジョーにフランス語のレッスンをしているときに、スザンナは言った。「気づいているかしら？　退院した人も続きが聞きたくて病室に来るのよ。ベスの病状が悪化したときはみんなで泣いたわ。彼らは自分でも読めるのに聞きに来るの。椅子が足りなくて、床に座らなくてはならないのに」

「読み聞かせてもらうのがどれほど楽しいか、知らないかい？」ジョーはそう訊《き》いてきた。

「ぼくだって一緒に聞きたいくらいだ。だが、どうせここに連れ戻されて、新しい動詞の活用形を覚えろと言われるに決まってる。きみは容赦しないからな!」

スザンナは笑いだし、笑いはしばらくは止まらなかった。退院した患者のひとり、ニューヨーク市の悪名高いファイブ・ポインツ出身のタフガイが、二月に『若草物語』の第二巻を差しだしたときには、思わず涙ぐんだ。彼はラッセル砦に派遣されていた兵士で、そこにある図書館から借りてきたのだと打ち明けた。読み聞かせが終わってからちゃんと返すよう約束させると、さりげなく書棚に戻しておくと請けあった。誰にも見つかる心配はない、そういうのは得意ですから、と。

「わたしは盗みを奨励しているの」スザンナはそう言ったが、ジョーは笑っただけだった。

二月の終わりに、パウダーリバーに向けた春の遠征に備えてほかの砦から兵士たちが集まってくると、ジョーの顔から笑みが消えた。まもなくオマハからジョージ・クルック将軍も到着した。遠征を自ら率いるためではない。J・J・レイノルズ大佐が率いる軍を監督するためだ。

「具体的にはどうするの?　レイノルズ大佐と馬を並べて肩越しにのぞきこむの?」スザンナはある晩、赤字を入れたフランス語のエッセイを軍医に返しながら尋ねた。

「実際にそうするわけではないが、基本的には同じことだな。クルックは大将風を吹かすのが好きなんだ」ジョーは真っ赤になった自作のエッセイを見て、顔をしかめながら話を変えた。「スザンナ、ぼくには望みがあると思うかい？　それとも、きみに耳元で通訳してもらいながらリセの授業を受けなくてはならないのかな？」

「わたしは女性よ。ムッシュ・パスツールの教室に近づくことさえできないわ」スザンナは言い返したが、その夜ニック・マーティンに付き添われて将校通りをリース家へと戻りながら、ジョーとパリへ行くことができたら、どんなにすてきだろうと思わずにはいられなかった。

ララミー砦にさらに多くの兵士と中隊が到着するにつれ、サッズ・ロウ沿いの空き地にはまるで花が咲いていくように次々にテントが設営された。だが、晩冬のワイオミングはまだ夜が長く、日中ですら震えるように寒い。この不適切な〝住まい〟で凍傷やカタルの患者が増えるのは火を見るよりも明らかだったから、ジョーがフランス語のレッスンを無期延期にしたときにもスザンナは驚かなかった。

「ぼくは時間がないが、患者への読み聞かせは続けてくれないか。助手が言うには、ローリーがジョーと結婚するか、それともベア教授がその幸運に浴するかで賭けをしている者もいるそうだ」ジョーは驚くほど自然にスザンナの肩をこづき、こう言った。「ベスがどうなるかは、誰も考えたくないんだな！」

スザンナは読み聞かせを続け、ますます重くなるベスの病に苦悩し、その死に涙した患者がひとり残らず鼻をすすっているのに気づかぬふりをした。そして、次は喜劇を読むと約束した。

スザンナ自身、笑いたい気分だったのだ。が、それもある夜、ジョーの部屋をのぞくまでのことだった。読み聞かせをおえ、おやすみを言うためにノックしようとして、ドアが少し開いているのに気づいたのだ。そっと押し開くと、ジョーが両手を目に押し当て、前かがみになっていた。

泣いているのだ。このまま足音をしのばせて立ち去ろう。最初はそう思ったが、すぐにそんな自分が恥ずかしくなった。ジョーが見て見ぬふりをしていれば、ダンクリン夫妻宅での修羅場のあと自分は死んでいたのだ。スザンナはドアをもう少し開け、静かになかに入ってジョーの肩に手を置いた。少しでも彼を慰めたかった。

ジョーはぎくりとして体を起こし、スザンナを見上げた。

スザンナはついため息をこぼしていた。無視される惨めさは、いやになるほどよく知っている。彼のそばに椅子を引いて腰をおろし、両手を膝に置いた。

ジョーは痛々しいほど努力して背筋を伸ばし、スザンナが黙って差しだしたハンカチで鼻をかむと、再びスザンナを見た。

「スザンナ、ぼくはジョージ・クルックの部下たちの凍傷の手当をし、傷を縫う。だが、クルックは、死にかけている合衆国の兵士にぼくが背を向け、生きている南部連合軍の兵士の手当に取りかかったことをまだ根に持っているんだ。この十四年ぼくがしてきたことなど考慮しようともしない。ヒポクラテス自身があの男に抗議したとしても、聞く耳を持たないだろうな」ジョーはかすかな笑みを浮かべた。「クルックはぼくを永遠に罰しつづけるだろう。そういう悪意がどれほどこちらの気持ちを削るものか、きみにはわかるだろう？」

スザンナはうなずき、何度か呼吸して涙を抑えた。「あなたは幸せに暮らすのがいちばんの報復だと言ったわ。あれはその場のでまかせだったの？」

ジョーは首を振り、悲しそうな表情から悔やむような表情になった。「クルックはまだぼくを軍から除隊させようとしているらしい」

「まさか！」

「いや、本当だよ。さいわい、この件では誰も彼に耳を貸さないが。あの男がどう思おうと、ぼくはいい医者だからね」ジョーはにやりと笑ったが、その笑いは目までは届かなかった。「ぼくが陸軍に留《とど》まりつづけたいちばんの理由は、たぶん、ついに追いだしたとあの男に思われるのが癪《しゃく》だったからだな」ジョーはスザンナの腕をつかんだ。「一流のギャンブラーなら引きどきも心得ているだろうに。ぼくは料理と同じようにギャンブルも苦手なんだ」

「だったら、ぜひともフランス語を身に着けなくてはね」スザンナはつかのまジョーの手に自分の手を重ねた。「パスツールからリセの入学を許可する手紙が届けば、大手を振って軍を立ち去れるわ」

「そうだな」ジョーは少し考えたあとこう言った。「フランス語のレッスンに身を入れたほうがよさそうだ」

「そうですとも《メ・ウイ》、ムッシュ」


三月の初め、レイノルズ大佐とクルック将軍が、ダン・リースとジム・オレアリーの中隊も含め、騎兵隊四中隊を率いてフェッターマン砦へと出発した。壁の向こう側とこちら側で妻たちが泣くのをしばらく聞いたあと、スザンナは黙って従妹《いとこ》の手を取り、隣家に伴った。泣きはらした赤い目で玄関の扉を開けたケイティ・オレアリーは、ためらわずに両手を広げて気難しい隣人を抱きしめた。

これでよし。スザンナは思いどおりに事が運んだことに満足して、互いにすがりついて泣いている妻たちの背後で扉を閉めると、リース家に戻った。スタンリーにトーストしたパンでチーズサンドイッチを作り、彼のベッドのそばで靴を脱いで、本を読んであげた。

朝が来るころには、ふたりの妻の嘆きもおさまっていた。

「あなたが歩兵でよかったわ、ベネディクト一等兵」スザンナはその日の朝、生徒たちを迎えながら、小麦袋を四つ積みあげて倉庫のほかの部分と区別してある教室の入り口でそう言った。父親が遠征に加わったのだろう、暗い顔をした生徒もいる。

「夏の遠征が予定どおり行われることになったら、あなたが全員を教えることになりますよ。そのときは歩兵も出動するから、ぼくも行かなくてはならない。だから軍では学期が五月で終わるんでしょうね。六月には夏の遠征が始まるから」

「夏のあいだも教えつづけることはできないかしら?」スザンナは尋ねた。

「できるんじゃないかな。行政委員会が承知すれば、だけど」

わたしは何を考えているの?　スザンナは、生徒たちに簡単な足し算と引き算の練習をさせながら思った。どこへ行くかは未定だが、六月にはここから出ていく予定なのに。でも、そのことはあとで考えよう。きっぱりそう思って生徒たちに注意を戻した。

授業が終わり、顔を上げると、タウンゼント少佐とジョーが小麦袋でできた戸口からこちらを見ていた。その後ろに男がひとり、帽子を手にして立っている。

「まさか……」トミーとフレデリックのことが真っ先に頭に浮かび、スザンナは恐怖に駆られた。

ジョーが急いで部屋を横切り、スザンナの肩に腕をまわして引き寄せた。タウンゼント少佐は眉を上げたものの何も言わなかった。

「悪い知らせではないよ」ジョーはそう言った。

タウンゼント少佐がベネディクト一等兵にうなずくと、一等兵は黙って生徒たちを帰らせた。子どもたちが小さな天使のように行儀よく並んで戸口に向かうのを見て、スザンナは誇らしくなった。ベネディクト一等兵が敬礼し、スザンナは肩を抱かれたまま服に散ったチョークの粉を払った。

タウンゼント少佐と見知らぬ男が教室に入ってくる。スザンナは〝何か問題があったの?〟と目顔で尋ねたが、ベネディクト一等兵は小さく肩をすくめた。

「もう大丈夫よ」スザンナはジョーに言った。支えてほしいのは山々だが、タウンゼント少佐に愚かしい噂《うわさ》の種を与えるのもいやだ。「さっき……わたしがとっさに何を思い浮かべたか、わかるでしょう?」

タウンゼント少佐が後ろにいる男を振り向いた。「ベネディクト一等兵、ホプキンス夫人、この男はジュール・エコフェだ。彼は、その……アドルフ・クニーとスリー・マイル・ランチを共同経営している」

ベネディクト一等兵がジョーと目を見交わす。

一等兵は咳払《せきばら》いした。「タウンゼント少佐、この部屋でいちばん階級の低いぼくがお言葉を返すのは恐縮ですが、スリー・マイル・ランチに関する会話にホプキンス夫人を加えるべきでしょうか?」

沈黙が訪れた。スザンナは内心首を傾《かし》げ、男たちの顔を見ていった。その視線をジョーのところで留めると、ジョーは言った。

「一等兵、この件はホプキンス夫人に最も関係があるんだ。スリー・マイルに夫人の生徒になりそうな少女がいるんだよ」ジョーはちらっとジュール・エコフェを見た。「ジュール、スリー・マイル・ランチがどういう場所か説明したほうがよさそうだ。それとも、ぼくが説明しようか？」

「お願いします」帽子を手にした男が言った。

「ホプキンス夫人、できるだけ率直に言うよ。女性には少しばかり腹立たしいかもしれないが、彼らは豚牧場《ホグ・ランチ》を経営しているんだ」この説明にますます混乱するスザンナの気持ちを読みとったように、ジョーは微笑《ほほえ》んだ。「いや、養豚場のことじゃない。売春宿だ。砦から三マイルのところにあるので、スリー・マイル・ランチと呼ばれている」

スザンナは頬が染まるのを感じた。

「水銀がどこまで病状を改善するか確信はないんだが、ぼくはときどき売春婦や兵士の性病の手当をすることがあってね。どうやら、そこの雇用者のひとりに六歳になる娘がいるらしくて、エコフェ氏はその子を学校にやりたいと思っているんだ」

「もちろん、その子には教育を受けさせるべきだわ」スザンナは即答してタウンゼント少佐を見た。「少佐、わたしに異議はありません。ベネディクト一等兵も同じだと思います」

「ええ、少佐」一等兵は答えた。「席は作れます。それにホプキンス夫人は素晴らしい教師です。しかし、どうやって……」

「その子をここに連れてくればいいか？」エコフェが引きとり、ちらっとタウンゼント少佐を見てから言葉を続けた。「わたしが毎朝ここに連れてきます。ただ、迎えのほうは少し問題があって……。ラスティック・ホテルまで送ってきてくれれば、迎えに行けるんですが」

「ラスティック……？」スザンナはエコフェを見た。

エコフェが黙っていると、ジョーが説明してくれた。「ジョン・コリンズが建てているホテルだよ。ここから四百メートルほど離れたところにある。あのホテルはもう開業しているのか？」

エコフェはうなずいた。「一部だけですが。あそこでマディを拾えれば、間に合うようにランチに戻れます。その……」エコフェは赤くなって言いよどんだ。「夜の活動に」

「まあ」スザンナは驚いて尋ねた。「その子は夜のあいだどこにいるの？」

「わたしの執務室で……静かになるまで、ひとりで遊んでます」

なんてこと。スザンナは無意識にベネディクト一等兵のほうににじり寄った。「そんな場所に子どもを置いておくなんて！　その子をここであずかることはできないのかしら？」

スザンナはこんなことを口走る気はなかったが、子どもが売春宿で暮らしていると思うと血が凍るような思いがした。

ジュール・エコフェは優しい目で言った。「お気持ちはわかりますよ。ですが、マディにはあの子を愛している母親がいるんです。お子さんをお持ちなら、わかっていただけると思いますが……」

スザンナにはわかった。それがショックと嫌悪を真っ二つにするほどはっきりと。「わたしたちにできることはしますわ。もしも……タウンゼント少佐とランドルフ少佐の許可をいただければ、ですが」

「わたしは数えきれないほどの異議を思いつく」ララミー砦の司令官が言った。「生徒たちの親からも大きな不満の声があがるだろうな。とくに将校の家族から。どうだ、ランドルフ少佐？」

「ひとつも思いつかないね」ジョーはきっぱりと答え、エコフェを見た。「授業料を払うつもりはあるのかな？」

「もちろんです」エコフェは即座に答えた。「おっしゃるとおりお払いします」

スザンナは尋ねた。「なぜそれほどその少女に肩入れしているのか、うかがってもいいかしら？　その子は――」

「マディ・ウィルビーです」エコフェが言った。

「マディはどれくらい前からいるの？　そして、なぜそこに？」

「クリスマスのまえに、デンヴァーから母親と一緒に来たんです」エコフェは肩をすくめた。「ここに着くまで、クロディーヌ・ウィルビーが子ども連れだってことは知らなかった。どうして肩入れしているか？」また肩をすくめた。「あの子のことが心配だからかな」彼はちらっとランドルフ少佐を見た。「いろいろあるもんですから。あとでお話しします」そしてスザンナにお辞儀をした。「奥さん、マディは可愛《かわい》い子ですよ」

「あなたのお嬢さんなの？」スザンナは低い声で尋ねた。

タウンゼント少佐は目を見開いたが、エコフェはこの質問に驚いた様子もなく、再び肩をすくめた。「短いあいだですが、クロディーヌとはデンヴァーで、その……付き合いがありました。自分の娘かどうか？　そんなことは誰にもわかりませんよ、ホプキンス夫人。では、わたしはこれで」

彼らが立ち去ると、スザンナはベネディクト一等兵を見つめた。「わたしは昔、ペンシルベニア州カーライルで裕福な家のお嬢さんたちを教えていたの」

「ぼくはコネティカット州ハートフォードの店員でした」一等兵はスザンナと同じくらい呆然《ぼうぜん》としているように見えた。「軍がこんなに興味深い場所だなんて思わなかったな。ランドルフ少佐は授業料をいくら吹っかけると思います？」

「そのお金の出処《でどころ》は、考えたくないわね」

スザンナは夜の授業で、夫人たちにアルファベットを発音させながらマディ・ウィルビーのことを考えた。授業が終わり、三人が帰ったあと、暖かい居間に残ってモーヴに午後の出来事を話して聞かせた。

「サッズ・ロウのほかの家族が反対すると思う?」

モーヴは首を振った。「彼らになんの関係があるの? 可哀《かわい》そうな子」

わたしの息子は母親がいないのよ、とスザンナは思った。「それほど可哀そうではないかもしれないわ。その子を愛している母親が一緒ですもの」

その夜は、ニックではなくジョー・ランドルフが迎えに来てくれた。

「聖パウロには、リネン庫のシーツを数えてもらっているんだ」ジョーは練兵場を横切りながら言った。「きみに話があってね」

「エコフェはほかに何か?」

「ぼくにクロディーヌ・ウィルビーを訪ねてもらいたいそうだ。彼女は病気らしい。一緒に行くかい?」

「わたしが? いま?」

「きみが、いまだよ」

「売春宿でしょう? 少し怖いわ」

「きみはマディ・ウィルビーを教えるんだ。新しい生徒に会いに行こうじゃないか」

スザンナ・ホプキンスに強引な態度をとりつづけるのは本意ではないのだが。ジョーはそう思いながら、救急馬車に乗り、ララミー砦とスリー・マイル・ランチを結ぶでこぼこの道を揺られていた。スザンナが恐怖を感じているのは明らかだ。ランチに関していくらか情報を提供すれば、少しは気をまぎらわせられるかもしれない。

「言うまでもないが、軍はスリー・マイル・ランチに兵士が行くことを禁じている。だが、若い連中に歯止めをかけるのは難しい」

スザンナはかすかな笑みを浮かべ、冗談めかして言った。「この救急馬車に付き添えるほど意志の強い兵士を、よく集められたわね」

「騎兵隊が北部の放浪者と戦いに北へ行ったおかげだな。この馬車についてきているのは歩兵なんだよ。彼らは鞍《くら》に留まるのに必死で、ほかのことを考えている暇がない。それに出発するまえ、性病にかかった部位が描写されている医学書を何ページも見せたから、厄介なことは起こらないはずだ」

「お見事ね、ランドルフ少佐」

「必要に迫られて、さ。ランチのことを少し話しておこうか。ジュール・エコフェはスイス出身の起業家でね。同じくスイス出身の起業家であるアドルフ・クニーと共同で経営している。彼らはシックス・マイル・ランチも――」

「反対方向に六マイル？」スザンナが言った。

「やれやれ、きみは歳《とし》のわりに老獪《ろうかい》だな」ジョーはからかった。「そのとおり。どちらも、ブラック・ヒルズを目指す金鉱掘りに必要なものを売る合法的な店だ。売春宿は副業で、本業の儲《もう》けがあまり芳しくなかった数年まえに始めたらしい。ぼくはバーのけんかで怪我をした男たちの手当でどちらも訪れている。これを聞いても、ぼくに失望しないでくれるといいんだが、軍医だけはララミー砦で唯一公式に出入りを認められている。フェッターマン砦のアル・ハートサフもこっちにいるときは行く。契約医は怖《お》じ気《け》づいて近寄らなかったが」

「クロディーヌとは？　まえにも会っているの？」スザンナはそう言ったあと、両手で顔を覆った。「あの、べつにへんな意味ではなく……」

「わかってるさ」ジョーは低い声で笑った。「いや、エコフェはクロディーヌ・ウィルビーがこちらに来てから、まだ二カ月くらいにしかならないと言っていただろう？　病気のことも、行ってみるまでわからない」

まあ、推測はつくが、とジョーは思った。

御者は救急馬車を大きな日干し煉瓦《れんが》の建物の前につけた。酒場とレストランと執務室がある建物だ。ジョーはスザンナが降りるのに手を貸すと、そのまま手をつないで建物に入った。

まだ宵の口とあって、酒場はほとんど空っぽだった。カウンターにいたふたりの男があわてて出ていくのを見て、ジョーは低い笑い声をもらした。明日の軍医の召集では、二日酔いで病欠を願いでる男たちがふたり減ることになる。

ジュール・エコフェが酒場のすぐ横にあるドアから出てきて、まるで売春宿の主らしくない優雅なお辞儀をしたあと、ふたりを執務室に招いた。

執務室は狭く、机には書類があふれていた。その片隅にとび色の髪をきちんととかし、人形を膝にのせた少女が座っていた。不安な状況に置かれた子ども特有の、忍耐強い表情を浮かべている。ジョーはこれと同じ表情を、南北戦争で何度も目にしたことがあった。

スザンナがすぐさま少女のそばに行き、椅子の横に膝をついた。女性や母親、教師が本能的にこういう行動をとるのを見るのは初めてではないが、ここまで熱心なのは初めてだ。

「あなたがマディ・ウィルビーね」スザンナは尋ねた。「まあ、可愛いお人形。わたしはホプキンス夫人よ。これから一緒にお勉強しましょうね」

ジョーはエコフェと連れだって静かに執務室を出ると、六人の売春婦が商売をする隣の日干し煉瓦の建物に向かった。

「クロディーヌとマディはこの建物に住まわせてるんです」

寛大なことだ。ジョーはそう皮肉ってやりたかったが黙っていた。

エコフェはノックをしてからドアを開けた。

なかにいる女性があの愛らしい少女の母親であることは、ひと目でわかった。盲目でないかぎり、彼女の病もすぐさま見当がついただろう。額に手をあてる必要すらない。青ざめた肌と痩せ衰えた体がすべてを語っていた。おそらく、もって一カ月、それよりもまえに力尽きる可能性のほうが高い。

「ウィルビー夫人」ジョーはベッドのそばに座って声をかけ、患者が驚いて目を開けるまで待った。驚いたのは、ジョーが姓で呼んだからかもしれない。「ぼくはランドルフ少佐、ララミー砦の軍医だ。これからマディを教えるホプキンス夫人を連れてきたんだよ。いまはマディと一緒にエコフェ氏の執務室にいる」

クロディーヌの褐色の目に涙があふれた。覚悟をしているべきだったが、ジョーはふいを衝《つ》かれ、自分が売春婦に偏見と批判的な考えを持っていることを思い知らされた。この女性は娘を愛しているんだぞ、愚か者が。ジョーは心のなかで自分を叱りつけながら、涙を拭ってやった。過酷な暮らし――ダンクリン夫人のような、軽蔑すべき女性にすら願う気になれない――で、実際の年齢よりは老けているはずだが、それでも二十代の半ばを少し過ぎたばかりにしか見えない。

痩せた手を取ってそっと握ると、彼女も握り返そうとしたが、細い指をつかのまジョーの手に触れさせることしかできず、それだけで疲れたように目を閉じた。この分では二週間ぐらいしかもたないかもしれない、とジョーはさきほどの推定を改めた。

「マディはホプキンス夫人に任せておけば安心だよ。とてもいい教師なんだ」ジョーは耳元に口を近づけてそう言った。「マディのことは心配いらない。できるだけ体力を使わないようにしなさい。粉薬を処方していくからきちんと呑《の》むように」

クロディーヌはうなずいて口を開けたが、出てきたのはため息だけだった。ここまで弱っていては、少量の粉薬などなんの足しにもならない。だが、それを口にするつもりはなかった。こういうときのジョーは、誰にもかなわぬほどの名演技ができるのだ。それに、薬が効いていると思うだけで少し元気が出て、それが延命につながることも実際にある。

クロディーヌはそのまま目を開けなかった。ジョーは薬包をエコフェに渡し、いつ、どのように呑ませるか説明し、患者にはもう客をとらせないように釘《くぎ》を刺すと、エコフェは瞬《まばた》きひとつせずにうなずいた。

「ほかの娘たちに順番に付き添ってもらえるといいんだが」痩せた肩を上掛けでしっかり包んだあと、ジョーはそう言った。

「もうそうしてますよ」エコフェは誇らしげに言った。「それにクロディーヌは一月の半ばから客をとってません。われわれも決して冷血漢じゃないんです」

ジョーはこの静かな主張を、自分への叱責として黙って聞いた。さきほどの建物に戻る途中でドアがひとつ開き、そこから出てきた女性がクロディーヌの部屋に入っていった。彼女を頼む、とジョーは思った。そして、頼むからまだ間に合ううちにこの仕事から足を洗うんだ。

執務室では、スザンナがエコフェの回転椅子に座り、マディを膝にのせて本を読んでいた。ふたりが入ってきたのを見ると、少女の頭にキスをして本を閉じた。

「明日、この続きを一緒に読みましょうね」スザンナはそうささやき、エコフェに言った。「お弁当と、もしあれば、石板とチョークを持たせて連れてきてください。前のほうに座らせることにするわ」

スザンナは救急馬車の扉が閉まるのを待ってから、ジョーに眼鏡を渡し、両手で顔を覆った。泣くのを通り越し、震えている。ジョーはクロディーヌの部屋に行ったこと、自分の診断と予測を話した。ララミー砦に着くころには、スザンナはもとどおり眼鏡をかけ、落ち着きを取り戻していたが、ジョーが華奢《きやしや》な肩を抱き寄せても逆らわなかった。

救急馬車から降りたあと、スザンナはしばらくジョーの手を握っていた。「二週間から一カ月？」

「ああ、それ以上ではないな」

スザンナは彼に向きなおり、美しい瞳でひたと見つめた。「もう何も言わないで。母親は望んで子どもを他人にゆだねたりしないものよ。たとえ死という冷酷な訪問者がすぐそこに迫っていても」

ジョーはその言葉をこれっぽっちも疑わなかった。

15

まるで学期の最初からそこにいたように、マディ・ウィルビーは年少クラスにすんなり溶けこんだ。子どもの適応能力は本当にすごい。アルファベットが書けるし、計算もできるマディは、三日めが終わるころには一桁の足し算をする歳下の子を手伝っていた。

「ムッシュ・エコフェが帳簿を見せてくれるの」マディはスザンナに事もなげに言った。「毎朝、夜の仕事のあがりの合計を確認するの。二《にー》、四《しー》、六《ろく》、八《やの》、十《とお》って」

数日後、『若草物語』を読みおえるために病院を訪れたスザンナは、ジョーにこう言った。「二ずつ数えられるのはいいんだけれど、覚えた方法が少し……。それに、スリー・マイルズ・ランチの女性たちは、提供した奉仕に見合うようなお金をもらっていないのよ」

「スザンナ、ひょっとして、ぼくは民衆を扇動する改革者と話しているのかな?」

「あら、わたしはただの教師よ」

「まさしく、きみは教師だ」ジョーはスザンナの片手を取って唇に押しつけると、机の上に広げてある書類に戻った。まるで、いつもこういう仕草をしているかのように。

「ねえ……本当にパリに行くの？」スザンナは胸の鼓動を大きくしながら尋ねた。

ジョーはゆっくりと笑みを大きくしながら首を振った。「いいから、ぼくの患者たちに読み聞かせをしておいで。筋金入りの兵士がベスの容態に泣いたり、エイミーのことで気を揉《も》んだり、あれはめったに見られるものじゃないよ」

毎朝スザンナは、〝ジュール・エコフェが約束を守り、今日もマディを学校に連れてきてくれますように〟と祈った。エコフェは約束を守り、毎朝マディを倉庫に連れてきては、〝お母さんのために一生懸命勉強するんだよ〟と静かにフランス語で言って聞かせた。

夕方の迎えのほうは、朝ほど時間厳守ではなかった。スザンナは、少しまえにこっそり〝マディは可愛《かわい》いね〟とささやいたオレアリー夫妻の息子とマディと手をつなぎ、ルーニーを将校通りの自宅まで送る。それからさらに四百メートル歩いて、素朴《ラスティック》なという名前どおり、飾り気のないホテルに向かった。そしてマディに本を読んでやりながら、さもなければただ膝にのせて話しながら、エコフェが来るのを待った。

エコフェはほとんどいつも遅れてきた。二日めのあとは、ニック・マーティンがスザンナに付き添い、週の終わりにニックが忙しいとジョーが来た。そのままクロディーヌの診察に行った日は、リース家のドアの下にメモが入れてあった。〝クロディーヌはもちこたえている。きみの予測のほうがぼくより正しかったようだ。J〟と。

そのあいだも、マディ・ウィルビーは健気《けなげ》にがんばっていた。決して自分から注目を集めるようなことはしないが、ときおりベネディクト一等兵が驚くほどの賢さを見せる。毎朝、こざっぱりとした恰好《かっこう》で、とても美しいが六歳の少女にしては大人びた形に髪を結ってきた。興味深いことに、髪型ははっきり二種類に分かれている。スリー・マイル・ランチでは、きっとふたりの女性が交代でマディの髪を結うのだろう。

着ている服もとても可愛かった。大人の服からこんなに愛らしい子ども服が作れるのは、よほど腕のいいお針子だけよ——放課後、ラティガン宅で焼きたてのクッキーを食べているときに、モーヴがそう言った。

「きっとスリー・マイルには、この子のためにいろいろしてくれる女性がたくさんいるのね」モーヴはスザンナにそうささやいた。「お洒落《しゃれ》な服ばかりだもの」

ラティガン家に寄ってクッキーを食べるのは、マディが来た初めのころから始まり、そのまま定着した。ある日の午後、スザンナがマディとルーニーのふたりを連れてサッズ・ロウを訪ねると、ちょうどモーヴがオーブンから焼きたてのクッキーを出しているところだった。それが二日続くと、子どもたちの足は自然とラティガン家に向くようになった。モーヴは毎日クッキーを焼いて待っていた。

クロディーヌの容態がさらに悪化し、ジョーは頻繁にスリー・マイル・ランチを訪れるようになった。一週間後、彼はかなり夜が更けてからリース家に立ち寄った。

「遅い時間なのはわかっている」ジョーは恐怖に目を見開いているエミリーに首を振った。「いや、エミリー、戦場から悪い知らせが届いたわけじゃない。スザンナに渡したいものがあるだけだ。心配しなくても大丈夫だよ」

スザンナは低い声で尋ねた。「クロディーヌはまだ生きているの?」

ジョーは、女性らしい美しい筆跡のメモを差しだした。

「〝ありがとう《メルシー》〟」スザンナは読んだ。「これだけ?」

「フィフィの話では、これを書くだけで力を使い果たしたそうだ」

「フィフィ?」

「女の子のひとりさ」ジョーは本を差しだした。「これがきみ宛てに病院に届いた」

スザンナは首を傾《かし》げて本を受けとり、歓声をあげた。編み物をしていたエミリーが驚いて顔を上げる。「『若草物語』の三巻だわ! まあ、メモか何かあるのかしら?」

「なかを見てごらん」

スザンナはそうした。「〝悪名高い軍の噂話《うわさばなし》で、あなたは『若草物語』の第二巻を読みおえたばかりだと聞いたの。うちではちょうどこれを読みおえたのよ。ジョー・マーチの冒険の続きが描かれているわ。必要なだけ手元に置いてくださいな〟」スザンナは署名に指を走らせた。「〝アンドルー・バート夫人〟」ジョーを見上げる。「なんて親切な方なの」

エミリーもメモを読み、驚きのにじむ声で尋ねた。「スザンナ、あなたには味方がいるの？」

「彼女はただの親切なレディよ」内心は部屋のなかを踊りまわりたかったが、静かに応じる。「どうか、わたしがお礼を言っていたと伝えて、少佐」

「自分で言うんだな」ジョーは外に出るまえに、スザンナの鼻梁《びりょう》に触れた。「少しの辛抱だと言っただろう？」

「ええ、たしかに」スザンナはうなずいて、軍医の腕に手を置いた。「戦いがあったそうね。エミリーもケイティもとても心配しているの。何かわかったら――」

「すぐに知らせる」ジョーは編み物を手にして壁を見つめているエミリーに目をやると、スザンナの頬にすばやくキスした。「元気を出すんだよ」

スザンナは彼をにらもうとした。「フランス人みたいにわたしの頬にキスするより、フランス語の動詞をひとつかふたつ覚えるべきよ」

「公平を期して、もう片方の頬にもキスすべきだろうな」ジョーはささやいて、そうした。「実は、フランス語を流暢《りゅうちょう》に話すジュール・エコフェが、フランス語で書かれた裸の女性の絵入りの本を貸してくれたんだ。果てしなくある動詞の活用を覚えるより、それを見ているほうが面白そうだ。間違えてそっちをきみに渡さなくてよかった。おやすみ、スザンナ」

スザンナは驚き、開いている戸口で固まったまま、ジョーがはずむような足取りで練兵場を横切るのを見送った。すぐに口笛が聞こえてきた。

翌日の放課後、スザンナはエリザベス・バートを訪問する勇気をかき集め、バート家の扉を叩《たた》いた。ありがたいことに、歩兵中隊の隊長夫人は大きく扉を開け、歓迎してくれた。

「来てくだされぱいいなと思っていたの」バート夫人は言った。「お茶でもいかが?」

怖くてお茶を飲みこめるとは思えなかったが、断ることなどもっとできない。気がつくとスザンナは、居間に座ってカップを手にしていた。

「本のお礼を申しあげたくて」そう言って紅茶のカップを口に運ぶ。ペパーミント味、それもちょうどいい濃さだ。「『若草物語』は患者さんたちに大好評で、それぞれお気に入りの登場人物がいるんですよ」

「そうでしょうね。夫も、一緒に読んでいるときよく鼻をすすっていたわ!」

それから夫人は、他愛《たわい》ない話でスザンナの緊張をほぐしてくれた。バート家を立ち去るころには、なぜあんなに心配したのかわからないくらいだった。

玄関に見送りに出てきたバート夫人は、スザンナの手に触れた。「ホプキンス夫人、そのうち、わたしの友人と一緒にカードでもいかが?」

スザンナは青ざめた。「いいえ、わたしは……」

バート夫人はにこやかに言った。「わたしの家では何ひとつ怖がる必要はないのよ」そしてまた手に触れた。「考えてみて、いいわね？」

三月はのろのろと過ぎていった。あまりに多くの騎兵がパウダーリバー郡に行ってしまったため、護衛が足りなくなり、シャイアンにあるラッセル砦《とりで》とララミー砦間の連絡は重要なものだけにかぎられた。十二月と一月の新聞はもう一度回覧されたあと、ようやく棚に敷いたり、火をおこすのに使われた。

第九歩兵師団の司令官であるブラッドリー大佐が戻り、タウンゼント少佐は司令官の任を解かれた。大佐は郵便物と新聞の束とともに到着した。新聞や雑誌はいつものように序列に従って回覧され、家族だけが残された家はいちばんあとになる。だが、エミリーとスザンナには、ランドルフ少佐がペンシルベニアの新聞をひとつ持ってきてくれた。

「ダンクリン大尉ときたら、ゲティスバーグの新聞をさっとつかんだあとで、カーライルの新聞もつかもうとしたんだ。だが、こっちはぼくのほうが速かった。まったく欲張りな男だ。ぼくのほうが階級が上でよかったよ。できるだけ丁重に扱って、次に渡してくれないか」ジョーは大げさな身振りでそう言い、エミリーに新聞を差しだすと、スザンナに告げた。「患者たちが病室で、プラムフィールドにあるベア教授の男子校について聞きたがっているぞ。付き添いが必要かな？」

「今夜はフランス語の動詞を覚える時間がありそう？」スザンナは病院へ向かいながら尋

ね、深く息を吸いこんで後悔した。「まあ、このにおいは何?」

「ララミー砦の春の香りだよ。きみが部屋いっぱいの患者と元患者に読み聞かせをしているあいだ、ぼくは公式の通達を書かなくてはならない。総出で砦内の衛生状況を改善する時が来た、とね。率直な言い方で、気詰まりな思いをさせたら申し訳ないが——」

「その話はもう聞いたもの。気詰まりな思いなんか……」スザンナはつぶやいた。

「どうかな。ぼくは特筆すべき例外だが、この長く寒い冬のあいだ、ララミー砦の兵士たちは、一等兵から少佐までおまるの中身を雪の上にぶちまけてきた。どうせ次の雪ですっかり覆われてしまうんだ、とね」

「ええ、それは事実として知っているわ」スザンナは言った。「あら、今度はあなたが赤くなってる!」

「それくらいで赤くなるもんか」ジョーが言い返す。「だが、ついにその怠惰のツケを払う時が来た。ララミー砦の春は、未処理の下水のにおいをもたらす。わが公衆衛生の世界にようこそ。公衆衛生管理のほうが外科医の仕事より面白い」

「まあ、世界を治めているとは知らなかったわ」スザンナはジョーをからかった。「けっこう、その通達を書いてちょうだい。でも、あなたの将来はフランス語の動詞にかかっているのよ」

読み聞かせが終わってもジョーはまだ通達に取り組んでいたが、ニック・マーティンがスザンナをリース家まで送ってくれた。そこではエミリーがまだカーライルの新聞を手にして座り、顔を曇らせてスザンナを手招きした。

「どうしたの？」

「これを見て」

スザンナは示された記事を読み……もう一度読みなおした。「これでわたしを信じる気になった？」

エミリーはうなずいた。「もう少しで見落とすところだったの。とても小さな記事だから。〝ホプキンス運送のフレデリック・ホプキンスが、破産を申請〟」スザンナの手から新聞を取りあげた。「債権者の数の多いこと！　でも、最悪なのはこれ」エミリーはべつの紙面を開き、記事のひとつを指で突いた。「債権者の誰かが新聞に投書したのよ。フレデリックは〝穀物と葡萄《ぶどう》〟のせいで身を滅ぼしたと書いてある」

「わたしの言ったとおりでしょう？」スザンナは静かに言ったが、勝ったという気はしなかった。フレデリックの破滅は息子の破滅を意味するのだ。それなのに、自分はこんなに遠くにいる。スザンナはコートに袖を通し、エミリーの新聞をつかむと、丘を駆けあがって、病院のジョーの部屋に駆けこんだ。

髪を振り乱して走りこんできたスザンナを見て、廊下を掃いていたニックが手を止め、何事かとあとをついてきた。ジョーも驚いて書類から目を上げて、即座に立ちあがり、呼吸を整えようとしているスザンナを抱きしめた。まだ息が切れて話すことはできなかったから、スザンナはカーライルの新聞を差しだし、記事を指さした。ジョーがそれを読みおえると、今度はフレデリックを糾弾する投書の紙面を開く。ふたりは新聞越しに見つめあった。

「息子を取り戻すために、わたしにできることがあるかしら？」

「ぼくらには弁護士が必要だな」

スザンナはまだ息を切らしながら、自分の聞きちがいではないかと彼を見つめた。ジョーは新聞を置いて、優しく両手でスザンナの顔をはさんだ。

「自分がなんと言ったかはわかっているよ。ぼくらには弁護士が必要だ」ジョーはちらっとニックを見た。箒《ほうき》を杖《つえ》代わりにして新聞記事を見ている。「ニック、ぼくのまずいコーヒーが病室にまだ残ってるか見てきてくれないか？」

ジョーはスザンナを座らせ、その向かいに座った。触れようとはしなかったが、その表情はスザンナの心に触れてくるようだった。

「これは……あなたの闘いじゃないわ、ランドルフ少佐」スザンナはなんと答えればいいかわからず、わざと堅苦しい呼び方をした。

「いや、ぼくの闘いでもあると思うな」ジョーは断言した。

スザンナはもう一度言いなおした。「ランドルフ少佐、わたしはこの砦の笑いものよ。

砦のみんなに最低の女だと思われているの」

「最近はそうでもないさ。きみにとって大事な人たちは、誰もそう思っていない。ぼくもそのひとりだ」

ニックがコーヒーを持って戻り、ジョーは顔を上げた。「ありがとう。今日はもうおしまいにしていいよ」

ニックは首を振った。「あの人が困ってるんだろ？　おれは気に入らない」

「ぼくもだ」ジョーは慎重に説明した。「だが、困っている可能性があるのは、カーライルにいる彼女の息子なんだ。スザンナは大丈夫だよ」

いいえ、大丈夫じゃないわ。ほとんど反射的にそう思ったあと、さきほどのジョーの言葉の意味が頭にしみこみ、深い安堵《あんど》がこみあげてきた。それにニックのこともある。スザンナの守護者は、とても心配そうな顔をしていた。

「わたしは大丈夫よ」スザンナは心からそう言った。突然それが真実になったからだ。

「ただ、父親が破産して、その息子が難しい立場に置かれているの」スザンナはニックの腕に片手を差しだした。「正義の輪はゆっくりまわるのよ」

ニックはうなずいて出ていった。

「あとでニックを安心させてね。ニックはわたしの守護者だから」

「ぼくもきみの守護者だ」ジョーが言った。「砦間の行き来はいまのところとても危険だが、状況が好転したら、シャイアンに行って弁護士を雇おう。コーヒーはどうだい？」

スザンナはカップを受けとり、ひと口飲んで顔をしかめた。「あなたは自宅のキッチンでも病院のキッチンでも、何をどうすればいいかわからないのね。たぶん野営の焚火《たきび》でも――」

スザンナは自分の失言に気づいて、あとの言葉を呑《の》みこんだ。長い沈黙が落ちたが、それを破る気にはなれなかった。十年まえ、何もできずに見守るしかなかった最愛の妻のむごい死が、彼のなかにはまだ生々しく残っているのだ。そのせいでジョー・ランドルフは、少しまえの自分と同じように前に進めずにいる。彼には時間が必要だ、とスザンナは思い、カップを置いて立ちあがった。

「エミリーのところに戻るわ。弁護士……の話は、あとにしましょう」

ジョーの目に浮かんだ表情からすると、スザンナがあとで話そうと言ったのは、弁護士ではなく〝ぼくら〟のことだと、彼にもわかったようだ。ジョーは黙ってうなずき、スザンナがその胸に頭をあずけ、腕をまわすまで抱きしめていたが、やがて乱れた髪にキスをすると、体を離して軍医の表情に戻った。

まだコートを着たままだったスザンナは、彼が自分のコートに袖を通し、ランプの灯《あか》りを消すのを待った。次いで、彼が病室に入り夜勤の助手に指示を与えるのをホールで待ったあと、腕を組んでのろのろと丘を下っていった。自宅の前を通るとき、ジョーの歩みが遅くなった。まるでスザンナをなかに招きたがっているように。

まだよ、ジョー……まだだめ。スザンナはそう思い、彼の足取りがもとに戻るとほっとした。もしも誘われたら、断るのはつらかったから。

リース家の居間がまだ明るいのを見て、スザンナは彼をなかに招いた。エミリーは編み物を膝に置き、いつもの椅子に座っていた。

「それで、恐ろしい間違いを正せる？」ジョーが手にしている新聞を見て、エミリーはいきなりそう言った。

「まずはこの記事を回覧しよう。新聞はダンクリン家の前に置いておくよ。だが、あまり期待しないほうがいい。偏見を捨てられない人間はいる。頑固に自分の考えに固執する人々はいるんだ。おやすみ、美しいレディたち」

扉が閉まると、エミリーとスザンナは顔を見合わせた。先に沈黙を破ったのはエミリーのほうだった。

「ねえ、毎晩、足が冷たくて眠れないの。あなたの足も冷たいにちがいないわ。子どものころしたように、一緒に寝ない？」それから少しためらい、続けた。「うちの人が戻るまでだけど」

従妹《いとこ》とたっぷり泣いたあと、スザンナはしばらくぶりに暖かい眠りに落ちた。エミリーに寄り添いながら、ひとりぼっちで自宅にいるジョーのことを思い、彼のそばにいられたらと思った。

戦いがあったという噂は、至るところから入ってくる。けれど、その源は特定できなかった。戦いの知らせは、おそらく彼らにしかわからない方法、断片的な言葉でインディアンからインディアンへと伝わり、やがてララミー砦にいるアリカラ族の斥候たちに届いた。大きな戦いがあった、村が燃えている、馬の群れが捕らえられた——わかったのはそれだけだった。

そんなある日、エミリー・リースがほかの女性たちに声をかけ、戦いから戻る兵士たちのために病院で包帯を巻く作業にやってきて、彼女の人間性については熟知しているつもりのジョーを驚かせた。

「忙しくしていると気がまぎれるの。仕事をくださってありがとう」エミリーはある日の午後、そう言った。

スザンナと会いたかったが、昼間は学校で忙しく、夜は授業があるうえに、週に二回は患者に読み聞かせをしていた。ジョー自身も、悪臭を放つ場所を衛生的な状態にするための作業を監督しなければならない。これまでは請われるまま受け入れていたこういう雑役が、いまのジョーには腹立たしかった。

緊張をはらんだ日々が過ぎていくあいだも、科学的な対処に慣れたジョーは、自分の気持ちを科学的に分析しようとした。生きている兵士を救うため、自分の将来を閉ざした前線応急救護所のあのひどい夜以来、自分は心を皮膚硬結《たこ》で囲んできたのかもしれない。ところが、スザンナ・ホプキンスから慰めを得たいと焦がれるあまり、自分はそのたこを剥がしてしまった。だから、心はスザンナを愛したくてうずいている。これまでの麻痺《まひ》が解け、ジョーは苦痛を感じていた。ある意味では麻痺状態のほうがましだったが、医者である彼は、痛みは癒やしももたらす可能性があることを知っていた。

スザンナも自分のことを最初のころとはちがう目で見ているようだ。ちらっと合わせた目のなかに、短いやりとりのあいだに、ジョーはそれを感じた。

そんななか、懸念すべき出来事が起こった。ニック・マーティンが姿を消したのだ。ある朝、特別予算として病院に置いてあった二百ドルとともに、ニックは呰からいなくなった。

「あの愚か者が手を伸ばせるところに、そんな大金を置いておくとはなんたる不注意か！」

ブラッドリー大佐に激しく叱責され、ジョーのプライドはいたく傷ついた。消えた金は弁償すると請けあったことは言うまでもない。

それよりも、ニックの手助けを失ったことのほうがはるかに痛手だった。それに、毎午後ラスティック・ホテルに行くスザンナとマディに付き添いがいなくなったことが。考えてみると、ニックの失踪を嘆く理由はほかにもたくさんある。奇妙な友情ではあったが、失ってみるとひどく寂しかった。

「行った《ゴーン》？　つまり、消えてしまった《イン・ゴーン》の？」スザンナは一緒にラスティック・ホテルへ歩きながら訊《き》き返し、自分の質問がおかしくて笑いだした。

スザンナは自身を笑うことのできる女性なのだ。スザンナが笑ったおかげで、ジョーも笑うことができた。ああ、彼女を愛さずにはいられない。

「そう、消えてしまった《イン・ゴーン》、だよ」こう繰り返して、ジョーが腕を叩かれると、マディも笑った。

「どこへ行ったのかしら？」

ジョーは肩をすくめ、〝鉄橋を渡ってブラック・ヒルズと金鉱に行く男たちが増えているから、ニックは彼らについていったのかもしれない〟と思いついたことを口にした。ほかの点では至極まともな男たちが、なぜ金鉱と聞いただけで、危険――インディアンと出くわしたり、事故に遭ったり、病気やほかの災難に見舞われたり――も厭《いと》わずに国中からやってくるのか、ジョーには理解できなかった。金を掘り当てられるという保証など、まったくないのに。

珍しく時間通りにやってきたジュール・エコフェは、ひどく心配そうな顔をしていた。スザンナもそれに気づいたらしく、マディの気を散らすために、寛大なモーヴからもらってきたクッキーを食べさせた。

「クロディーヌが死んだのか？」ジョーは低い声で尋ねた。

「いや……だが、喀血《かっけつ》してるんです。一緒に来てくれませんか？　戻らずにすむように、少佐の分も馬を引いてきているので」

「わかった」

スザンナは手を振っただけでうなずき、マディにキスをして、馬上のエコフェに引き渡した。ジョーが一度だけ振り返ると、ホテルの前でまだ見送っていた。

一行はまもなくスリー・マイル・ランチに到着した。マディは女性たちのひとりがどこかに連れていき、ジョーはエコフェとクロディーヌの部屋に向かった。どんな光景が待ち受けているかはわかっていたが、実際にそれを目にすると胸が痛んだ。肺結核の患者が苦しむような苦しみは、誰も経験すべきではない。大きな目を恐怖に見開いているクロディーヌの顔は、あまりに大量に喀血したせいで真っ白だった。

女性たちのおかげで吐いた血がすっかりきれいになると、フィフィがクロディーヌに清潔な寝間着を着せるのを手伝った。ほかの女性が寝具を変えるあいだ、ジョーは弱った体を抱え、それからそっと清潔な寝具の上におろして、上掛けをかけ、しっかり包んだ銑鉄《せんてつ》を足元に入れた。病院のものだが、なくなっても誰も困らない。

それ以上できることは何もなかったから、ジョーは枕元に座り、マディの学校での進歩を話しはじめた。クロディーヌは目を輝かせて聞き入っている。

「賢い子だぞ、クロディーヌ」

彼女はうなずき、何かしゃべろうとしたが、〝約束して……〟と言うのがやっとだった。

「約束するよ。マディはちゃんとした家庭に引きとられ、社会に貢献するために必要な教育を受ける」ジョーは熱いかたまりを呑みくだした。自分には助けることのできないこの売春婦のため、たこの消えた心がこんなにも痛むことに驚きながら言う。「もちろん、マディにはすでに立派な母親がいるがね。クロディーヌ、きみはマディを素晴らしい子に育てたな」

クロディーヌはうなずき、目を閉じた。そしてあの奇妙な、説明のつかない方法で死を受け入れた患者特有の、安らかな眠りに落ちた。

ジョーはそのまま寝室に直行しようと思いながら、暗い夜道をララミー砦へと戻った。が、まだリース家にまだ灯りがついているのを見ると、ついその扉を叩いていた。

寝間着にガウンをはおったスザンナが唇に指をあて、なかに入れた。「気になって眠れなかったの」

ダンがいつも座っている肘掛け椅子に座ったとたん、再び立ちあがれるかどうか心配になるほど疲れを感じた。「クロディーヌは、体のなかにはもう一滴の血もないんじゃないかと思うほど大量に血を吐いたんだ。気を失うなよ、スージー」

そう呼ぶのはこれが初めてだった。元夫がそう呼んでいたかもしれない、と気遣ったのだが、スザンナがこの疑いに首を振るのを見て、ジョーはほっとした。ずっと〝スージー〟と呼びたかったのだ。

「ぼくはただ枕元に座って、娘の幸せな未来についてたいそうな約束をするしかなかった。彼女はそれを信じた。ぼくも信じたのかもしれない」

「クロディーヌに付き添っていなくていいの？」

ジョーは首を振った。「いや、きみに感染させたくない。肺病がどう感染するか確信があるわけではないが、危険をおかしてほしくないんだ。ぼくの……好きな人たちに」

本当は〝愛している〟と言いたかったが、自分の気持ちにまだ疑いが残っていた。

「不適切な表現だとしたら――」

「いいえ、謝る必要はないわ。いまはそれでかまわない」スザンナも同じように静かな声で言った。「ララミー砦の……善良な人たちが、あなたがわたしを……好きだからという理由であなたを仲間はずれにしたら、とてもつらいもの」

ジョーはもう一度、〝スージー〟と呼びかけた。

「ぼくはずっとその善人たちに排斥されてきたんだ。おそらくきみが会うこともない自分の家族にさえ。だが、砦の誰かに医者が必要になると、都合よくその排斥は終わる。彼らには〝バージニアの息子〟のぼくしかいないから」

スザンナが何か言おうとしたが、階段の上に姿を現したエミリーが恐怖に駆られて叫んだ。「スザンナ！　悪い知らせなら何も言わないで！」

ジョーはあわてて立ちあがり、階段に向かった。「心配はいらない。ベッドに戻るといい。ぼくはマディ・ウィルビーの母親はとてもよく闘っていると知らせに来たんだ」

ため息をついて再び腰をおろす。

「砦の司令官は、よくぼくに〝死の配達〟をさせる。悲しい知らせを届けさせるんだよ。いま現在わかっているのは、戦いがあったことだけだが、兵士の妻たちはぼくを見ると恐怖に駆られる」

スザンナはジョーの手に手を置いた。「いまはつらいときだわ。しばらくは〝好き〟のままでいるのがいいのかもしれない」

とっさに、ばかな考えだと否定しそうになったが、少し頭をめぐらせると同意せざるをえなかった。とはいえ、誰もが適切な時期まで結婚を控えたら――さもなければ愚かな真似《まね》を控えていたら――人類はずっとまえに滅びていただろう。ネルの寝間着を着たスザンナはとても魅力的だった。いま身を乗りだしたら自分を拒むだろうか？　それとも身をゆだねてくるだろうか？　まあ、今夜それを試すのはやめるとしよう。もう夜も遅い。

「おやすみ、スージー。ぐっすり眠るんだよ」

翌日、スザンナはジョーの言ったとおりだと肌で感じた。まるで全員が息をひそめているように、砦の空気がぴんと張りつめている。生徒たちさえその影響を受けているらしく、いつもはとても明るい少年が、石板でチョークが折れたとたんわっと泣きだした。べつの子は、〝そろそろ作品を提出しましょう〟と言ったとたんスザンナをにらみつけた。これまで、そんなことは一度もなかったのに。いちばん優秀な生徒が勉強に集中できず複合文を作れなくなると、ベネディクト一等兵ですら声を荒らげた。

生徒の不安を察したスザンナは、午後の授業を取りやめ、ひとりずつ順番に膝にのせて〝ページめくり〟をさせながら、読み聞かせをすることにした。放課後モーヴ・ラティガンの家に留《とど》まる時間はしだいに長くなり、マディはモーヴの膝で、たまたま軍曹がいれば彼の膝で過ごすことが多くなった。マディのきれいな髪がこれまでほどきちんと結われていないことに気づき、スザンナの胸は痛んだ。ジョーの話では、ほかの女性たちはクロディーヌの世話でほとんど手いっぱいだという。

砦の臭気取り締まりが始まり、ジョーはほぼ一日中、衛兵の伍長《ごちょう》が率いる囚人たちが地面を掘り返し、たっぷり石灰を撒《ま》く作業を監督している。歩兵中隊の中尉が手を抜き、自分の中隊だけ参加しないことに決めると、激怒した軍医と激しい言い争いになった。

「ぼくはああいう議論に負けたことは、一度もないんだよ」彼は帰宅時にリース家を通過する途中、家から出てきたスザンナに言った。「驚くじゃないか、軍の階級は知性にすら影響をおよぼすんだ」ジョーはふざけて両手を上げ、スザンナが近づくのを止めた。「そこまでだ、スージー！　ぼくはくさいぞ」

ジョーは少し離れて立ったまま、〝ダンクリン家が閲覧できるようにカーライルの新聞を置いてきた〟と言った。だが、スザンナはダンクリン夫妻が考えを改めるとは思っていなかった。実際、彼らがこれまでとちがうのは、ダンクリン夫人の顔から悦に入った表情が消えたこと、スザンナと目を合わせようとしないことだけだ。ダンクリン夫人に関してはそれで十分。彼女のことをあれこれ考えるより、バート夫人と話したり、夜の授業の生徒と談笑したりして過ごすほうがよほど楽しい。なかにはもう夫よりよく読めるようになった夫人もいた。

一週間張りつめた空気のなかで過ごしたあと、この状況は寿命を削るとスザンナは思った。珍しいことに、その夜リース家にはスザンナだけしかいなかった。エミリーとスタンリーは、それぞれカードとゲームに興じるため、バート家に出かけているのだ。ダンの心配をして気を揉みつづけるよりも、たとえ短いひとときとはいえ忘れて過ごすべきだ。スザンナも招かれたのだが、まだ集まりに入っていく心の準備ができていなかった。

スザンナがキッチンの食卓について毎週トミーに出す手紙を書いていると、誰かが玄関の扉を勢いよく叩いた。スザンナは不安に震えながらじっとしていた。いや、叩いているのではない、蹴っているのだ。心臓が喉につかえそうになりながら、急いで立ちあがった。

でも？

トミーに何かあったのだろうか？　それともリース大尉に？　ニックのことで悪い知らせ

「はい？」スザンナはドア越しに震える声で尋ねた。

「奥さん、四番歩哨《ほしょう》です。奥さんを呼んでいる人がいます」

スザンナが驚いて扉を開けると、コートと靴を泥だらけにしたマディ・ウィルビーが、銃を片方の肩にかけた歩哨にしっかりと抱かれていた。

「マディ！」スザンナは泣いている少女を兵士から受けとった。兵士が見るからにほっとして、一歩下がる。

「ラスティック・ホテルのそばの湿地で見つけたんです」兵士は心配そうに顔をくもらせた。「スリー・マイル・ランチから歩いて来たんだと思います」マディの頭をなでる。「自分が合い言葉を言うと、泣きだしちゃって……。インディアナに妹がいるものですから……」兵士はライフルをかけなおし、ふたりにうなずいてポーチをおりていった。

続いて、暗がりから声が聞こえてきた。「ホプキンス夫人、その子はあなたが先生で、きっと助けてくれると言ってました」

「そのとおりよ、ありがとう」スザンナは礼を言った。「受け持ちの場所に戻るまえに、ランドルフ少佐にこのことを知らせてくださる？」抱いているマディに目をやる。「マディ、お母さんが……？」

マディはうなずいて、さらに強くスザンナにしがみついた。「みんなが泣いてたの。お母さんは見えなかった。先生なら助けてくれると思った」

「でも、ひとりで歩いてきたりして危なかったのよ」

母を亡くして悲嘆にくれている子に不安を悟られないように、スザンナはマディを抱いたまま腰をおろし、心を落ち着けようと長いこと座っていた。遠くにいる自分の子どもには手が届かない。もしかすると一生会えないかもしれない。せめてこの子をこうしてずっと抱いていたかったが、理性が戻ると、勇気を出さなくてはと思いなおした。自分よりもマディを必要としている人がいる。

「ねえ、マディ。いいことを思いついたの。コートを取ってくるわね」

スザンナは急いでコートを着た。ぐずぐずしていたら、決心が鈍ってしまう。本当はマディを手元に置いておきたかったが、マディ・ウィルビーがいるべき場所はひとつしかない。

スザンナはマディを抱きあげると、まるで自分自身に追われるように橋に向かって走った。練兵場を半分横切る途中、玄関の扉をちゃんと閉めたかどうか気になりだした。足が止まり、踵《きびす》を返しそうになる。が、なんとか勇気を振り絞り、再び橋に向かった。

16

ジョーが橋のたもとで合流し、マディをスザンナの腕から抱きあげた。マディがすすり泣きながら首にしがみつき、両脚を巻きつけて胸に顔を埋《うず》める。ジョーは軍服の上着やコートが鼻水で濡《ぬ》れることなど少しも気にせず抱きしめた。長靴ではなく部屋ばきのモカシンをはいているところをみると、歩哨《ほしょう》が飛びこんできたときは、自宅でくつろいでいたのだろう。

「ジョー、この子はスリー・マイル・ランチから歩いてきたのよ！」スザンナは小走りになりながら言った。

「驚いた」ジョーは抱いている手に力をこめた。「きっと守護天使に守られているんだな」

「わたしたち、正しいことをしているの？」スザンナが低い声で尋ねた。

「世界一正しいことだよ」ジョーは優しい声で言った。

「本当はわたしも手元に置いておきたいの。でも、マディは彼らといるほうが幸せね」

「神がその優しさを祝福してくださるように、スザンナ・ホプキンス」ジョーはささやいた。「きみは百万にひとりの素晴らしい人だ」

　マディをなだめているジョーに代わって、スザンナがラティガン家の扉を叩《たた》いた。即座に部屋着姿の軍曹が扉を開ける。その後ろからモーヴが心配そうな顔をのぞかせ、マディを見て両手を差しだした。マディは文字通りその腕に飛びこみ、よろめくモーヴとマディを軍曹が抱きしめた。モーヴはすぐにいつもの椅子に座って、体を前後に揺らしながらマディをあやしはじめた。

「よかった」スザンナはジョーに腕をつかまれながらささやき、モーヴが魔法のような早業でマディの涙を止めるのを見ながら、自分が知っていることをすべて告げた。

「歩哨は、マディがスリー・マイル・ランチから暗がりを歩いてきたと思っていたわ」スザンナは軍曹に手を伸ばし、彼の手を命綱のようにつかんだ。「軍曹、マディにはあなたとモーヴが必要なのよ」

　すると軍曹は涙ぐんだ。「ええ、そのとおりです。ぼくらがマディを幸せにします」彼はそれ以上続けられず、スザンナの手を握ったままうつむいた。

　ジョーも涙ぐんでいる。

「もう、みんなジョーロみたい」スザンナは自分の涙を見られないように、軽口を叩いてごまかした。

「ぼくはスリー・マイルに行かないと」ジョーが言った。

「ご一緒しますよ、少佐」

「軍曹、ぼくはきみたち歩兵が大好きだが、馬に乗るのは得意じゃないだろう？」

「たしかに。しかし、鞍《くら》にしがみついていることはできます。少佐ひとりで向かうのは危険だ。待っててください、長靴をはいてきます。宿舎に寄って、なんとか鞍に留《とど》まれるやつらを一分隊連れていきましょう」

　男たちはすぐに出ていった。スザンナはモーヴとマディの姿に涙ぐみながら、ソファに沈みこみ、目を閉じて、息子をこの腕に抱けない痛みに耐えた。ジョーの言うとおりだ。つらいけれど、これはとても正しいことだと感じる。

　いつのまにか眠ってしまったことに驚いて目を開けると、マディとモーヴが小さな予備の部屋で荷物を移動させていた。モーヴが床に寝床を作るのを戸口から見守る。

「明日は寝台を運んでもらいましょうね、マディ」モーヴはそう言ってマディの乱れた髪にキスした。「それとも、今夜はわたしの部屋に行く？」

　いつもの大人びた顔で、マディがうなずく。「ひとりで眠るの、いや」

「わたしもよ」モーヴが低い声で言った。

　わたしも。スザンナがそう思いながら、マディのそばにひざまずいた。「よく眠るのよ」

　扉のところまで送ってきたモーヴがささやいた。「ありがとう。あなたもあの子を手元に置きたいのはわかってるの」

ええ、そのとおりよ。「わたしには息子がいるわ。あなたには娘が必要よ」

家を出たスザンナは橋の上にしばらく立って、流れる水を眺めながらモーヴとマディが寄り添って寝ている光景を思い浮かべた。起床ラッパのまえにラティガン軍曹が戻ったら、そこに一緒に横になるだろう。マディがひとりで眠れるようになるまで、三人は籠のなかのムール貝のように、身を寄せあってひとつのベッドで眠るにちがいない。

氷が溶けはじめ、閉じこめられていた魚が自由になり、春の訪れを喜んでいる。さきほど就床の合図の音が聞こえたし、歩哨の〝異常なし〟という声もしたから、もう十時になるのだ。スザンナの不安は尽きないが、ララミー砦《とりで》には春が訪れている。

リース家に戻ると、玄関扉は閉まっていた。居間ではエミリーが編み物をしている。スザンナはそのそばに座り、今夜の出来事を話した。

「マディにはいい母親ができたわね」エミリーは言った。

スザンナは黙ってうなずいた。マディにはこれまでもいい母親がいたが、エミリーにそう言っても無駄なことはわかっている。

せっせと編み針を動かしている従妹《いとこ》を見ながら、スザンナは長いことためらっていたが、ようやく深く息を吸いこみ、もう一度吸いこんで、思いきって口にした。

「エミリー、ランドルフ少佐の家に行くわ。少佐は料理がまったくできないの。マフィンでも焼いてコーヒーを淹《い》れてあげたい。お腹をすかして戻ってくるでしょうから」

驚いたことに、エミリーは眉ひとつ動かさず編み物を続けている。「ええ、それがいいと思う。だけど、マフィンのなかに干し葡萄《ぶどう》を入れちゃだめよ。少しずつためていた干し杏《あんず》があるの。あれを持ってくるわ。マフィンの生地に加えるまえに少し水に浸すのを忘れないで」

スザンナは杏を受けとり、エミリーの頬にキスした。

「起床ラッパのまえに戻るようにしてね。勝手口からよ。ここの人たちが噂《うわさ》好きなのは知ってるでしょ。もちろん、わたしはお墓みたいに口をつぐんでるけど」

「エミリー、これは正しいことではないし、適切なことでもないのよ」

「わたしたちは大人の女性よ。人生は白と黒だけじゃないし」エミリーは少し考えてからそう言うと、片手を差しだした。

スザンナは二軒先の少佐の家に向かった。玄関の扉に鍵がかかっていないことはわかっている。居間のランプはまだともっていたから、疲れ果てて肘掛け椅子に腰をおろした。

男性のひとり住まいは、なんとわびしく見えるのだろう。椅子、テーブル、本棚、本、敷物に、それを意味するフランス語が貼ってある。キッチンに行くと、流しやかまど、そのほかさまざまな食料品にもフランス語が貼ってあった。干し葡萄の木箱に〝くそ《メルド》〟とあるのを見ると、思わず笑ってしまった。エミリーが干し杏をくれてよかった。

残りの部屋は陰に沈んでいたが、月明かりできちんと片付いた寝室が見えた。本来なら、そこは食堂に使われる部屋だ。窓に軍の毛布をかけてあるのは、おそらく夜勤明けにひと眠りするためだろう。この家にいるのが自分だけなのはわかっていたが、足音をしのばせ廊下の先にある診察室ものぞいてみた。二階にも部屋があるが、たぶん空っぽだ。

居間に戻り、もう一度ぐるりと見まわす。壁には写真もなければ絵もない。カレンダーがかけてあるだけだ。本棚にあるのは主に医学関連の書籍だが、『ああ無情』が飛ぶように売れた戦争最後のころの兵士よろしく、よれよれになったディケンズやヴィクトル・ユーゴーの著作も何冊か交じっていた。でも、肘掛け椅子は座り心地がいい。スザンナはそこに丸くなり、脚を折り曲げて体の下に敷くと、いつのまにか眠っていた。

目が覚めたときには、まだ外は暗かった。急いでかまどに行き、火をおこす。カーライルの家にあったものに比べると、このかまどはずいぶん小さい。さいわい、基本的な軍の食料品はあった。豚バラ肉の塩漬けはいつのものか不明だが、エミリーのくれた杏でマフィンを作れるだけの小麦と砂糖はある。しばらく探すと膨らし粉も見つかった。マフィンの型は探すだけ無駄だと最初からあきらめ、裏口から出てエミリーのキッチンから借りてきた。

マフィンが焼けるあいだにコーヒーを淹れた。心安らぐ香りが立ちのぼる。カップは三つ見つかったが、ひとつはひどく欠けていたからごみ箱に投げこんだ。自分の分を注いで、深々と息を吸いこみ、かつてはパンだったらしい黴《かび》の生えたかたまりを見つめた。ジョーは毎日何を食べているのだろう？

冷めていくマフィンと熱いコーヒーの香りがキッチンに満ちるころ、玄関の扉が開く音がした。とたんにスザンナは気後れがして、不安になった。頼まれもしないのに、差しでがましいことをしたのでは？　勝手口から逃げだそうかと思っていると、後ろから南部訛《なま》りの声がした。「これは幻じゃないと言ってくれ」

「幻じゃないわ」スザンナはキッチンから出ていきながら答えた。「あなたが、あのひどいオートミール以外のものを食べたいんじゃないかと思って」

居間の灯《あか》りを消してしまったので、ジョーの姿はぼんやりとした影にしか見えない。スザンナはためらいがちに近づいていった。ジョーは扉を閉めたものの、まだ戸口に立ったままだ。家を間違えたと思ったのかもしれない。

「いつまでもそこに立っていると、キッチンにあるマフィンが冷めてしまうわよ」

「疲れたよ、スージー」

それだけ聞けば十分だった。ジョーのマフラーをはずし、コートのボタンもはずして、脱ぐのを手伝うと、彼の手を引いてキッチンへ向かった。ジョーは沈みこむようにそこに座った。

「バターは見つからなかったの。でも、蜂蜜が少しあったわ」スザンナはマフィンとカップに注いだコーヒーを前に置いた。ジョーはにおいを嗅いでから慎重にコーヒーを飲み、にっこり笑った。

四つのマフィンがたちまちなくなり、そのあとふたつ、それからひとつ足した。ジョーが一杯めのコーヒーを飲みほし、二杯めを飲みはじめると、スザンナは首を傾《かし》げて尋ねた。

「それで？」

ジョーはいま初めてそこにいることに気づいたように、スザンナを見た。「玄関の扉を開けていいにおいがしたときの嬉《うれ》しさは、言葉では表せないよ。待っている人がいるのはいいものだな」

スザンナは微笑し、もうひとつの椅子から医学雑誌を動かしてそこに座った。自分のマフィンに蜂蜜を垂らすと、ジョーがぼくにもというように最後のマフィンを差しだした。

「あの……レディたちと呼ぼうか……レディたちが心配して取り乱しているものだから、〝マディはあの子を大切にしてくれる人々のところにいるし、ここには戻らない〟と言って安心させた」ジョーはカップを手に取り、つかのま濃い液体をじっと見つめた。「誰も反対しなかったよ」

「クロディーヌは亡くなったの？」

ジョーはうなずいた。「話を聞いたかぎりでは、あの病には珍しいほど穏やかな死だったらしい。たぶん、心臓が止まったんだろう。口から血が滴りはじめたら、心臓にかなりの負担がかかるからね」ジョーは首を振った。「ごめん」

「謝る必要はないわ、ドクター。クロディーヌに、〝マディは、あの子を愛する素晴らしい夫婦にもらわれた〟と告げられたらよかったのに」

ジョーはスザンナの手を取った。「クロディーヌの枕元に座って報告したよ。マディには守護天使がひとりかふたりついていることも話して、フィフィに頭がイカレたと思われた。ジュール・エコフェには、彼さえよければ、クロディーヌを砦の墓地に埋めてかまわないと伝えた。たぶん、そういうことになるんじゃないかな。マディは実の母親がどこに眠っているか知っているほうがいい」

ジョーは目の前の皿を押しやり、自分の腕を枕にしたと思ったら、あっという間に眠っていた。

スザンナは彼の頭にキスした。「こんなところではぐっすり眠れないわ」何分かすると耳元でつぶやいて優しく揺すり、手を貸して立たせた。

ジョーは食堂に置いたベッドに連れていかれ、軍服の上着を脱がされても逆らわなかった。スザンナはベッドに座って目を閉じているジョーの靴を脱がせ、続いてサスペンダーをはずした。だが、それ以上脱がせる勇気はなく、胸を押して仰向けに横たえた。ジョーは自分でズボンの前ボタンをはずし、横向きになって片方の腕を伸ばした。

「一分でいいから、ここに横になってくれ、スージー」寝ぼけてもつれる舌で言う。「どこかに上掛けがあるはずだ」

スザンナはそれを見つけ、言われたとおり、彼が伸ばした腕にそっと頭をのせた。ジョーがため息をついて引き寄せる。その声があまりに満足そうなので、スザンナは涙がこぼれそうになった。

「ずっとこうしたかったんだ」ジョーがさきほどよりはっきりした声で言った。

スザンナはジョーのかたわらで、彼のぬくもりを感じていた。横にいる相手は、ここしばらく一緒に寝ているエミリーでも同じように暖かい。でも、お腹にまわされたジョーの手とその重みに心が安らぐ。それは何年も忘れていた女の歓《よろこ》びを思い出させた。

ジョーがぐっすり眠ると、スザンナは力の抜けた腕からそっと離れ、彼にしっかり上掛けをかけた。外はまだ暗いが起床ラッパが鳴っている。ジョーは身じろぎして何かつぶやいたが、そのまま眠りつづけた。病院にはハートサフ大尉が戻っているから、無理をして起きる必要はないはずだ。

スザンナは勝手口から静かに出てリース家に戻った。エミリーもスタンリーもまだぐっすり眠っている。足音をしのばせ、きしむ板を避けて階段をのぼると、久しぶりに自分の簡易寝台に横になった。

問題は何ひとつ解決されていない。砦の張りつめた空気も、パウダーリバーからの知らせを恐れながら待つことも。息子がどこでどうしているのかもまったくわからない。それなのに、なぜかいつになく心が満たされていた。幸せな家庭を見つけたマディが、守護天使をペンシルベニアにいるトミーに貸してくれればいいのに。スザンナは眠りに落ちる直前、そう思った。

当然のことだが、翌朝マディは学校を休んだ。そこで、ほかの生徒たちに、マディの母親がゆうべ亡くなったことを知らせると、エディ・ハンラハンがマディのために絵を描こうと提案した。とてもいい考えだ。スザンナは予定していた授業を取りやめ、この提案を取り入れた。倉庫を管理している事務員が、一部使ってある一八六四年の帳簿をどこからか引っ張りだしてきてくれたので、年少の生徒たちはスザンナがそこから引き裂いたページに絵を描いた。

そして、お昼休みにそれを持ってラティガン家に急いだ。モーヴとマディは寄り添って座り、子どもたちの描いた絵を見た。

「みんなに、とっても嬉しいと伝えて」マディは独特の大人びた口調で言った。

マディが絵に目を戻すと、モーヴがささやいた。「クロディーヌは明日ここで埋葬されるって、ランドルフ少佐が教えてくれたの。わたしたちも出席するつもり。マディは明後《あさっ》日《て》から学校にやるわ」

「埋葬にはスリー・マイル・ランチの女性たちも来るわよ」スザンナは警告した。

「でしょうね」モーヴに少しも動じた様子はない。「でも、将校通りの奥さまたちが顔を出す心配はいらないと思う。そうでしょ?」

午後の授業が終わり、生徒たちが出ていくと、ベネディクト一等兵はスザンナが年少生徒を帰宅させる手伝いをしながら、ルーニー・オレアリーに少し待つように告げ、スザンナを脇に呼んだ。

「あなたが生徒に朗読をさせているときに、ランドルフ少佐が来たんです。ルーニーを送ってくれ、と頼まれました。あなたが必要だそうです」

「いったいどうしてかしら?」スザンナは戸惑って尋ねた。

ベネディクト一等兵はルーニーに聞こえないよう、もう少し近づいた。「パウダーリバーからの戦死者名簿が届いたんです。年少生徒のひとりの父親の名前が載っていて……少佐は生徒の家に一緒に行ってほしいそうです。あなたさえよければ、ですが」

「もちろん」スザンナは躊躇《ちゅうちょ》せずに答えた。ジョーがあの夜、危険を顧みずスリー・マイル・ランチへ行ったことを思い出す。

教室の自分の席に座っていると、ジョーがやってきた。彼は黙って隣に座り、スザンナの手を取ると唇に押しつけた。ひどく疲れた顔をしている。今朝早くスザンナが立ち去ったあと、まもなく起床したのだろう。

「最初に教えて。エミリーかケイティに伝えなくてはならない悪い知らせはある?」

「ありがたいことにない。大尉たちは元気だ。どうやらジム・オレアリーは、冷静な戦いぶりだった、とクルック将軍に褒められたらしいぞ」ジョーはスザンナの腰に腕をまわした。「四人が戦死し、六人が負傷した。しかもレイノルズ大佐は、ふたりの遺体を戦場に残して退却しなければならなかった。そのうちのひとりがハンラハン伍長《ごちょう》なんだ」

スザンナはジョーの肩にもたれた。「エディ・ハンラハンは、今日、絵とメッセージでマディを慰めようと提案したのよ」

「こういうときは、つらい仕事に見合うだけの給料をもらっていない気がするよ」

ふたりはしばらく黙って座っていたが、やがてジョーがスザンナの手を引いて立たせた。

「ハンラハン夫人が人づてに聞くまえに、知らせてやらないと」

「足がすくむわ」

「大丈夫、きみは臆病者じゃない。ハンラハン夫人が玄関の扉を開け、この死神少佐を見たら、きみはどうすればいいかちゃんとわかる。あてにしているよ。ぼくが立派に見えるように手を貸してくれ」ジョーはかすかに口元を和ませた。「こんな自分勝手な男はいないな?」

「いいえ」スザンナがきっぱりと答えると、少佐はぎゅっと腕を握った。

軍医と並んでサッズ・ロウを歩くのは、身がすくむような経験だった。どの家の窓からも、妻たちが目に恐怖を浮かべてふたりを見ている。十字を切る者もいれば、顔をそむける者もいた。ジョーは厳しい表情で落ち着いて歩を進めていく。これまで何度、死を届けるためにこうやって歩いたのだろう？　スザンナはちらっとそう思った。

まもなくスザンナはエディを膝にのせ、ハンラハン家の居間に座っていた。ジョーの言うとおり、ハンラハン夫人が泣き伏すと、スザンナはごく自然にエディに向かって両手を広げ、彼の弟と妹も一緒に抱きしめた。そしてジョーが気を失った夫人を介抱して、埋葬する遺体がないことを告げるあいだ、子どもたちを膝にのせて一緒に泣いた。まもなく居間は、心をえぐるような泣き声をあげるほかの女たちでいっぱいになった。その多くがアイルランド出身の女性たちだ。数分もすると、死の使いはさっさと帰れとばかりに、女たちは軍医を追いだした。

スザンナは幼い子たちに低い声で歌い、エディに本のことや、もうすぐやってくる夏のことを話した。自分の息子トミーのこと、木登りの話……なんでもいいから周囲の悲しみからエディの気をそらす話をした。あまりうまく行っていないのはわかっていたが、とにかく話しつづけた。

ようやくハンラハン家をあとにしたときには、夜空に星がきらめいていた。長いこと三人の子どもを抱いていたせいで痛む背中を少しずつ伸ばしながら、ゆっくり橋を渡る。下の川にはもう氷のかけらも見えず、小鳥の鳴き声さえ聞こえるような気がした。まもなく四月になるのだ。

　エミリーが夕食を温めなおして待っていた。「ランドルフ少佐が遅くなると言ってたから」それから深刻な表情で言った。「スザンナ、愛《いと》しい旦那さまが生き延びたのが、どうしてこんなに後ろめたいの？」

「わたしにもわからないわ、エミリー。あなたはダンが戦いに赴くたびにこんな思いをするの？」

「ええ、いつもそう。結婚するまえは、誰もそういうことを教えてくれなかった。あのころはスマートな軍服と、ぴかぴかのボタンと剣だけしか目に入らなかったし」

　スザンナは口元をほころばせた。「男の人って騙《だま》すのが上手よね」

　エミリーはからかうようにスザンナを見た。「ランドルフ少佐があとで自宅に寄ってほしいそうよ」照れたように付け加える。「干し杏のお礼も言われたの」

　そのあとスザンナはジョーの家の扉をノックし、答えがないとそのまま開けた。彼は肘掛け椅子に座り、宙を見つめていた。ちらっとスザンナのほうを見て、黙って両手を広げる。スザンナはためらわずに彼の膝に座った。胸に頭をあずけると、落ち着いた鼓動が伝わってくる。スザンナは目を閉じた。

「ルイ・パスツールの下で研修生になれば、二度と死の使いをしなくてもすむ。ほかの三人は独身だったそうね。彼らの家族には、中隊の指揮官がお悔やみの手紙を書くんでしょう？　今日はもう死を伝えに行かなくていいのよ」

しばらくしてジョーは言った。「死を届けるのはまだ終わっていないよ、スージー。深く息を吸って」

スザンナは膝の上でぱっと体を起こし、立ちあがった。「まさかトミーが……！」

ジョーがためらう。スザンナは誰かに膝の裏を突かれたように、急に両脚の力が抜けるのを感じ、つかのま気を失った。

意識が戻ると、ジョーのベッドに横たわっていた。ジョーはベッドのそばに置いた椅子に座っている。そのあまりにも優しい視線に耐えられず、スザンナは目を閉じた。

「お願い、そこでは遠すぎるわ」

すでに靴を脱いでいたジョーは、次の瞬間にはスザンナの横にいて体を抱きしめていた。

「どうか話して」広い胸に顔を埋めてささやく。

「どういうことなのか、ぼくにもよくわからないんだよ、スージー」彼はようやく重い口を開いた。「いろいろはっきりしないことがある。深く息を吸って。規則正しく呼吸をするんだ」

そう言うと、ジョー自身も深く呼吸した。

「フェッターマン砦からの連絡と一緒に、シャイアンから手紙が何通か届いた。一通は砦の司令官宛てだったが、その下にきみの名前が書かれていた。ぼくはそれをブラッドリー大佐から受けとった」スザンナの頬にキスをして続ける。「きみの元夫が酔っ払ってランプを倒し、家が燃えたんだ」

「なんてこと」

「シッペンズバーグの叔父さんからのその手紙には、フレデリック・ホプキンスはその炎のなかで死んだとある。家のなかには酒瓶がごろごろしていたそうだ。ホプキンスはきみが訴えたとおりの、酔っ払いで危険な男だったんだな。ありがたいことに、トミーの遺体は焼け跡から見つからなかった……まったくなんの痕跡もなかったそうだ。まさしく煙のように消えてしまった。生きているのはたしかだと思う。だが、誰も行方を知らない」

スザンナはジョーの胸のなかで泣いた。半分は安堵《あんど》のため、半分はフレデリックの人生を悼む悲しみの涙だった。ブラウスの裾から滑りこんだジョーの温かい手がコルセットの紐《ひも》を緩め、背中をなでている。

「叔父さんが知っているのはそれだけだ。カーライルの警官がトミーを捜したが、手がかりすら見つからなかった。トミーが死んだとしたら、フレデリックと同じように焼け跡で見つかったはずだが、見つかっていない」

「トミーはどこにいるのかしら？」スザンナは涙が止まると尋ねた。

もちろん、ジョーがこの問いに答えられないことはわかっている。彼はスザンナを抱いている手にさらに力をこめた。「きみの息子は機転が利くほうかな？」

「ええ、利くほうだと思うわ。フレデリックと彼の気まぐれな気分に合わせて、何年も同じ家に暮らしてきたんですもの。トミーは目立たず、相手を刺激しないのがとても上手になった」スザンナはジョーの胸に顔を埋めた。「でも、あの子は十二歳になったばかりなのよ！」

「だが、臨機応変に物事に対処できる子だ」ジョーはうなずいた。「悲観的に考えず、もう少しだけ様子を見よう。今夜はアルが夜勤だ。明日からは騎兵が戻りはじめ、凍傷にかかった患者がフェッターマン砦から押し寄せてくる。しばらくは病院で寝泊まりするようになるだろう。今夜は一緒にいてくれないか、スージー。きみと一緒になんとか希望にすがりついていたいんだ」

17

ジョーはあたりまえのように自分の寝間着をスザンナに着せた。スザンナは心配するのに疲れ果て、ジョーがベッドに入ってこないうちに眠っていた。

そして真夜中に目を覚まし、自分が片脚をジョーの体にかけているのに気づいて離れようとしたが、首筋にキスされ、引き戻された。

「キス以上は、心の準備ができていないわ」スザンナはささやいた。

「よかった」ジョーは夜中にしては驚くほどはっきりした声で答えた。「ぼくもだよ」ため息にのせてそう言い、さらに引き寄せる。「だが、ひとりで眠りたくない。長いこと女性なしで過ごしてきたが、無理やりきみをものにしたりはしないよ。そんなことはぼくにはできない」

「フレデリックは強引だったわ。酔っているときはとくに、わたしの気持ちなどおかまいなしだった」スザンナは小声で言った。「でも、黙って耐えるしかなかったの。わたしは彼の妻で、夫の求めに応じるのは妻の務めですもの」

「可哀《かわい》そうに」ジョーは優しい声で言った。「結婚式で〝従う〟と誓ったからといって、意に反する行為を強いられるべきではないよ。いやがる女に強いることは、ぼくにはできない。ほとんどの男が同じように感じているはずだ。フレデリックが例外だったんだ」

スザンナはうなずき、ジョーの腕のなかで眠った。起床ラッパに起こされたときには、ジョーは昨夜と同じ椅子に座ってスザンナを見ていた。

「きみはとても美しい」

「灯《あか》りを消した部屋で見ると、でしょう?」スザンナはからかった。

「どんな明るい場所でもさ。正直に言うと、金色の髪にそそられたことは一度もないんだが……」

「わたしを見た瞬間にそれが変わった? なんてロマンティックなのかしら」軽い調子を保つのよ、とスザンナは自分に言い聞かせた。

縞《しま》柄のせいだろうか、寝間着を着たジョーはとてもハンサムに見えた。すぐ近くから彼を見ていると、つい手を伸ばして脚に触れたくなる。ありがたいことに、ジョーの意志は堅固だから……スザンナはいたずら心を起こし、彼の脚に頭をのせた。ジョーの手がほとんど無意識に髪をなで、波打つ髪を指に巻きつける。

「いつものように時間に追われているのに、まだここに座って、頭に浮かんだ思いつきをきみに話すべきかどうか迷っている」ジョーはようやくそう言った。「いたずらに希望をかきたてることになるかもしれないが、話すとしようか。断っておくが、これはただの推測だよ」

「心が引き裂かれるような推測でなければ話して」

「きみの心はすでに何度も引き裂かれている。ぼくの心もだ」ジョーは自分の手を見つめた。「ぼくは長いこと結婚指輪をつけたままだった。角を曲がればそこでムリスが待っているのを、頭のどこかで願いつづけてきたんだ」そう言って首を振った。「おかしいだろう？　ムリスがどうやって死んだかきみに打ち明けるよ。体を起こして座ってくれないか、スージー。たぶん、そのほうがいい」

スザンナはおとなしく従い、ジョーは体に片方の腕をまわした。

「ムリスに何が起こったかは、もう知っているね。何時間も最愛の妻がすさまじい痛みに苦しみつづけるのを見ていたあとで、ぼくはとうとう致死量のモルヒネを注射した。ムリスをこの手で殺したんだ。注射のあと、ムリスは十秒とたたずに息を引きとった」

スザンナは深いため息をついて、両腕で彼を抱きしめた。

「そのすべてを見ていた助手のテッドは、ただうなずいて、ムリスの目を閉じてくれた。ぼくにはできなかったから。テッドがまだぼくの助手をしているのが不思議なくらいだ。テッドは何年もあとで、ぼくがあのとき注射をしなければ、次にぼくがベッドを離れたときに自分がするつもりだったと打ち明けた。胸を引き裂かれるのがどういうことか、ぼくにはわかっている」ジョーはまるで心を測るようにスザンナを見た。「これはテッドと、いまやきみ以外、誰も知らないことだ。ぼくは怪物だろうか?」

「妻が耐えがたい痛みに苦しむのを、それ以上見ていられなかった怪物?」スザンナはささやいた。「いいえ、あなたは怪物なんかじゃないわ」

ジョーの体から力が抜けた。「ずっときみに打ち明けたかった」

「口にすることさえつらかったでしょうに」

「ああ。医者は患者の苦痛に慣れるかもしれないが、愛する者の苦痛は? 慣れることなどできない」

「以前のわたしは、自分ほど苦しんでいる人間はいないと思っていたの。愚かだったわ。ラティガン夫妻やハンラハン夫人のほうが……」

「だが、いまのラティガン夫妻は幸せだ」ジョーはスザンナの髪にキスした。「ムリスは妊娠していたんだよ。ああ、くそ……この話をするのはまだつらすぎる」かすれた声で言い、落ち着きを取り戻してから続けた。「きみがマディを引きとりたかったのは知ってる。フィフィから聞いたんだが、クロディーヌは死ぬ前に、マディのことは教師に頼むとフィフィに約束させたらしい」

「ええ、ジョー、マディを手元に置きたくてたまらなかったわ!」スザンナはこの知らせに泣きだし、しばらくジョーにしがみついていた。

声が出るようになると、スザンナは言った。「ラティガン家に向かってひと足踏みだすたびに、胸が潰れるような思いだった」

「ぼくなら、その勇気が持てなかったかもしれないな」ジョーがスザンナの手にキスした。

「でも、マディにとって正しいことをしたの」

「わかってる。しかし、これから言うこともつらいかもしれない」ジョーが少し動き、気がつくとスザンナは彼の膝にのっていた。「ぼくが考えているのは、こうだ。はっきりしない話なのに、きみに話すのがいいことかどうかわからないが」

「わたしに判断させて」

「わかった。ニック・マーティンが姿を消したあと、ぼくはあらゆる場所を捜したんだ。最後は、倉庫にある彼のベッドをもう一度調べてみた。ニックはすっかりきれいに私物を持ち去ったが、ベッドの下からトミーに宛てたきみの手紙が一通見つかった」

スザンナはそれが意味することを考えた。「ニックはトミーの住所を知っていたのね」

「そのとおり。ニックは不思議な男だったから、それも彼にまつわる不思議な一件だと思って、これまでは黙っていたんだ。だが、いま考えると……ニックはきみの息子をここに連れてくるため、もしくは守るためにペンシルベニアに行ったんじゃないだろうか？」ジョーはスザンナに微笑《ほほえ》んだ。「あいつはきみの守護者だっただろう？」

「でも、彼がペンシルベニアにたどり着くことはできるのかしら？」

「それはわからない。ニック・マーティンに何ができて何ができないかは謎だから」ジョーは肩をすくめ、抱いている手を緩めた。「しばらく待ってみるしかないだろうな。さて、そろそろ仕事に行かないと。きみも服を着て、裏口からリース家に戻ったほうがいい」

スザンナは訊《き》かずにはいられなかった。「ニックがフレデリックの家に火をつけたのだと思う？」

ジョーはまた肩をすくめた。「とにかく、待つしかない」

すべてを失った女性に、こんな答えはなんの慰めにもならないことはジョーもわかっていた。もうこの家には来ないほうがいいかもしれない、とスザンナに告げたときには、いっそう心が沈んだ。「砦《とりで》の連中が口さがないことはきみもよく知っているだろう？」

スザンナはうなずいたものの、その目から光が消えた。「エミリーともその話をしたの。エミリーは理解してくれているけれど、ほかの人たちにも同じことを望むのは無理ですものね」そして手早く着替え、裏口から出た。

ジョーはその朝の医官召集には行かなかった。アルがいるからこれは問題ない。衛兵の交代の合図が鳴り、それが終わっても、ジョーはまだベッドの端に座って、指輪と同じ引き出しにしまったメリッサの写真を見下ろしていた。薬指に指輪を戻し、それを見下ろしてまたはずすと、写真の隣にしまった。ベッドに横になり、天井を見つめて、亡き妻をまだ愛しているのに、どう折り合いをつければ新たな妻を持てるのか考えようとした。たしかに寂しさはある。だが、それはいまに始まったことではない。戦争のさなかにメリッサに求愛し、ついに彼女の心を勝ちとったときのジョーはまだ若かった。自分でも驚くほどの情熱でメリッサ・ローズを愛した。スカートが大きく広がる服を着て、官能的に腰を振って歩くメリッサがどれほど美しかったか。それにメリッサはジョーによく似て、虚飾も欺瞞《ぎまん》もない、心の内を率直に表す女性だった。

最愛の妻を亡くしたあと、悲しみに溺れずにすんだのはこの仕事のおかげだ。慈悲深くも医療部門が、メリッサが死んだテキサスから遠く離れたルイジアナの再建任務に彼を送ると、ジョーはそこで必要以上に危険をおかし、黄熱の患者を診る仕事にもためらわずに志願した。正直に言えば、蚊が繁殖する季節にミシシッピ川沿いで発生するこの感染症にかかろうとかまわなかったのだ。実際に黄熱にかかったときには、ほっとしたくらいだ。だが、ジョーは生き延びた。

プラット方面軍への異動には少佐への昇進がついてきたが、本当はあまり気が進まなかった。経歴を考えればこの昇進は遅いくらいだったが、どんな階級で、どこで働こうとどうでもよかった。ジョーはいつものように命令に従い、その結果、いくつか砦を渡り歩くことになった。新たな任地へ赴くたびに、友人や知り合いが、将校の夫を見つけるため西部へやってきた妹や親戚の娘たちと彼を結婚させようとしたが、断りつづけていると、しだいに放っておいてくれるようになった。

ジョーは着替えをすませ、ゆっくり病院に向かった。珍しいことに、今日はほとんど風がない。冷たい空気にはまだ冬の名残があるが、昨日は空耳に思えた小鳥の鳴き声が、今日ははっきり聞こえる。コートを忘れたことも、砦の交易所を通りすぎてようやく気づいたくらいだ。

子どもたちの声がして倉庫のほうに目をやると、スザンナが生徒と一緒に外に出て、スカートを揺らしながら縄跳びをしていた。金色の髪がたちまち崩れるのが見える。何本ピンを使っても、豊かな巻き毛をしっかりと留めるのはたぶん無理だろう。それを指に巻きつけたときの感触を思い出すと、決して衝動的な性格ではないジョーの胸に、自分も縄をまわすか、スザンナと一緒に縄を飛びたいという衝動がこみあげてきた。

ジョーはごくりと唾を呑みこみ、もう一度呑みこんだ。そして自分がスザンナ・ホプキンスを愛していることを認めた。スザンナはこれまで出会った誰よりも勇敢な女性だ。少しまえ、ジョーは自分の気持ちをそれとなく伝えたが、すぐに引っこめてしまった。今朝も、彼女の目から光が消えるのもかまわず、もう夜を一緒に過ごすのはやめようと言ったばかりだ。この提案は適切なものだったかもしれない。だが、いまは任務も、何が適切かも忘れて、愛する女性と縄跳びに興じたかった。

美しく、勇敢で、いつも心から笑う女性があそこにいる。一緒にいるときの気持ちがよみがえり、ジョーは思った。スザンナはぼくにも勇敢さを与えてくれる。ぼくを笑わせてくれる。メリッサはすでに去り、少なくともこの世には二度と戻ってはこない。だが、ぼくはまだ生きている。

新たに愛しはじめた女性を見ながら、ようやくジョーは気づいた。自分が妻の死を嘆いて人生を無駄にしたら、メリッサはきっとひどく悲しみ、失望するだろう。

うなじを暖めてくれる陽射《ひざ》しを楽しみながら、ジョーは少しのあいだそこに立ち、年少のクラスの子どもたちを見ていた。クロディーヌの服から作ったにちがいない、可愛《かわい》い赤いコートを着たマディがいる。エディ・ハンラハンの姿もある。

ジョーは地面に目を落とした。まもなくたんぽぽが黄色い花を咲かせるにちがいない。メリッサを失って以来、ジョーは初めて春が訪れたことをはっきりと認識した。心でそれを感じた。

クロディーヌ・ウィルビーは砦から八百メートル北にある軍の墓地に埋葬された。マディを真ん中にはさんだラティガン夫妻と一緒に墓地へ向かったスザンナは、途中で小さな手が自分の手をつかむのを感じた。驚いて見下ろすと、エディ・ハンラハンが立っている。

「エディ、ありがとう、マディのお母さんの埋葬に来てくれたのね」スザンナは少年のそばに膝をつき、マフラーをコートにきちんと入れてやった。「お母さんは知っているの?」

「お母さんが、行ったほうがいいって。マディは友達だもん」

砦の交易所に着くころには、年少生徒全員がスザンナに加わっていた。母親と来ている生徒もいれば、ひとりで来ている生徒もいた。将校通りの住民はひとりも来ないと思っていたが、ルーニーの手を引いたケイティ・オレアリーの姿もあった。

「メアリ・ローズはエミリーにあずけてきたの」ケイティは言った。「ルーニーにせがまれたのよ」

思ったとおりジョーも顔を見せ、スザンナの隣に立った。自分では動いたつもりはないのに、ふたりの腕はすぐに触れあっていた。マディを見ると、ラティガン軍曹に抱かれ、軍服のコートのなかに顔を埋《うず》めて小さな肩を震わせている。

スザンナに泣くつもりはなかったが、ジョーがハンカチを用意していた。

「信じてくれ、クロディーヌはこれ以上苦しまずにすんでよかったんだよ。マディにとっても。いまはまだ、それがわかるには幼すぎるかもしれないが」

「あなたにとっては、ジョー?」

この質問は、無意識に口をついて出ていた。ジョーが驚いた顔をしたが、自分でも驚いた。これまで彼を名前で呼んだのは、ふたりでいるときだけだった。しかも、自分には直接関係のないことを訊くなんて。この答えは知りたかったから、関係ないとは言えないかもしれないけれど。

ジョーは答えるまえに少し考え、それから口元に笑みを浮かべた。それを見て、心を囲んでいた壁の残りが崩れるのをスザンナは感じた。墓地にいるのに微笑むのは不謹慎だと言う人もいるかもしれない。でも、愛する人の笑顔に比べれば、無視や憎しみ、屈辱や悲しみなど取るに足らない、ささいなことに思えた。

「ぼくにとっても、そのほうがよかった。マディとちがって、ぼくは結末を知っていたからね」

ジョーはあっさりそう言うと、牧師でもある第九歩兵師団H中隊の伍長《ごちょう》に目をやった。伍長は詩篇《しへん》二十三篇と、ヨブ記からの〝人が生まれて苦しみを受けるのは、火の粉が上に飛ぶにひとしい〟という一節を読んだ。

「クロディーヌも苦しみを背負った女性だった」ジョーがささやいた。「考えてみると、ぼくらは誰も、まったき善でも、まったき悪でもない」

「あなたはまったき善だと思うわ」スザンナはこれまで自分を縛りつけていたあらゆる恐れ、用心を振り捨て、思うままを口にした。

ジョーの目が、思わずあとずさるほど強くきらめいた。無鉄砲すぎただろうか？　ジョーが再び近づく。ほんの少しの距離だったが、スザンナの心臓が激しく打ちはじめた。空気が冷たいから誰かに気づかれる恐れはないが、きっと顔が赤くなっているにちがいない。

「まったき善? まさか。きみがマディと到着するまえは、フィフィに見惚《みほ》れていたんだ」ジョーはそう言って牧師に目を戻した。厳《いか》めしい軍人そのものといった顔で。

笑いがこみあげ、スザンナはうつむいて鼻梁《びりょう》をぎゅっとつまみ、必死にこらえた。顔を上げたときには、完全に落ち着きを取り戻し、ジュール・エコフェとアドルフ・クニーにはさまれて立っている四人の女性に目をやった。フィフィを見分けるのはたやすかった。

「誰かがあなたの目玉を取って、松根石鹸《せっけん》で洗うべきね」スザンナは小さくつぶやいた。

今度笑いをこらえるのはジョーの番だった。

葬儀が終わるころには風が出てきて、去年の秋のハコヤナギの落ち葉が舞いはじめた。いつのまにか手を離れていたエディを捜すと、ルーニーと一緒にケイティ・オレアリーと手をつないでいる。ケイティはスザンナをジョーと残し、ふたりの子どもを連れて歩きだしていた。スザンナはジョーが差しだした腕を取った。

「明日の夜は病院で読み聞かせる日なの。でも、本がないのよ。『若草物語』の第三巻は先週読みおえてしまったんですもの」

ジョーは首を振った。「いや、今週の読み聞かせは無理だな。いつ負傷者が運ばれてきてもおかしくない。凍傷にかかった兵士も多いはずだ。アルがフェッターマン砦の外科医から、まもなく負傷者が来るという警告の電報を受けとったんだ。少なくとも、ひとりかふたりは手や足を切断しなくてはならないらしい。ここ数日は病院へ来ないほうがいい。

ぼくは病院に泊まることになる」ため息をついて続けた。「このまえの戦争のときは徹夜も苦にならなかったが。歳《とし》をとったんだろうな」

スザンナはふと思いついて、赤くなりながら頼んだ。「あなたが病院に泊まるなら、何日かお宅のベッドを貸してもらえないかしら？　エミリーのもとにはリース大尉が戻ってくるし、お隣にもオレアリー大尉が戻ってくる。わたしは薄い壁を隔てて二組の夫婦にはさまれることになるの」

スザンナの言葉に、ジョーは頭をのけぞらせて笑った。「いいとも、拙宅をきみに提供するよ！　ぼくは病院の簡易寝台で仮眠をとる。熱々のおふたりさんたちに二、三日たっぷり楽しませてあげるんだな」そこで考えこむような顔になった。「ここそ裏口から出入りするのはいやだろうが、堂々と表から入るわけにもいかないだろう。きみがぼくの家にいるのを見た連中が理解してくれるとは思えない。裏口から、就寝ラッパのあとで、だ」

スザンナは言われたとおりにした。翌日の午後、騎兵隊がララミー砦に帰還し、ベネディクト一等兵は授業を早めに切りあげた。モーヴは、あんな陰気な帰還は見たことがないと口にした。スザンナはラティガン家で夕食をとり、マディが手際よく食卓の準備を整えるのを見て感心した。食卓の真ん中には、春を告げるたんぽぽの花がティーカップに入れて飾られていた。

「戦いはうまくいかなかったのね？」モーヴが、帰宅ラッパのあとで帰ってきた夫に尋ねた。

軍曹は暗い顔でうなずいたが、マディがコートを受けとろうと両手を広げると、顔をほころばせた。マディが重さによろめきながら、コートを寝室へ持っていく。

「マディはきみの助けになってるね、モーヴ」軍曹は妻にキスし、さきほどの問いに答えた。「ああ、うまくいかなかった。神よ、騎兵隊にお慈悲を。噂《うわさ》では、クルック将軍はレイノルズ大佐ともうひとりの将校を、怠慢やずさんな戦いぶり、そのほか凍傷以外に思いつくありとあらゆる罪で軍法会議にかけたがっているそうだ。騎兵は死に、戦場に残された者もいるというのに、北の放浪者はまだ自由にうろついている。しかも、いまやシャイアン族がスー族と手を組んだ」軍曹は首を振った。「夏の遠征では、さぞ機嫌が悪いことだろうな」

スザンナはつぶやいた。「なんの責任も負わずに監督するだけで、不満を口にできる立場にいるのは気分がいいでしょうね」

ラティガン軍曹は深くうなずくと、居間に入ってきたマディを抱きあげた。「それで、ぼくのレディは元気かな？」

ええ、あなたのレディたちはふたりとも元気よ。そう思いながらリース家に戻ると、こちらでは泥だらけで髭面《ひげづら》の大尉がエミリーを抱きしめていた。今夜どこに泊まるか告げても、ふたりともまったく異議を唱えなかった。スザンナは低い声で笑いながら、できるだけ影づたいに二軒先に移動した。

ジョーは灯りをつけておいてくれた。居間のストーブには石炭が真っ赤に燃え、キッチンには器いっぱいの干し葡萄《ぶどう》と、〝これをどうぞ。ぜひとも食べてくれ！〟というメモが置いてあった。スザンナは器を膝にのせ、靴を脱ぎ捨てて、ちょうどいい具合に体が沈むジョーの肘掛け椅子に座った。書棚のよれよれになった『ああ無情』を開き、まぶたが重くなるまでそれを読んだあと、ジョーのベッドから毛布を持って居間に戻り、今度は荷箱の寝椅子に心地よくおさまった。ストーブはまだ熱を発散している。ジョーのベッドにひとりで寝たら、きっと悲しくなるにちがいない。

砦が寝静まり、歩哨《ほしょう》が持ち場についたあと、スザンナはもう二晩ジョーの家で過ごした。朝早くから夜まで教える忙しい一日のあとで、ひとりになれるのはありがたかった。いつもよりぐっすり眠ったらしく、三日めの朝には、毛布にピンでメモが留めてあった。「ジョー、あなたは音をたてないのね」つぶやいてそのメモを開く。

〝今夜は病院へおいで、おねむさん。患者を笑わせるのにお誂《あつら》え向きの本がある〟

その夜、病院のドアを開けると、いつもよりきつい石炭酸のにおいが鼻をついた。十二床しかない病室はいっぱいらしく、廊下に簡易寝台がふたつ置かれ、そのまわりに仕切りが立てられていた。スザンナがしばらく廊下に立っていると、染みだらけのエプロンをつけたジョーが出てきた。

　ジョーを見たとたん、スザンナは顔を曇らせた。ひどく疲れた目をしている。仕切りのひとつを動かしているハートサフ大尉も、同じように汚れたエプロンをつけ、同じように疲れ果てた顔をしていた。

「ふたりとも、少しでも眠ったの?」スザンナは低い声で尋ねた。

　ふたりは顔を見合わせ、揃《そろ》って肩をすくめた。

「たぶん」ハートサフ大尉が言った。「でも、思い出せないな。ぼくが残ってもいいですよ、ジョー」

「いや。ぐっすり眠って明日の朝交代してくれ。これは命令だぞ、大尉」ジョーは両手をこすった。ずいぶん肌が荒れている。「さっさとベッドに潜りこめ」

　ジョーは眠そうな目をしながら、スザンナを病室に導いた。もちろんベッドはみなふさがっている。「偽膜性咽頭炎、気管支炎、凍傷の患者だよ」ジョーはささやいた。「廊下の患者は脚を切るのが少し遅すぎた。フェッターマン砦の契約医が手術してくれていたら……。手は尽くしたが、たぶん死にかけている。だから、ぼくは彼のところへ行かなくてはならない」

　それから患者が聞こえるように声を高くし、スザンナを病室の真ん中に連れていった。

「さあ、夫人が来たぞ、諸君」彼はエプロンのポケットから本を取りだし、得体の知れない汚れをいくつか拭った。なんの汚れかは訊かないほうがよさそうだ。「これを読んでやってくれないか、スージー。こいつらには聞く資格がある」

　意識のはっきりしている男たちが何人か、力なく笑った。スザンナは椅子に座り、その本を見た。マーク・トウェインの『西部放浪記』だ。

「では、みなさん、読みますよ！　あなた方の軍医は、ふけ症から外反母趾《がいはんぼし》まで、読み聞かせがあらゆる病の特効薬だと思っているみたいだから」低い笑い声が起こり、スザンナはにっこり笑って咳払《せきばら》いをした。「第一章。〝わたしの兄が先ごろネバダ準州の秘書官に任命された。秘書官といえばたいした要職だ。その職務と威光といったら……〟」

　そのまま、短い一章の終わりまで読み、そこでひと息入れると、すでに眠っている患者もいた。起きている者の目を見れば苦痛に耐えているのがわかる。彼らの半分にさえ自分の声が聞こえているかどうか疑わしいが、それでも、読み聞かせのときの年少の生徒たちと同じ満ち足りた表情を浮かべている。

　一章がとても短かったので、スザンナは二章を読み、それから駅馬車の旅とラクダが出てくる三章も読んだ。そこでひと息つき、病室を見まわすと、全員が眠っていた。

「よかった。大成功だわ」スザンナはつぶやき、すばやくページをめくって、低い笑い声をもらしながら章タイトルをいくつか読んだ。と、黄色い紙が膝から落ちた。

　何気なくそれに目をやり……もう一度見直した。「ジョー、これは……？」

その紙にはジョーの筆跡で、〝スージー・ランドルフ〟と書いてある。顔に血がのぼって、スザンナは頬に手をあてた。ジョーがいちばん隠しておきたい秘密をのぞき見したような後ろめたい気持ちに駆られながら、その下に目をやる。どうやらフランス語の練習用文章らしい。スザンナは少しほっとして、薄暗い病室で目を凝らした。ジョーが英語で書いた文を、誰かがフランス語に直したようだ。ジョーの筆跡のほかに、異なる筆跡がふたつ。ひとつは美しく、もうひとつは蜘蛛《くも》の脚のようだが、かろうじて読める。

いちばん上の、〝スージー・ランドルフ〟の下はジョーの字だった。

ジョーが尋ねる。「きみを想《おも》っている、はなんて言う？」

「ジュ・モキィプ・デュ・ヴ」スザンナはさらに赤くなりながらつぶやいた。これくらいなら、美しい文字を読む必要もない。

次の行には英語で〝もっと真剣な気持ちのときは？〟と書かれていた。蜘蛛の脚のような字が〝ジュ・テーム〟と綴《つづ》っている。

　息を止めるようにして読みあげた。「〝きみはぼくを愛してる？　そう訊きたいときは？〟」スザンナは低い声で言った。「わたしに訊いてくれたら、教えてあげるのに」

「必死に覚えたフランス語を使わないとね。きみはぼくを愛してる《エスク・チュ・メーム》？」

　驚いて顔を上げると、ジョーが後ろから覆いかぶさるようにかがみこんでいた。

「ええ《メ》、もちろん《ウイ》」スザンナはそう答えた。

おそらく大敗を喫したパウダーリバーの遠征で負傷した兵士たちの手当をしながら、何度も何度も石炭酸で洗ったのだろう――肩に置かれた手の爪はぎざぎざだった。

「手につける軟膏《なんこう》を持っているわ」スザンナはささやいた。

「それをフランス語で言うのは、ぼくにはまだ無理だな」ジョーが耳元でささやき返す。

温かい息が耳をくすぐり、胸のあたりが熱くなって、その熱が下へとおりていった。「だが、そこにある次の文は覚えた。重要な文だから。フィフィが手伝ってくれたんだ。少し気分がいいときはクロディーヌも。ふたりとも、ぼくがしゃべると笑っていたが。クロディーヌが笑うのを見たときは、嬉《うれ》しかったな。どれ、ちゃんと覚えてるかな……ぼくと《ヴ・チュ》結婚《メ》してくれ《ブ》ますか《ゼ》?」

「ひどい発音。ふたりが笑ったのも無理はないわね」

「それより、返事は?」ジョーは椅子の横にひざまずいていた。「十年のあいだ何もなかったのに、わずか三カ月で、〝きみのことが心配だ〟から〝きみのことを想っている〟になり、〝真剣に愛している〟から、この最後の質問になった。裏にある死体置き場を除けば、患者でいっぱいの病室ほど無粋な舞台は想像できないが、ぼくは訊いた。きみの答えは? 英語でもフランス語でもかまわないよ」

スザンナは正面から彼を見た。ジョーはまださっきの汚れたエプロンをしているし、少なくとも三日間分の無精ひげを生やしている。「あなたなしで、どうやってこんなに長く生きてこられたのかしら？」スザンナは両手で彼の顔をはさみ、本が床に落ちるのもかまわずつぶやいた。

「きみは疑問を口にするんじゃなく、ぼくの問いに答えることになっているんだよ、おばかさん」スザンナの返事がすでにわかっているような、夫のような口ぶりだった。

「イエスよ」スザンナは言った。「どうか、お願い《シル・ヴ・プレ》」

18

まだ起きている患者もいたかもしれない。でも、スザンナはかまわずジョー・ランドルフにキスした。彼は疲労と石炭酸と名指しできないにおいがしたが、深く息を吸いこみ、この人のすべてが好ましいと思った。

眼鏡が少し邪魔になると、ジョーがつるを耳からはずして床に置き、ふたりはキスを続けた。愛《いと》しい人とのキスは、胸の痛みを取り除いてくれる。陸軍病院の病室では、そう頻繁に見つからない特効薬だ。うなじに添えたジョーの手は温かかった。唇が離れると、ジョーはスザンナの膝に頭を置いた。彼がどれほど疲れているかスザンナにはわかっていた。今回の危機だけでなく、ひとりで暮らすことに疲れ、求めて得られないことに疲れているのだ。同じ思いを抱えているスザンナには、それが手に取るようにわかった。

数分後、ジョーはようやく立ちあがり、スザンナに眼鏡を渡すと、手を引いて立たせた。そして肩に腕をまわし、静かな病室から出ていった。ちらっと見ると、廊下の衝立《ついたて》は片付けられ、ベッドには誰もいなかった。

ジョーはスザンナの肩を抱いた手に力をこめた。「今月の半ば、シャイアンに行くためにきみが二週間休みをとったら、ベネディクト一等兵は異議を唱えるだろうか？　そのころには、ここにいる患者のふたりはラッセル砦《とりで》まで送っていけるほどよくなっているはず。ぼくが付き添って救急馬車で向かうんだ。ぼくがひどい夫にならないと判断したら、きみも一緒に来てほしい」

「一緒に行くわ」

「噂《うわさ》では軍法会議が開かれるそうだよ。今回の遠征でクルック将軍がつるしあげる、最初の犠牲者だな。おそらくぼくはその会議に列席しなくてはならない。退屈な任務が始まるまえに、治安判事を見つけるとしよう。ぼくの疲れた尻が毎晩ホテルに戻ってくるのを待つあいだ、きみが退屈しないといいんだが。どう思う？　女性が夢見るハネムーンとはほど遠いが、それが軍隊だ」

「わたしの理想はそれほど高くないわ」

ジョーは低い声で笑った。「いいことだ。もうぼくのキッチンを見ているし、でこぼこのベッドも知っている」

「どちらもすてきよ」

「実を言うと、ぼくもそう思う。心変わりするならいまだよ」

疲れた目に精いっぱいのきらめきを宿し、ジョーが返事を待っている。スザンナは彼にキスした。

「心変わりなんてしない」スザンナはためらい、彼を見つめた。「でも、ひとつだけ」

「ぼくの王国の半分はきみのものだ。その範囲でならなんでも言ってくれ。いまは寛容の精神などかけらもない姉たちが居座ってるが、バージニアにある農園はぼくのものなんだ。戦争のあと南部へ行った北部の役人たちに、税金もたっぷり払ってる」

「できれば、トミーが見つかったら、わたしに……育てる権限があるかどうか弁護士に訊《き》きたいの」

「シャイアンで弁護士を見つけよう。トミーのいるべき場所はきみのそばだ」

ジョーの静かだが確信に満ちた声は、スザンナが丘をおり、寝静まったリース家に入って自分のベッドに行くあいだも、ずっと耳のなかに留《とど》まっていた。結婚式には、手持ちの服のうちどれを着たらいいだろう？　スザンナは眠くなりながらそう思い、暗がりで微笑《ほほえ》んだ。どうせみなみすぼらしいのだから、できるだけ袖がチョークの粉で汚れていない服にしよう。

二週間後、ふたりはシャイアンで結婚した。ふたりがどちらも三十歳を超え、どちらも結婚の経験があるにもかかわらず、式を挙げた治安判事は恥ずかしそうなスザンナと照れているジョーに好感を持ち、ふたりがお互いに夢中なのも微笑ましいと思ったようだ。治安判事はそれくらい簡単に見抜くのだ。

少なくとも、主治医としてジョーが作成し、メリッサの死後に届けでた証明書を調べながら、判事はジョーにそう言った。そのあと判事は、ジョーのときよりもさらに時間をかけて、スザンナが前婚を解消したときの書類の束を調べた。ありがたいことに、離婚についてはいっさいコメントせず、こう言った。

「少佐、奥さんをシバの女王のように大切にすることだ」治安判事は式を挙げるため、堅苦しい黒いフロックコートに袖を通しながら言った。「ワイオミング準州では女性は希少な存在だ。まもなくきみの奥さんになる女性のように美しい人は、さらにまれだぞ」

「軍が許してくれるかぎり、優しくします」

治安判事はこの嘆かわしい答えにたじろぎ、黙って軍医を見た。「少佐、最初の結婚はよい結婚だったかな?」

「はい。短すぎたことを除けばひとつも不満はありません」

「では、今度もよい結婚になるだろう。結婚とはそういうものだ」

ふたりは完璧に理解しあってうなずいた。

スザンナのことはすっかりわかったつもりでいたものの、深緑の服を着て治安判事の家の客間にいるスザンナのあまりの美しさには意表を突かれた。あの服は、たしかケイティ・オレアリーが一年まえ、自宅で催した夕食会に着ていたのではなかったか? しかも、繊細なレースの襟はその夕食会の二年まえ、バート夫人が下士官のクリスマスパーティでつけていたものにそっくりだ。ペイズリー柄のショールはモーヴ・ラティガンのものだった。

「みんながきみを飾りたてたようだな、ホプキンス夫人」隣に並び腕を差しだしながら、ジョーは言った。「今夜の寝間着はフィフィが貸してくれたのかな?」

スザンナはちらっと目を伏せ、それから流し目をくれた。「少佐、寝間着など用意していないわ」

この答えに言葉を失ったジョーは〝誓います〟と言うのがやっとで、新妻はずっと隣で笑いをこらえていた。

再び外の通りに出るころには、ジョーの衝撃もだいぶ和らいだ。「きみはちっともはらどきどきしていないようだな」

スザンナは優しい目で彼を見て、少し身を寄せた。「少しまえに、あなたは胸の痛みを癒やす話をしてくれたでしょう? わたしたちもついさっき、胸の痛みを癒やしたのよ」

ふたりの男が通りすぎ、スザンナは声を落とした。「愛しているわ、ランドルフ少佐。二度と誰かを愛することはないと思ったけれど、間違っていた」彼の腕を叩《たた》く。「あなたは心を決めるのに好きなだけ考えていいのよ。でも、わたしの心はもう決まっているの。さてと、弁護士の事務所はどこ?」

弁護士は両手の指の先を合わせて、黙ってふたりの話を聞いていた。ふたりが話しおえると、質問事項を書きだし、椅子の背に背中をあずけて、そのリストをしばらく見つめた。

「ランドルフ夫人、あなたの知るところでは、いまや故人である元ご主人には、生存している親戚はひとりもいないのですな」

「ひとりもいません」

弁護士はふたりに微笑みかけた。「でしたら、親権に関する裁判所の判断は、フレデリック・ホプキンスの死により無効になる。介入を許されたべつの当事者がいるという証拠はどこにもありません。息子さんが見つかることを願っていますよ。少なくともおふたりのどちらかがカーライルに戻り、町の警察に相談なさることをお勧めします。少年が煙のように消えることはありませんからな」

「たしかに、子どもが煙のように消えることはないな」ジョーはホテルに戻りながらつぶやいた。「ニックが関わっているにちがいない」

「どこの誰かもわからないのに、お金を持っていったニックのことをずいぶん買っているのね」

通りでこんなことをするのはあまり褒められたものではないが、ジョーはスザンナを抱き寄せた。「なぜかわからないが、ニック・マーティンは信頼できる気がする。最初からそうだった。何を頼んでも、彼はぐちひとつこぼさずにやってくれた。きみのこともずいぶん気にかけてくれたじゃないか」スザンナの眉間のしわを指先でなでる。「いまはぼくがきみの守護者だ」

その夜、ホテルの食堂で、ふたりは少し気恥ずかしい沈黙のうちに、マッシュポテトとグレイビーつきのローストビーフ――政府支給の牛肉よりはるかにおいしい――を食べた。「きみもこんなにうまいグレイビーを作れるかい？」とうとうジョーが質問で沈黙を破った。「マッシュポテトも？」

「もっとおいしく作れるわ」スザンナはそう言って低い声で笑った。「ジョー、わたしが作るものはなんであれ、これまであなたが食べてきたものよりはるかにましよ」そこで身を乗りだす。「寝間着の話は嘘。ちゃんと持ってきたわ。ただの古いフランネルだけど」

何度も洗濯して色褪《いろあ》せた、フランネル生地の寝間着だった。いつもつけているコルセットとペチコートがないせいで、スザンナはふだんより小さく、繊細と言ってもいいほど華奢《きゃしゃ》に見える。だが、見かけはあてにならない。スザンナは髪を編もうとしたが、ジョーはそれを止め、膝にのせて髪をとかしてやった。乾いた空気で静電気が起こり、顔のまわりに金色の光雲が生まれる。そっと眼鏡をはずし、それをベッドの脇の小卓に置いて、目の下のくぼみに触れた。

「この目は何が見える？」

「ほとんど見えないの。ぼんやりした形だけ」スザンナはきちんと躾《しつ》けをされたレディらしく、両手を重ねて膝に置いていた。「お医者さまは、これ以上は何をしても無駄だとおっしゃったわ」

「たぶんそのとおりだろうな。レンズで矯正しても、たいしてちがわないんだね？」

「わたしにわかるちがいはないわ」スザンナはジョーの胸にもたれながら打ち明けた。「ただ、お医者さまが矯正レンズの眼鏡を作るのが嬉《うれ》しそうだったから、反対しなかったの」

「つまり、眼鏡をかける必要はない？」

「たぶん」

「だったら、むしろかけないほうがいい。目が疲れたときだけかければいいよ」

「わかったわ、先生」

ジョーは唇を近づけた。今夜はイエスとノーのどちらだい、ランドルフ夫人？」

「ハレルヤはどう？」

ジョーはスザンナの腰をつかみ、芳《かぐわ》しい髪の香りを吸いこんだ。そのやわらかさと同じくらい心をそそる。スザンナも両手をジョーにまわしてキスしてきた。スザンナと愛しあうのは、メリッサのときとどうちがうだろう？　ちらっとそんな思いが頭をよぎった。メリッサは背が高く体格もよかったが、スザンナは異なる。ジョーはできるだけ優しくしようと決めた。まえの夫フレデリックは、おそらく酔っていようと素面《しらふ》だろうと、細やかさなど持ちあわせない男だったにちがいない。キスを交わしていると、スザンナも同じくらいこちらを求めていることに気がついた。

寝間着はどこへ行ったのかわからぬうちに消えていた。おそらくジョーの夜着と同じところに投げ捨てられたのだろう。体が重なったとたん、素肌の感触がめくるめく興奮をもたらした。金色の髪を両手で後ろになでつけながら、ジョーは喉に、胸に、キスの雨を降らせた。スザンナがもだえ、彼の名をつぶやきながら腰を上げる。そして愛のダンスが始まった。ジョーはその振りつけを忘れていなかった。スザンナも同じだ。ふたりの息が荒くなり、動きが激しくなったが、スザンナの手は彼の背中を優しく愛撫《あいぶ》していた。この愛撫はジョーの猛《たけ》りたつ欲望をなだめると同時に煽《あお》った。ああ、両側の部屋にも予約を入れておくべきだったかもしれない。強烈な快感が押し寄せ、その思いを最後に理性が吹き飛んだ。ララミー砦の自宅が一戸建てで、隣の家と接していないのはありがたいことだ。

スザンナもジョーの直後に昇りつめ、彼の胸のなかに吐息をもらしながら両脚をきつく巻きつけた。いまや汗ばんだ両手でまだジョーの背中をなでながら、とても優しくキスする。ジョーは少しのあいだそのまま重なっていたが、やがて両肘をついて上半身を持ちあげ、深く呼吸した。スザンナもジョーを放そうとはしなかったから、ふたりはまぶたが落ちてくるまでひとつになったままだった。

ジョーは襲い来る眠気と闘った。男の体は性交のあと眠って体力を取り戻すようにできているとしても、いまは眠りたくない。

ようやく動くと、スザンナが言葉にならない声を発した。スザンナの脚はまるで骨が消えたようにぐったりしていたから、動くこと自体は難しくなかった。ジョーはすっかり満ち足りて、愛する妻のかたわらに寄り添った。体を拭いたほうがいいのはわかっているが、立ちあがる気になれない。

スザンナのほうが実際的だった。すぐに体を起こし、猫を彷彿《ほうふつ》とさせるしなやかな動きで大きく伸びをすると、ホテルが思慮深くも用意してくれた洗面器と水差しのほうに裸足《はだし》のまま歩いていった。ジョーは一糸まとわぬ後ろ姿を惚《ほ》れ惚《ぼ》れと眺め、肩からヒップにかけてのなだらかな線に目を奪われた。興味を覚えて見ていると、スザンナは体を拭いてから、温かい布を持ってベッドに戻ってきた。ジョーは受けとろうと手を伸ばしたが、スザンナが体を拭いてくれた。

「甘やかすと、あとが困るぞ」

「いいえ、交代でやるのよ。わたしとあなたは平等な関係ですもの」

ジョーはうなるような声をもらし、スザンナをはがいじめにした。

スザンナは笑って言った。「わたしたちの関係は対等だと、最初から知っておいてほしいの」

「そうだな」すぐにジョーは同意した。「だったら、きみも楽にしたらどうだ？　そう、そんなふうに」

スザンナはジョーの胸に頭をのせ、片脚を彼の体にかけた。ジョーの腕が自然に妻の体にまわる。しびれるまえに動かさなくてはならないのは経験からわかっていたが、それはまだ先のことだ。スザンナの体をじかに感じるのはなんともいえず心地がいい。科学の謎のひとつは、男に比べて女の体がとてもやわらかいことだ……。

「満足した？」

「訊く必要があるかい？　たぶん法律で定められた限界を超えたと思うな。きみはとても……刺激的だ」ジョーは汗ばんだ頭にキスをした。「砦の宿舎にあるぼくのベッドはあまり寝心地がよくないが、配置換えがあるまではあれで我慢するしかない」

「さもなければ、パリに行くまでは」

ジョーはにやりと笑ってからかった。「さては外国へ行きたいからぼくと結婚したんだな」

スザンナの答えは、ジョーの背筋が伸びるほど真面目だった。「結婚したのはあなたを愛しているからよ。いつそうなったかもわからないけど」

「ぼくは、きみが縄跳びをしているのを見て、一緒にやりたいと思ったときかな。ああ、ばかげているのはわかっているよ」

スザンナがジョーの名前をつぶやく。スザンナはぼくといると安全だと感じるのだ。そう思うと、おおらかで優しいジョーの気質のなかに、守りたいという強い思いがこみあげてきた。メリッサがそうだったように、スザンナも大切に守るべき妻だ。
スザンナは長いこと黙っていた。だが、眠っているわけではない。胸の上で瞬《まばた》きする
たびにまつげが動くのを感じる。
「なんだい、愛するスージー」ジョーはとうとう尋ねた。
「我慢しているんだけど……わたしはたいてい泣きながら眠るし、泣きながら目を覚ます
のよ。トミーのことを思うと涙が止まらなくなるの。いまはどこにいるかさえわからない
んですもの……」
ジョーは胸が濡《ぬ》れるのを感じながら妻を抱きしめた。「きみの気持ちはわかるよ。秘密
を教えてあげようか。メリッサが死んだあと、ぼくも長いこと泣きながら眠ったんだ。涙
には慣れている」
スザンナは涙が止まると体を起こし、ジョーを見た。小さな優しい手が顔に触れ、鼻や
唇をたどり、喉へとおりていく。ジョーはほとんど息を止めていた。スザンナは鼓動を確
かめるように、片手を胸にあてた。実際、確かめていたのかもしれない。その手はお腹に
移り、名残惜しそうに下半身に留まってから、脚を這《は》いおりていく。足の裏をくすぐられ、
ジョーはたまらず笑いだした。
「きっといい奥さんになるわ。メリッサにはなれないけれど、いい奥さんになる」

ジョーの目にも涙がこみあげてきた。悲しみの涙でも、メリッサを恋しがる涙でもない。自分は世界一幸運な男だという確信がもたらした喜びの涙だった。スザンナにその気持ちを告げたかったが、言葉で伝えても信じてもらえないかもしれない。言葉だけの約束はたくさん聞いてきたはずだ。これから生涯をかけて態度で示すとしよう。

「きみはもういい奥さんだよ」ジョーはささやき返した。「眠ったほうがいい。夜中に起こすかもしれないから」

「わたしのほうが先かも。言ったでしょ。わたしたちは対等だって」

真夜中、ジョーはスザンナに起こされた。

それからほぼ一週間後、まだシャイアンに滞在しながら、スザンナはこう思っていた。これまでのところ、ジョー・ランドルフと結婚していちばんありがたいのは、何が起ころうと、どんな困難に出くわそうと、ひとりではないと感じられることだ。

結婚して迎えた初めての朝、スザンナが泣きながら目を覚ますと、ジョーはこのまえの戦争で覚えたにちがいない卑猥《ひわい》な歌を口ずさみながら、抱きしめてくれた。あまりにもみだらな歌詞に、スザンナはショックを受けて息を呑《の》み、果ては笑いだしていた。

「韻くらいは、どんなに想像力の乏しいやつでも踏める」ジョーは軽口を叩いた。「だが、オハイオの連隊には、きわどい語彙と鮮やかな想像力のある農場連中がたくさんいたんだ」彼のまなざしに悲しみがにじんだ。「もっとたくさん助けられればよかったんだが」

「助けられる人は助けたんでしょう?」

「ああ」

ジョーが責任感の強い男性だということはもうわかっているが、ラッセル砦で開かれている軍法会議――パウダーリバーでの戦いで、クルック将軍に糾弾された大尉がつるしあげられている――に出かけるため、毎朝、いかにもいやそうにのろのろとベッドから出るのを見るときは、笑わずにはいられなかった。

「凍るように寒い朝、コーヒーを沸かすために部下を馬からおろすことにしたあの気の毒な大尉に、なぜ陸軍が制裁を加えなくてはならないのか十五分間聞かされるより、きみのすてきなくるぶしを二時間眺めているほうがずっとましだ。大尉の決断は、戦いの結果にはなんのちがいももたらさなかったんだ。ぼくは大尉の説明に納得した。ぼくらはみな納得した。軍法会議の列席義務などくそくらえだ」ジョーはある晩、スザンナのむきだしの膝に頭をのせて横たわりながらそう言った。

毎朝スザンナはジョーに仕事を思い出させ、彼のぐちに笑って部屋の外に送りだしてから、一、二時間眠った。軍法会議のさなかのハネムーンは、意志の弱い人間には向かない、とスザンナは思った。少なくとも、ほとんどの意志の弱い人間には向かない。スザンナはとくに何もせず、のんびりと前夜のことをベッドで考え、廊下の先にある浴室で長いこと過ごし、これから訪れる夜のことを考えた。ジョーには愛撫の才能がある。女の体についてよく知っているからかもしれない。

午後は、もう少し有意義なことに時間を費やした。シッペンズバーグの叔父に、トミーを捜す努力を続けてほしいと頼む手紙を書くのもそのひとつだった。

ジョーは〝ペンシルベニア、イリノイ、アイオワ、ネブラスカの新聞に、尋ね人の広告を出してはどうか〟と提案した。シャイアンに来る方法を記し、濃い金色の髪に褐色の瞳、目の下にほくろがある、背の高い十二歳のトミー・ホプキンス少年に関する情報を求めればいい、と。これはよい考えだった。

ある晩、ふたりとも満足して横たわっているときに、スザンナは尋ね人の広告の下書きを読んで聞かせ、ニック・マーティンの描写のところで言いよどんだ。「聖パウロのことは書かないほうがいいわね。さもないと、いくらお金を払っても、どの新聞も載せてくれないと思うの」それから、半分眠っている夫を皮肉った。「ジョー、あなたはこのあたりでいちばん満足している男にちがいないわね」

「だろうな」彼は従順に答えた。「軍法会議に列席している誰よりも幸せなことはたしかだ。毎朝、満面の笑みで法廷に入るから、いまでは全員に憎まれているよ」スザンナのうなじにキスして、肩越しに下書きをのぞく。「長身で、無口で、暗褐色の長髪。ニックに関してはそれだけでいいだろう。ニック・マーティンという名前はぼくらがつけたものだし。本名はなんなのかな?」

翌日、書きあげた尋ね人の広告をスザンナが持ちこむと、編集者はそれをペンシルベニアやほかの州に送ると約束し、同情するような目を向けた。「息子さんですか?」

スザンナはうなずき、つい涙ぐんでいた。できるだけ急いで新聞社を出ると、枝が伸び放題の木がある公園で、一時間ばかり鳩《はと》に餌をやって過ごした。もう五月に近いとあって顔に降り注ぐ太陽が暖かい。

ホテルに歩いて戻る途中、急にララミー砦に帰りたくなった。ジョーに料理を作って、毎日できるだけ苦しみや悲しみを味わわせないようにしてあげたい。倉庫の学校で生徒たちを教えたい。父親たちがモンタナ領へ遠征に出て夏の戦いを始めるまえの、学年の終わりに発表会を計画しているが、そろそろその準備にもかからねばならない。暗唱や朗読、劇をやるのもいいかもしれない。計画を立て、仕事をこなし、夫を愛して、トミーのことは毎朝のひとときと夜のひととき以外、できるだけ心配しないようにしよう。

スザンナはようやく心が落ち着いた。わたしには、自分もたくさん悲しみを抱えているのに、毎晩慰めてくれる優しい夫がいる。彼に抱かれて眠れるいまの境遇に感謝しなくては。そう思うと笑みが戻った。

戻ったホテルの部屋では、驚いたことにジョーが待っていた。公園で少し過ごしたおかげで、取り乱した姿を見られずにすんでよかった。しかしジョーのことだ、たぶん落ち着いた外見の下の苦悩を見抜いているだろう。

「新聞社にひとりで行くのはつらいんじゃないかと思ったんだ」ジョーは読んでいた新聞をおろし、両手を広げた。

スザンナは彼の膝に座った。「どうしてこんなに早く帰れたの？」

「早めに閉廷するよう要請したんだよ」ジョーはくすくす笑った。「そのせいでさんざんからかわれた。余分にできた自由時間をどう過ごすべきかまで提案されたよ！　みんな、とても羨ましがっている」

スザンナは彼の胸をつつき、甘いキスをした。「みなさんと顔を合わせるのが恥ずかしいわ。でも、なぜ早く戻ったの？」

「思いついたことがあるんだ。会議中うんざりして、金色の髪に大きな瞳の女性の絵をいたずら描きしていたら、とっておきの切り札がひらめいたのさ。アラン・ピンカートンだ」

「あの有名な探偵の？」

「そうとも。ぼくはE・J・アラン少佐だった彼を知っているんだ。六四年にアトランタで諜報《ちょうほう》活動に従事中、彼はひどい下痢に悩まされてね」

「もう、本筋からはずれないで。具体的すぎる説明もいらないわ」

「おっと。それで、彼には二、三貸しがある。ピンカートン自身はもう調査の仕事はしていないが、息子たちが跡を継いでいるからね。早めに戻って銀行に行き、手形を作ってもらったのさ。その机の上にあるよ。ピンカートン探偵社にトミーを捜してもらおう」ジョーはスザンナにキスした。「泣かないでおくれ、スージー。もっと早く思いつかなくてごめんよ」

ふたりは額を寄せあい、探偵社宛ての手紙文を練りはじめた。一時間後、ジョーよりも字がきれいなスザンナがそれを清書した。ジョーはその手紙を長いこと見ていたが、やがてこう言った。

「きみは目の下のほくろまで描写しているが、トミーの写真があればなおいい」

スザンナはためらった。トミーの写真は決して手元から離さないと誓ったのだ。でも、あの子を見つけたいんでしょう？

「写真はあるわ」スザンナは夫に言った。「いつも持ち歩いているの」

「それをウィル・ピンカートンに送ろう」

「でも、これ一枚しかないのよ」スザンナは写真をバッグから取りだし、ジョーに渡しながら言った。「フレデリックに殺されかけた夜の、少しまえに撮った写真なの。フレデリックがこの写真のことを忘れていたから、写真屋から手に入れることができたのよ」

ジョーは口元に笑みを浮かべながら、長いこと写真を見ていた。「トミーはきみにそっくりだな」そう言って写真を示す。「興味深い。彼の髪もきみと同じで、こめかみのところの色が濃くなってる」

「わたしの息子ですもの」スザンナはあっさり言った。「ピンカートン氏に、その写真は必ず返してもらいたいと念を押さないと」

軍法会議はその二日後に終わった。ジョーは明らかにほっとした様子で、満面の笑みを浮かべ、大きな箱を持って部屋に戻ってきた。「クルック将軍はがっかりするだろうな」ジョーは箱をおろし、そう言った。「列席者は全員一致で、申し訳程度の叱責を要求した。実際、その程度の〝落ち度〟なんだ」彼はスザンナの視線を追った。「これの中身が気になる？」

「花にしては大きすぎるし、そもそもあなたは花にお金を無駄遣いするような人には思えないもの」

「きみのものだよ。桁外れのサービスをしてくれる必要さえない」

スザンナが〝あら、昨夜してあげたでしょう〟と切り返すと、ジョーは笑いながら箱を手渡した。

蓋を取ったとたん、息が止まった。一着は青紫色、もう一着は夏らしい紗《しゃ》の生地のワンピースで、薄い緑色に紫の小花が散っている。

「まあ」スザンナはささやき、青紫のワンピースを手に取った。襟ぐりの丸い、シンプルなデザインの長袖だ。

「箱のなかにはレースの襟も入ってる」ジョーは目をきらめかせて言った。「きみが結婚式のためにバート夫人から借りた襟が、とてもよかったからね。砦の宿舎には、この服と襟にぴったり合う、すてきなオパールのネックレスがあるよ」

「本当に、わたしに着けてほしいなら」スザンナは静かに言った。

「もちろん。かつてのランドルフ夫人が着けたものだから、新しいランドルフ夫人も着けるべきだ」ジョーはスザンナの顔に触れた。「宝石はほかにもある。ぼくが持っているのは全部きみのものだ」

スザンナは二着の服を抱きしめた。「わたしはあなたにあげるものが何もないのに！」

「きみ自身がぼくの宝物さ。ほかには何もいらない。さあ、着てごらん」

ジョーはそう言うと、もう何日も続けて着ている格子縞《こうしじま》の服のボタンをはずし、スザンナがそれを脱ぐのを手伝った。青紫のワンピースは前ボタンだったが、スザンナの指が震えているので、はめるのを手伝ってくれた。あつらえたサイズはぴったりだった。

「どうやって……こんなに……」

「寸法はエミリーに協力してもらった」ジョーははめたばかりのボタンをはずし、体にぴったりの短い胴着のなかに両手を入れて、胸の丸みにそっと置いた。「完璧だ。もう一着も着てみるかい？　それともいますぐサービスをしたくなった？」

スザンナが眉を高く上げたので、ジョーは吹きだした。「わかったよ！　次の服を着るのに手を貸そう」

夏らしいその服は、青紫のワンピースと同じくらい体にぴったりだった。スザンナは鏡を見てささやいた。「こんなにすてきな服は初めてよ」くるりと振り向く。「どうやってシャイアンで仕立屋を見つけたの？　そういう知識はあなたの守備範囲ではないはずだけれど」

「ああ」ジョーは部屋を見まわし、スザンナと目が合うのを避けた。「フィフィとクロディーヌに教えてもらったのさ」

スザンナは息を呑み、片手で口を覆った。いまの言葉が意味することに気づいたのだ。

「クロディーヌがまだ生きていたということは、プロポーズするよりも前なのね！」

「そうだよ」ジョーはドレスのボタンをはずしはじめ、肩をむきだしにして、そこにキスを落とした。「プロポーズにふさわしいロマンティックな状況を待っていたんだろうな。傷病者のあふれた病室とか。ああ、スージー」

それ以上何も言わず、ジョーはただスザンナを抱きしめた。

19

彼らは翌朝早く救急馬車に乗ってシャイアンを出た。今回の同乗者は、同じく軍法会議に列席していたタウンゼント少佐だ。ダンクリン宅の一件のあと、彼とはほとんど言葉を交わしていなかったから、一緒の旅は気詰まりではないかと思ったが、そんな心配は無用だった。

今回の気候も、前回とはまるでちがっていた。あのときは厳寒の一月で、スザンナは悲しみを抱え、打ちひしがれて、人生をやりなおすために長い旅をしてきていた。今回は夫の隣に座り、希望を抱いて我が家に戻るのだ。ララミー砦《とりで》で司令官の代理をしていたタウンゼント少佐を恐れる必要はない。

まもなく始まる夏の遠征についてふたりの少佐が話すのを、スザンナは黙って聞いていた。夏の遠征では、タウンゼント少佐が指揮する第九歩兵師団が戦場に向かうらしい。

「つまり、ベネディクト一等兵も出動することになる」タウンゼント少佐が言った。

「アンソニーと……ベネディクト一等兵とわたしは、遠征のまえに、生徒と親御さんたちが楽しめる特別な日を設けたいと計画しているんです。需品係将校は、倉庫に小さな舞台を造らせてくれるでしょうか？」

「もちろんですよ、ランドルフ夫人」タウンゼント少佐は言った。「砦いち腕のいい大工が衛兵詰め所でくすぶっているから、彼に頼むといい」

本当はもうひとつ頼みたいことがある。でも、こんな頼みは厚かましいだろうか？　スザンナはためらったが、タウンゼント少佐の目が優しそうだったので、勇気を出して尋ねた。

「契約では三学期は五月までですが、夏になってもできれば教えたいんです」

「なぜかな？」

「学校に来ていれば、そのあいだは子どもたちが父親のことを心配せずにすみます。一日中父親のことを考えて過ごすのは可哀《かわい》そうです」スザンナは低い声で答えた。「いない人間のことを心配して過ごすのがどんなにつらいか、わたしはよく知っていますから」

スザンナの腕をつかむジョーの腕に力がこもり、スザンナは心のなかで優しい夫のことを神に感謝した。

タウンゼント少佐は少し考えてから答えた。「いいでしょう。財源はもう一学期分ある。夏も教えてください。あくまで生徒たちの自主参加だが」

「ありがとうございます！」スザンナは喜んで叫び、もっと早く言うべきだったものの、恥ずかしくてためらっていた件を思い出した。「あの、夜のクラスに払ってくださった分のお礼がまだでしたわ。四人とも、とても熱心で……」

夫とタウンゼント少佐が目を見交わすのに気づいて、スザンナは言葉を切った。なんだか共謀者のよう。「ふたりで何を企《たくら》んでいたんですの？」

「べつに」ふたりとも申しあわせたように首を振った。

「いいえ」スザンナは夫が何をしていたかに突然気づいた。「ふたりとも嘘つきね！」

「いや、わたしは関係ない。文句があるなら、きみのご主人に頼む」

スザンナはわずかに振り向いたが、ジョーの肩にぶつかった。「つまり、夜のクラスの分もあなたが払っていたの、ランドルフ少佐？」

「うまく騙《だま》しおおせただろう？」

スザンナはタウンゼント少佐を見た。「少佐、軍はどのような状況のもとでも、下士官たちの子どもを教えるひとりの教師にしか報酬を払わない、とどこかに書かれているんじゃありませんか？」

「そのとおりだ」タウンゼント少佐はたじろぎもせずに言った。

スザンナは夫に目をやり、人生のどん底だったあの惨めな一月には想像もできなかったほど激しく、ジョー・ランドルフを愛した。

「一カ月二十ドル、それに夜のクラスは一回分につき五十セント。それを払っていたのはあなただったのね」スザンナはちらっとタウンゼント少佐を見た。「ランドルフ家の財政は、わたしが管理することにしたほうがいいでしょうか？」

「たぶん」タウンゼント少佐は身を乗りだした。「噂《うわさ》では、ジョーはシャイアンで高価な服を買ったらしい。それも確認しておいたほうがいいのではないかな」

「あら、その必要はありませんわ」スザンナは即座に言い、ふたりの男を笑わせた。「夫は女性の着るものに、とてもいい趣味を持っていますの」

二日後、我が家に戻ったふたりは心からほっとした。たとえベッドがでこぼこでも、料理の道具が嘆かわしいほど足りず、シーツもタオルも擦り切れていても、我が家ほどくつろげる場所はない。スザンナは自分の新しい寝室を見まわした。光をさえぎるために窓に軍の支給品毛布がかかっているが、それでよしとしよう。

エミリーが訪れ、抱擁するころには、スザンナの〝それでよし〟のリストはとうに覚えきれなくなっていた。エミリーを筆頭に、食べ物やタオル、上等なシーツなどの贈り物をたずさえて、ほとんどの将校夫人たちがお祝いに訪れた。軍の売店に高級品はあまり置いていないから、そうした贈り物がどこから来るのかは謎だったものの、スザンナは心から感謝した。

「どうしてみんな、贈り物を持って訪ねてくるの？」その日の午後、エミリーとふたりだけになるとスザンナは尋ねた。

「先週、うちで婦人会をしたの。そこで、自分たちがしでかした愚かな過ちを償うべきだと提案したのよ」従妹《いとこ》は言った。「わたしたち全員が間違っていたんだもの」

そしてエミリーは、スザンナが新しいシーツでベッドを整えなおすのを手伝ってくれた。

「あなたがシャイアンに行ってるあいだに、母から届いた手紙と新聞の切り抜きをみんなに見せたわ」カーライルの人々がこの寝室で自分を取り囲んでいるかのように、エミリーは声を落とした。「スザンナ、フレデリックはあらゆるところに負債を残していたのよ。しかも素面《しらふ》の日はほとんどなかったんですって」

あの裁判で陪審員を務めたカーライルの善良な男たちがわたしを信じてくれていたら、息子はずっとわたしのそばにいたのに。スザンナはそう思ったが、口には出さなかった。エミリーはすっかり悔いているのだ。

「ええ、そうよ」代わりにそう言って、朝にならぬうちにくしゃくしゃになるとわかっているシーツのしわを伸ばした。

エミリーは腰をおろし、枕カバーをなでた。「あなたを戦争未亡人に仕立てたのはわたしだということも打ち明けたの。あんな嘘をつくべきじゃなかった」

スザンナは従妹の横に座り、抱きしめた。「あなたがよかれと思ってやったのはわかってるわ」

その夜、ジョーが食事をしに戻ってくると、スザンナは今日あったことを話し、エミリーの言葉も伝えた。うなずくジョーの目には称賛が浮かんでいる。

「どうしてそんなに機嫌がいいの?」スザンナはエプロンを引っ張られ、彼の膝に喜んで座りながら尋ねた。

「謝るのは勇気のいることだからな。きみの浅はかな従妹に対する評価を改めるよ。許すにはもっと勇気が必要だが、きみがそれをできる女性だってことはわかっていた」

石炭酸のにおいは性欲を高めるのかしら? スザンナは夫にキスしながら思った。

ジョーはキスを返してから言った。「だとすると、クルックを許すためには、ぼくも彼より勇気のある人間にならないといけないわけだ」

「あなたほど勇気のある人はいないわ」

「ダンクリン夫人は、今日の将校夫人部隊のひとりだったのかい?」

「いいえ」スザンナはジョーの胸に頭をあずけた。あの恐ろしい夜のことを思い出すと、まだ怒りがこみあげてくる。「でも、いなくてよかった。あの人を許すことは当分できそうもないもの」

五月に入ると、ララミー砦にはあちこちから中隊が集まってきて、サッズ・ロウのそばの空き地に再びテントの花が咲いた。北部の放浪者と呼ばれるスー族を、インディアン居留地に追いこむ準備が始まったのだ。教室に使っている倉庫に、ビッグホーン・イエローストーン遠征のための物資が山を作っていく。それと並行して子どもたちも勉強に身が入らなくなり、ベネディクト一等兵が教えられる日も残りわずかになった。

とうとうスザンナと一等兵は子どもたちに学期の終了を告げ、週の残りは〝わたしたちの進歩の世紀〟と名付けた発表会の仕上げに費やした。電鍵からコルト四五口径まで、十九世紀の有名な発明を取りあげ、スザンナが脚本を書いたのだ。

ジョーは喜んで、医学博士アーサー・リアード役の生徒に自分の顕微鏡を貸しだした。衛兵詰め所から来た囚人たちが舞台を造りおえるとすぐに、熱心な稽古が始まった。この立派な舞台に、伍長《ごちょう》の夫人たちふたりが薄いキャンバス地で幕を作った。スザンナが科白《せりふ》を覚えられない生徒を幕の開閉係に任命すると、みんなが羨ましがった。

スザンナの授業でさえ、差し迫った遠征の話題が中心となった。

「驚いたわ。わたしの生徒まで挟撃や三点攻撃が何か知っているのよ」ある朝スザンナは、どちらも起きあがる気になれずにベッドでぐずぐずしているときにつぶやいた。

「生徒たちはどんな説明をしたんだい？」

「ギボン大佐がすでにモンタナ西部から東に向けて進軍を始め、テリー将軍は最終的にはダコタから西へと向かう。そしてわたしたちの親愛なるクルック将軍は、ここととフェッターマン砦から北へ向かう、と教えてくれたわ」

「きみの生徒たちは、いっぱしの戦略家だな」ジョーが胸にキスし、しばらくのあいだ会話がとぎれた。スザンナは間に合うように学校に着いたが、ジョーは病院に遅刻した。

スザンナが受け持っている天使たちは、それぞれが選んだ詩の朗読を練習しはじめていた。ロングフェローの長い詩〈ハイアワサの歌〉を選んだ小さな天才少年は、不満そうな顔で教室にやってきた。歩兵師団の軍曹である父親が、平原インディアンはニューイングランドの詩人が作りあげたインディアンとはなんの共通点もない、と断言したというのだ。「誰もが批評家なのよ」スザンナは夫を笑わせようとして、夕食のときにわざとぐちをこぼした。

ジョーは少し笑ったが、それはスザンナの努力に報いるためだった。クルック将軍が遠征の指揮官としてオマハから到着したのだ。そしていつものようにジョーを無視している。

スザンナは何も言わなかったが、朝食にはジョーが大好きなベイクド・オートミールを作ろうと決めた。忙しくて夕食のために帰宅できない夜は、熱々の食事を病院へ運んだ。

そして、いよいよ発表会の朝が来た。

「どこを見ても兵士ばかりね」スザンナはベネディクト一等兵に言った。

「あなたにちょっかいを出すようなやつはいませんよね？」彼は電鍵担当の生徒に実物を渡しながら尋ねた。「ほら、モールス氏、しっかり頼むぞ」

「もちろん、いないわ。それどころか、焼いたお菓子と衣装を持って練兵場を横切っていたら、三人も運ぶのを手伝ってくれたの！　もちろん、お返しにクッキーを渡すはめになったけれど」スザンナは深いため息をついた。「アンソニー、あなたがいなくなると寂しくなるでしょうね。どうか気をつけてね」

ベネディクト一等兵はべつの生徒を幕の後ろに配置した。「ええ、気をつけます」彼は軍服のポケットから折りたたんだ紙を取りだした。「ぼくに何かあったら、これがぼくの特別な女性の住所なので」

何も起こるわけがない、とは言わなかった。沈んだ顔でうつむきもしなかった。「任せてちょうだい、アンソニー」

ベネディクト一等兵が幕の陰から舞台の端をぐるりと見た。「満員ですよ。マコーミックが発明した刈り取り機を見たら、彼らがどんな反応を示すか見ものだな。あれを作った衛兵詰め所の伍長はすごいです。空飛ぶ機械が今世紀の発明でなくてよかった。さもないと、はるかに大きな舞台が必要だったでしょうから！」

エミリーのおかげで、スザンナは将校通りに小型のフォルテピアノがあるのを突きとめた。これはバート夫人が弾いてくれることになっている。アンディ・バート大佐が楽譜をめくる役を買ってでた。スザンナは舞台の袖に立ち、生徒たちとその親たちを誇らしい気持ちで見守った。みんなが大きな笑みを浮かべている。後ろには何列にも将校たちが並んでいた。そのなかにはスザンナの夫もいる。だが、ジョーの反対側の端にクルック将軍の姿が見えると笑みは消えた。将軍のところに行って、思っていることをぶちまけたかったが、最前列に座っているベネディクト一等兵の隣に腰をおろした。

キャンバス地の幕に描かれているララミー砦の絵は、この砦にたっぷりある赤いペンキを使って、昨夜遅くモーヴとマディが仕上げたものだ。まるで絵のような美しい渦巻き飾りは、モーヴが文字を完全にマスターした証《あかし》だろう。モーヴとハンラハン夫人は舞台裏で、プログラムの進行に合わせ、各〝役者〟を舞台に導くことになっている。この発表会の目玉は、サミュエル・モールスと彼が発明した電鍵だった。モールスに扮《ふん》する生徒は、この電鍵で〝ララミー砦は北の放浪者に勝利する〟と打った。モールス氏が電鍵を打ったびに、年少の子どもたちが各音節を綴《つづ》ったプラカードを掲げた。舞台で足がすくんでしまったふたりの生徒が掲げたプラカードは、〝勝利〟の順番が〝利勝〟に変わったが、お客は理解し、盛大な拍手を送った。

短い休憩のあと、生徒たちは床にあぐらをかいて座った。これから舞台の上で詩の朗読が始まるのだ。アリカラ族の斥候の息子が朗読した詩の一節、〈その少年は燃える甲板に立っていた〉は、真に感動的な朗読で締めくくられ、拍手喝采を浴びた。

スザンナはベネディクト一等兵と交代で必要な指導を行い、怖《お》じ気《け》づいている子を励ました。昔、私立の女学校で教えていたときの、同じような発表会が思い出された。そういえば、愛するトミーも学校の発表会で、フェリシア・ヘマンズのこの一節を朗読したことがあった。

いま、倉庫のなかの教室で、荷箱の座席に座った観客と囚人が造った舞台を前に、スザンナは深い満足感を覚えていた。自分がいたい場所はここ以外にない。最後の生徒――戦場に置き去りにされ、父の遺体すら戻らなかったエディ・ハンラハンが舞台に立ち、憲法前文を朗読して、拍手にお辞儀し、本物のダニエル・ウェブスターのように落ち着き払って舞台を去った。

拍手が続くなか、スザンナはこの五カ月を振り返った。一月には、これほどの心の平和を得られるとは思いもしなかったが、五月のいまはどんなことでもかないそうな気がする。振り向いて夫を見ると、ジョーはまっすぐこちらを見て拍手していた。

〝愛しているわ〟スザンナはこみあげる思いを唇で綴った。

タウンゼント少佐が舞台に上がった。観客が拍手をやめ、腰をおろすまで片手を上げている。全員がすぐに静まり、席についた。タウンゼント少佐は子どもたちを見た。

「親愛なる生徒諸君。諸君は実に素晴らしかった」少佐は次にスザンナとベネディクト一等兵を見て、かすかにうなずいた。「教師諸君に感謝する。きみたちは立派に義務を果たした」にっこり笑って続ける。「軍の給料はとてもこの働きに見合うものではないが！」

それから観客の後ろをちらっと見た。「それどころか、一セントも払わないこともあるが」

スザンナは低い声で笑い、けげんそうにこちらを見る同僚に言った。「あとで教えるわ、アンソニー」

「ランドルフ夫人によると、夫人は罰が大好きらしい。夏休みにも希望者にはここで教えるそうだ。きみたちの誰かが――将校の子どもたちも含めてだが――もっと勉強したいなら、大歓迎されるぞ」少佐はアンソニー・ベネディクトを見た。「一等兵、ほかに何かあるかな？」

「あとは、干し葡萄《ぶどう》の入っていない、本物のアイシングで飾ったケーキとクッキーだけです」

「では、これで本日の発表会を終わりとする。各自解散！」

スザンナは夫のところへ行きたかったが、そのまえに生徒たちをねぎらい、親たちの感謝を受け、タウンゼント少佐には頬にキスまでされた。ようやくジョーのところへ行くと、彼はハンラハン夫人と話していた。ジョーより優れた医者がいるとしても、わたしにはひとりも思い浮かばない。わたしはこの素晴らしい人とベッドをともにしているんだわ、とスザンナは上機嫌で思った。

ジョーはどうやらスザンナが近づいてくるのを目の隅に留めていたらしい。「スザンナ、ハンラハン夫人が病院で助手として働いてくれるんだよ。テッド・ブラウンは何年も仕事が多すぎると不満を言ってきたからな。特別基金にはこの親切な夫人を雇うだけの余裕もあるし。どう思う？」

特別基金というのは、あなたの給料から引きだされるお金のことでしょう？ 「素晴らしいわ。ハンラハン夫人、ジョーとテッドには、あなたの助けが必要ですわ」

「軍医は、エディがあなたの夏季学校にいるあいだ働けばいいと言ってくださったの。下のふたりは、モーヴがマディとふたりで見てくれるのよ」ハンラハン夫人は安堵《あんど》と感謝をにじませて言った。

「夫人がここで働かないと、ひどいことになるんだよ、スージー」ジョーは夫人が立ち去ったあとささやいた。「軍はハンラハン伍長の遺族を故郷に送り帰すつもりなんだ。故郷というのは、アイルランドのウィックロー州だぞ。三人も子どもを抱えて、遺族年金だけでは暮らしていけない。それに今年の夏、テッド・ブラウンにはもっと助手が必要になる」

スザンナは彼の頰にキスをした。「あなたがどれほど素晴らしいか、最後に言ったのはいつだったかしら？」

「今朝の三時ごろだったと思うな」ジョーは目をきらめかせてからかった。「夕食のときに会おう、ランドルフ夫人。残ったケーキを忘れず持ってきてくれよ。残れば、だが。もし残らなかったら、きみがデザートだ」

数分後には、高らかに鳴るラッパが砦にいる者をふだんの生活に戻し、倉庫には、小道具や幕を片付けるベネディクト一等兵とそれを手伝う年長の生徒を除けば誰もいなくなった。スザンナが自分の教室がある隅に戻り、机の上を片付けながらふと目を上げると、驚いたことにクルック将軍が立っていた。

何も言わずに作り笑いを浮かべればいい。スザンナはそう思った。将軍はわたしが誰だか知らないんだもの。

「発表会は楽しませてもらったよ、ランドルフ夫人」

あら。「ありがとうございます」

将軍はなぜだかわからないが、まだそこに立っている。おそらく何を言っても事態は好転しないだろうが、わたしはもう以前のように臆病な女ではない。希望も未来もない、忘れられない過去だけを抱えた女ではないのだ。

「お時間がおありでしたら、お座りになりませんか、将軍」スザンナは低い声で言い、自分も隣に座った。「わたしが誰だかご存じなんですね」

「ああ、知っている」

「北の遠征の成功を願っていますわ」

「全力を尽くそう」

「それはこれっぽっちも疑っていません。将軍のお考えや行動をとやかく申しあげる立場にないことは重々承知していますが、わたしは夫を愛しています」

将軍は口元をほころばせ、目をそらした。

「サウス山の前線応急救護所で彼がおかした唯一の過ちは、医者としての務めをまっとうしたことだけです。彼は死にかけている兵士に背を向け、急げばまだ救える兵士の手当に取りかかった」

将軍はいきなり立ちあがり、倉庫の扉へと向かった。

「話はまだ終わっていません」スザンナは自分の言葉に確信をこめて言った。「どうぞ、わかってください。医者は軍服を見るのではなく、傷を見るんです」

将軍が振り返った。怒っているのはその目を見ればわかった。一月にこの表情で見据えられたら、恐怖が先に立って口をつぐんでしまっただろう。でも、いまはちがう。これを口にしたことで何が起ころうと、我が家に戻り、自分を愛している素晴らしい男性のために夕食を作ることはわかっている。とても単純な信念だが、それはスザンナの心に深く根差していた。クルック将軍にどう思われようと、少しもかまわない。

「もう十四年になります。そろそろお忘れになってはいかがですか。それだけです」

将軍がまだ近くに立っているのはわかっていたが、スザンナは机の上の書類に注意を戻した。やがて足音が遠ざかり、倉庫から出ていった。学期末の書類をまとめ、机の片端にきちんと束ねてから、スザンナも倉庫を出た。

すでに太陽が傾いていたが、まだ帰宅の合図は聞こえない。残ったケーキを抱え、スザンナは長いこと練兵場の端に立っていた。新しい衛兵詰め所はもうほとんどできあがっている。まもなく行われる遠征のために連隊が集まり、増員されるとあって、タウンゼント少佐がこれまでより大勢を作業に投入したにちがいない。砦内を巡回している兵士もいれば、ほかの需品係将校や倉庫へと供給物資を移動させている兵士もいる。荷車にラバがつけられた需品係将校の囲いのほうからは、ひっきりなしに毒づく声が聞こえる。囲いの外でそれを聞いている少年たちのことが頭に浮かび、スザンナは微笑《ほほえ》んだ。彼らはたぶん急激に語彙を増やして、母親をうんざりさせているだろう。まあ、エミリーの息子のスタンリーがそのひとりでないことはたしかだけれど。エミリーは息子の汚い言葉がどこから来たか、いまでは認めている。

練兵場では軍曹たちがそれぞれの中隊に武器を取り扱う際の定められた方法を練習させ、中隊ごとに速さを競っていた。ラティガン軍曹を見つけて手を振ると、軍曹は粋な敬礼を返してきた。スザンナはかすかに頬を染め、小さくつぶやいた。「マディ、あんなすてきなお父さんがいるなんてあなたは幸せね。でも、将来のあなたの恋人は怖じ気づくことになりそう」

振り返り、みすぼらしい赤い建物に首を振った。あまりに赤が多すぎるし、干し葡萄も多すぎる。塗布剤は樽《たる》で来るのに、ウールの靴下はまるで足りない。来年は長い釘《くぎ》とインクが足りず、ピクルスが多すぎるかもしれない。

〝軍はそういうところだよ、スージー〟これはジョーのお気に入りの科白だった。彼はそう言って必需品の不足と折り合いをつけながら、どうやって鉗子《かんし》を作るか鍛冶屋に教えるのだ。

ジョーは願ってもないタイミングで帰宅した。スザンナがローストをオーブンから取りだし、ロールパンの生地を入れたときに〝ただいま《ボンソワール》、ぼくの可愛いキャベツちゃん《モン・プティ・ショ》〟と言いながら帰ってきたのだ。夕食は、それらに加えてトマトのシチュー。メニューにもう少し品数がほしいから、裏庭で野菜を作ろうか。やわらかいレタスやラディッシュの味を思い出すと唾が湧いた。まあ、鹿が先に食べてしまわなければ、だけれど。

ジョーが頭痛をこらえているように目を細めているのを見て、少しでも痛みから気をそらすために、スザンナは午後の発表会の話をした。残ったケーキの話になるころには、ジョーの目はふつうの大きさに戻っていた。さあ、告白しなくては。

「わたし、あなたにひどいことをしたかもしれないの」スザンナは、ジョーがケーキをふた口食べたところで言った。

「きみがすることで、ひどいことなんてあるものか」

スザンナはクルック将軍と話したことを夫に話した。大好きなアイシングを残し、ジョーはケーキを食べつづけている。

「十四年もたったのだから、そろそろ忘れるべきだと言ったのよ」

「彼はなんだって？」

「黙っていた。なぜわたしの教室に来たのかわからないわ。あなたはどう思う？」

「見当もつかない」ジョーはフォークを置き、スザンナの手をとってキスして、小さな砂糖の結晶をそこに残した。「きみはぼくのために闘うつもりかい？」

「あなたもわたしのために闘ってくれたわ」

「あたりまえだよ。ぼくの妻なんだから」そしてまたフォークを手にして、ケーキの残りをたいらげ、それからスザンナを見た。スザンナがフォークをひったくると笑った。

しばらくして、ふたりで肘掛け椅子に座っていると、ジョーが言った。「実は、クルック将軍は病院にも来たんだ。たぶん、倉庫を出たあとすぐにだと思う」

「まあ。それで……どうしたの？」

ジョーは肩をすくめた。「ぼくはいつものように忙しかったから、はさみを持ったまま敬礼し、挨拶をしただけだ」ジョーはスザンナの背中を胸に引き寄せ、髪に手を置いた。「不思議なことに、少しも緊張しなかったし、自分を弁護しようとも思わなかった。実際、何も感じなかったんだ。ただ、挨拶をして、仕事に戻った」

「彼は何か言ったの？」

「いや、ひと言も。少しだけそこにたたずみ、それから出ていった」ジョーはスザンナの頬にキスした。「謝罪を口にするのは難しい人間もいるのかもしれないな。もし彼が謝罪するつもりだったとしたら、だが」

ふたりは黙って体を寄せあい、座っていた。やがてスザンナは目を閉じて、夫の腕のなかで眠った。

20

四日後、ジム・オレアリーと彼の中隊を除き、すべての連隊がラミー砦《とりで》を出発した。あとに残ったのは、あちこちの砦から借りてきた歩兵がひと握りだけだ。歩兵師団が最初に行進していき、午後には騎兵隊が走り去った。彼らはまずフェッターマン砦に向かい、そこでほかの連隊と落ちあうのだ。スザンナはベネディクト一等兵とラティガン軍曹がそれぞれ自分の中隊とともに歩み去るのを、涙を浮かべて見送った。生徒のほとんどの父親が戦いに赴いた。それがあまりにもつらくて、その夜ベッドに入ると、スザンナは夫に気持ちを打ち明けた。

「おそらく長い遠征になる」ジョーは言った。「医療物資はほんの少しだけ残して、あとはアルに持たせたよ」

「エミリーは泣いているわ。ケイティさえ暗い顔をしている。ジムはまだここにいるのに」

「ケイティは軍の遠征をいくつも経験しているからね。ララミー砦とブラック・ヒルズ間の巡回で、ジムがどれほど忙しくなるかわかっているんだ。おそらくほとんど会えないし、会うたびにジムの疲れ果てた姿に胸を痛めることになる」

「遠征が終わったあとの夫がどんなふうに見えるか、妻たちは知らないほうがいいってこと？」

ジョーは深刻な顔の妻を引き寄せた。「まあね」

スザンナは片肘を立て、夫をじっと見た。ジョーも疲れている。でも、そんなあたりまえのことは口にせず、病院を手伝ってくれる人がいるのかと尋ねた。

「契約医が来る」ジョーは言った。「戦場から砦までの輸送を生き延びた負傷者は、ここに来るんだよ、スージー。忙しくなる」

翌朝は自宅に留《とど》まり、極度に兵の少なくなった砦がわずかな人数で衛兵の交代を行うのを見守った。金鉱を目指す男たちがどんどん増えるせいで、ラスティック・ホテルには人の出入りが絶えない。その反対に、砦は見捨てられたようにがらんとしている。だが、安心はできない。付近のインディアンが最近よく騒ぎを起こすからだ。戦いに参加せず居留地に留まっているインディアンたちが、ほかで暴れ、混乱をもたらすのが自分たちの役目だと思っているかのように。

午後は、将校通りの半分の将校夫人たち同様、夫の身を案じて泣くエミリーを慰めて過ごし、スタンリーと〝ジャックストロー〟をして遊んだ。散歩がてらモーヴ・ラティガンの家に行くと、そこにはハンラハン家の幼い子どもたちがいた。

「ご主人は、エディまで病院の床を掃く仕事に雇ったのよ。特別基金があるんですって」

モーヴの言葉にスザンナは微笑した。ええ、そのとおり。スザンナは泣いている赤ん坊をモーヴの手から抱きあげながら思った。そのうちジョーはすっからかんになって、みんなにそれ見たことかと言われるでしょうね。

スザンナはにこやかなモーヴを見た。半年まえは幽霊のように青白かったのに、すっかり健康になり、顔の色つやもとてもいい。

「とても元気そうよ、モーヴ。マディを引きとったのがよかったのね」

モーヴはうなずいた。「ほかにもわけがあるのよ。ご主人に訊《き》けばわかるわ」

その夜、夕食をとりながらスザンナは訊いてみた。「モーヴは妊娠しているの？　あなたに訊けと言われたの。わたしに直接話すのが恥ずかしいのかしら」

ジョーは最後のロールパンに手を伸ばした。「いや。元気なのは、妊娠していないからだ。ぼくはたまに新しい方法を試すんだが、モーヴはその恩恵を受けたのさ」

スザンナは、妊娠するのは月の特定期間だけだというジョージ・ドライズデイルの理論に興味深く耳を傾けた。

「ラティガン夫妻が夫婦の営みをその期間だけ避ければ、妊娠せず、弱っている体は自然に回復し、貧血もさほどひどくなくなり、モーヴは生きつづけることができる。モーヴの体は、胎児を産み月まで体内に留めておくことが難しいんだと思う。そういう女性もいるんだ。しかし、この方法に従えば、少なくとも流産を繰り返さずにすむ。数カ月おきに流産していたら、早晩、心も体も死んでしまうからね」

　ジョーが病院に戻ったあとも、スザンナはジョーの説明を考えつづけた。それからルイ・パスツールとパリのリセのことを考えた。ジョー・ランドルフこそ、新しいことを学ぶのにふさわしい医者だ。残念ながら、フランスからはまだなんの知らせもないが。

　翌日、オレアリー大尉が郵便局からわざわざ手紙を届けてくれた。疲労の極みに達しているとみえて、ポーチに立っているあいだも体を揺らしている隣人に感謝し、差出人がピンカートン探偵社だとわかると、スザンナは急いで病院へ行った。

　少しのあいだ病室の入り口に立って、息を整え、言葉もなくジョーに手紙を差しだした。

「あなた宛てなの。わたし宛てだったとしても、怖くて開けられなかったでしょうけれど」

　長い付き合いでお互いを知り尽くしているらしく、ジョーがちらりと見ただけでその意を汲《く》んだ助手のテッドが患者の手当を代わった。ジョーはスザンナの肩を抱いて自分の部屋に向かうと、ドアを閉め、封を開けて手紙を差しだしてきた。

　スザンナは黙ったまま首を振った。

「落ち着きなさい、スージー」ジョーはスザンナを膝にのせた。「このほうがいいかな?」

「いいから早く読んで。それからわたしに教えてちょうだい」

スザンナは目を閉じ、たくましい胸にもたれてジョーが手紙を読みおえるのを待った。

「くそ、こんなばかなことが……いや、悪い知らせじゃない。どう言えばいいのか……自分で読んでごらん」

スザンナは手紙を受けとり、読みおえるとジョーを見た。「長身の男と金髪の少年をオマハのあたりで見つけた？　なのに、まんまと逃げられた？」信じられずにつぶやいた。

ジョーはややあって言った。「その手紙にあるとおりなら、ぼくらはニック・マーティンを過小評価していたようだな。ニックは尾行に気づいたが、相手が敵なのか味方なのかわからなかったんだ。探偵社に連絡して、捜索は中止させたほうがいいかもしれない。ニックを信頼して、彼がトミーをぼくらのところに連れてきてくれるのを待つべきかな？」

スザンナは少し考えたあとでうなずいた。「ええ、そうしましょう。ニックが敵に捕まるのを恐れて隠れてしまったら、トミーには二度と会えないかもしれないもの」不安に駆られて、つい泣き声になる。

ジョーがしっかりと抱いて慰めてくれた。「さっそく今日、電報を打つとしよう」

「ニックが徒歩で来ようとしないといいけれど」スザンナは涙を拭いながら言った。「ことオマハのあいだにはインディアンがたくさんいるのよ」

「ニックを信じよう」ジョーは金色の髪にキスをした。「さあ、もう少し辛抱が必要などきだよ」

「とても難しいわ」スザンナはささやいた。

「だが、きみならできる」

「いまはそんな気がしない」

「だろうね。あそこにあるぼくの寝台で少し横になるといい。それから家まで送るよ」


契約医は医学部を卒業したばかりのひよっこだった。したがって、いちいち指示を与え、監督しなくてはならない。ジョーは新米医師が、念には念を入れて患者の死を四つの方法で確認した話をして、スザンナの笑みを引きだした。

「ぼくが患者にかがみこんで頸動脈《けいどうみゃく》に二本の指をあて、すぐに患者の顔をシーツで覆うのを見て、ペティスは目を皿のようにしたよ」ジョーはそのときの新米医師の顔を思い出し、首を振った。「白状すると、そのあとこっそり病室をのぞいたんだ。するとペティスは、ぼくが死んだと宣言した男が本当に死んでいるか確かめている最中だった」疲れた笑みを浮かべると、スザンナが慰めるように背中を揉《も》んでくれた。「昔のぼくも、ああだったのかな」

夜は長かった。スザンナは、愛しあったあとジョーが眠れるように眠ったふりをした。

さもないと、ジョーは心配して寝ようとしないのだ。春の遠征で体調を崩した者、不注意あるいは事故で怪我《けが》をした者が、病や傷の治療に絶え間なく戻り、全快するか埋葬される。ジョーは休みなく巡回を行っているK中隊の兵士たちと同じくらい疲れていた。

トミーはいまごろどこにいるのだろう？　ニック・マーティンは自分が何をしているか、ちゃんとわかっているのだろうか？　そんなことをつらつら考えていると、誰かが真夜中に扉を叩《たた》いた。まだ起きていたスザンナは、ジョーが枕から頭を上げるよりも早く、ベッドから飛びだしてガウンをはおっていた。

ポーチに立っていたのはボビー・ダンクリンだった。真っ青な顔をしている。スザンナはすぐさま抱き寄せてなかに入れ、泣きだした少年の顔を両手ではさんで膝をついた。

「お母さんが……」ボビーはようやくそれだけ言った。

少年を居間に座らせると、スザンナは夫を揺さぶった。「ダンクリン夫人に何かあったらしいわ。ボビーがここにいるの」

ジョーはすばやく着替え、自宅の診療室から器具が入った鞄《かばん》を取ってきた。「ボビーはここに留めておいてくれ」そう言うと、サスペンダーを垂らしたまま、裸足《はだし》にモカシンをはいただけで外に走りでた。

スザンナはボビーをキッチンに連れていき、まもなくやってくる夏の話をした。この少年が大好きなポニーと、厩舎《きゅうしゃ》の近くで友達とするキャッチボールのことを。そして涙を拭いてやり、鼻をかませて、少年が抗議するのを無視して膝にのせ、朝食にとってあったシナモンロールを食べさせた。

「ボビー、何があったの？」

「わかんない。寝室で寝てるお母さんに、軍医を呼んできて、って言われたんだ」

ボビーがしがみついてくる。ダンクリン家の前を通るときはまだ顔をそむけずにはいられないスザンナだったが、夫妻から受けた屈辱と冷酷な仕打ちを忘れて少年を抱きしめた。

「お母さんは死なないよね？」ボビーはおそるおそる訊いた。

二カ月まえなら、たとえ我が子でも、あれほど冷たい女性を愛することができるとは思えなかったかもしれない。でも、この子は母親を愛している。

「大丈夫よ、ボビー。素晴らしい軍医がついているんだもの」お願い、ジョー、最善を尽くして。スザンナはそう思いながら、もつれた髪に向かってつぶやいた。「ランドルフ先生ほど腕のいいお医者さまはいないわ」

泣き疲れて眠ったボビー・ダンクリンを居間に運び、荷箱の長椅子におろすと、キッチンから椅子を持ってきてすぐそばに座った。

うとうとしかけたとき、扉の取っ手が静かにまわる音がした。スザンナは即座に目を覚まし、忍び足で玄関に行くと、暖かい六月の夜のなかに出た。

「ボビーは長椅子で寝ているわ」スザンナはジョーの耳に唇を寄せてささやき、長いキスをした。

ジョーはポーチのベンチに腰をおろし、スザンナを隣に座らせた。「流産したんだ。まったく、流産は大嫌いだよ。かなり出血して体が弱っている。ボビーが目を覚ますまで、いったいどれくらい助けを呼んでいたのか」

「わたしはどうすればいい？」

「血はできるだけ拭いたが……行ってくれるかい？」

「もちろん」

「そう言うと思った。まず、ボビーと話をするよ。そのあとケイティを起こして、オレアリー家にあずかってもらおう」

スザンナはそっと扉を開け、夫を振り返った。「わたしはダンクリン夫人の名前も知らないわ」

「ラヴィニアだ」

ジョーがハンラハン夫人に使いをやり、スザンナがダンクリン家に着いたときには彼女はそこで待っていた。ハンラハン夫人とふたり、ジョーがした後始末の仕上げをし、悲しみに打ちのめされているダンクリン夫人の体を洗った。ハンラハン夫人がダンクリン夫人の体をそっと転がし、スザンナが押さえているあいだに手早くシーツを換えた。すっかり終わるとハンラハン夫人は階下に行き、お茶を持ってきた。

「これをどうぞ。ずっと気分がよくなりますよ」ハンラハン夫人はカップをベッドの横の小卓に置き、スザンナの肩に触れて、来たときと同じくらい静かに立ち去った。

ダンクリン夫人は眠った。スザンナは恐ろしい記憶に満ちた家で、憎んでも当然の女性の見守りを続けた。

〝そろそろお忘れになってはいかがですか〟クルック将軍が倉庫を訪れたとき、きっぱりとそう言ったことを思い出す。

太陽が昇り、起床ラッパがとぎれとぎれに鳴るころ――上手なラッパ手はクルック将軍と一緒に行ってしまったのだ――スザンナ・ランドルフは恨みと憎しみを忘れることにした。

ほとんどの少年と同じで、ジョーにも子どものころ、憧れのヒーローがいた。建国の父と呼ばれる初代大統領のジョージ・ワシントンから、建国時の優れた軍人にして政治家だったジョン・マーシャル、第四代大統領のジェームズ・マディソンまで、みな自分と同じバージニア出身だった。やはりバージニア出身である名将ロバート・E・リー将軍のことも長いこと尊敬していたが、リーが南部連合側につき、大人になったジョーが合衆国側に残ると、ジョージ・トーマス将軍がジョーのヒーローとなり、見習うべき人物となった。

いまのジョーにはヒロインもいる。妻のスザンナだ。ラヴィニア・ダンクリンがある程度回復するまで、妻はラヴィニアの枕元に座り、手を取って慰め、体や髪を拭き、食事をさせ、一緒に泣いている。ぐちひとつ言わず、批判も恨みの言葉も口にせずに見守り、ほかの将校の妻たちが交代にやってくると、ようやくジョーのもとに戻ってくる。

そして、いつものように夫にすり寄って丸くなる。夏のあいだは、誰かのそばにいるのは暑苦しい――そう思っていたことが嘘のように、いまはそんな妻が愛《いと》おしかった。灯《あか》りが消えると、スザンナは自然に腕のなかに入ってくる。汗をかいたからって、それがなんだ？　妻のぬくもりを感じるたびに、ジョーは深い満足感を覚えた。

疲れ果てているだろうに、妻はジョーが求めるとためらわずに応じ、優しい吐息でどれほど深い歓《よろこ》びを感じているかを教えてくれた。スザンナ・ランドルフのような女性はふたりといない。彼女がどれほど素晴らしい恋人か、どれほど素晴らしい友かをみんなに知られたら、ジョーを暗闇で刺し、土取り場に投げこみたいという男たちがわんさか出てくるだろう。

ラヴィニア・ダンクリンは自分の非難を謝罪したかと、ジョーはある晩尋ねた。

「いいえ。彼女もたぶん、謝るのが難しい人のひとりね。でも、あの一件はもう忘れることにしたの」スザンナは静かな声で答えた。

だが、昼間どんなに明るく振る舞っていても、スザンナは毎朝、夜が明けるころ、声を殺して泣く。息子のことが心配でたまらないのだ。ジョーはそれを知っていたが、黙っていた。スザンナがひそかに息子のことを嘆くのを邪魔してはいけない。メリッサが死んだときの自分の悲しみを思い出し、彼はそう思った。

自分は助言を受け入れ、ニック・マーティンを精神病院に送るべきだったのか？　そう考えることもある。頭のねじが緩んだ男を信頼したのは、間違いだったのか？

ある晩、帰宅したジョーを、スザンナが飛び跳ねんばかりに興奮して迎えた。

「ラスティック・ホテルのポーカーで大勝ちしたのか？」ジョーはからかい、笑いながらスザンナに叩かれた。

「もっといいことよ、あなた」スザンナは彼に手を取られ、フロントポーチに一緒に座った。「ラヴィニア・ダンクリンを除いた将校の奥さんたち全員が、わたしの夏季学校に子どもたちを連れてきたの」長くスザンナを許そうとしなかった女性の名を口にして続ける。「彼女、〝あなたはララミー砦にこれまで来た教師の誰よりも素晴らしい〟と言ったのよ！」

「ぼくに聞けば、とっくにそう教えてやったのに」ジョーはそう言って妻の頬にキスした。

「今夜、そのお宅のカードパーティに招かれているの」

「ぼくのカード嫌いは知っているだろう？」

「でも、わたしを愛してるから一緒に行ってくれるわ」スザンナは確信に満ちて答えた。

医者のジョーには、なぜ妻がこれほど自信たっぷりになったのか見当もつかなかったが、夫のジョーはスザンナがすっかりもとに戻ったのだとわかった。

六月半ばになると、ララミー砦に不穏な噂《うわさ》が流れてきた。例によって、インディアンかブラック・ヒルズの金鉱掘りがこっそりともたらした噂だ。戦いに関する断片的な情報が稲光のようにちらついたが、ジョーはそれについてはいっさい話さなかった。将校たちや下士官たちの妻は、それでなくても心配しているのだ。無責任な噂を広めてもいいことはない。だが、そうでなくても張りつめていた砦の空気は、さらに緊迫した。

彼はドクター・ペティスにも何も言わなかったが、言う必要もなかった。医療品を補給するため南のラッセル砦に向かう契約医は、〝できるだけ早く戻ります〟と言いおいて出発した。死傷者が多いことを口に出せば、ひどい状況がますますひどくなる、という迷信を信じているかのように。ジョーには電信室で潰す時間はなかったが、ほかの兵士たちはそこをうろついてばかりだった。

風評や流言に満ちた戦争のルールを知らないスザンナは、朝の食卓でずばり尋ねた。

「戦いがあったんですって？」

ジョーの答えは少し邪険になったが、スザンナは腹を立てたりせずに、メリッサを彷彿《ほうふつ》とさせる目でじっと夫を見た。夫に口を開かせたい妻は、みなこうするのかもしれない。

ジョーは自分の心配を口にする気になれずにうなずいた。スザンナはコンロと食卓のあいだを行き来するのをやめ、ジョーの隣に座ってその手を取ると、自分の胸に置いた。

「できることがあれば言ってね。なんでもするわ」そしてまた、倉庫の学校で教える仕事に戻った。

この夏季学校に、ジョーは心から感謝していた。子どもたちがせっせと知識を身に着けているからではない。忙しくしていれば、妻がそのあいだだけでも息子のことを心配せずにすむからだ。それに、妻がその日の出来事を嬉《うれ》しそうに話す時間を、ジョーはいつしか愛するようになっていた。膿《うみ》や下痢や空咳《からせき》の話より、スザンナの話のほうがはるかに楽しい。

ついに戦いの知らせが届き、ララミー砦の全員を打ちのめした。

土曜日は学校が休みで、病院はペティスが勤務している。だから、この日ジョーはベッドで妻の体をじっくり探求していた。あまりに前戯に時間をかけたせいか、ついにスザンナが我慢できずに彼を急《せ》かしたくらいだ。ジョーの妻はいつも二度昇りつめる。だが、珍しく時間に余裕のあるこの朝には三度めに達し、ふたりとも完全に満足してぐったりしていた。

そのとき、ラッパ手が将校召集のラッパを吹いた。いまのララミー砦のように兵士の数が極端に少ない砦で将校を召集するのは、夜の火災警報と同じ緊急事態を意味する。ジョーは急いでベッドを出て、ざっと体を洗った。彼の卓越した能力により髪を乱し、いっそう愛らしく見えるスザンナは、眠そうな目でそれを見守った。

「あれはなんの合図？」

「揉《も》め事《ごと》の合図だ」

「髪がくしゃくしゃよ」

スザンナが言ったが、すでに頭を切り替えていたジョーは、そのまま階段を駆けおりた。指で髪をとかしながら、行政部のある建物に急ぐ。ララミー砦にまだいる一群の将校たちがそれに加わった。びしっと軍服を着ている者はひとりもいなかったから、まともな紳士ならもう身繕いができている時間にジョーの髪や服装が少々乱れていても、誰もそれには言及しなかった。

暗い顔のタウンゼント少佐が咳払いをした。「諸君、悪い知らせだ。クルック将軍が先週の土曜日にローズバッド・クリークで敗北を喫し、ビッグホーンに退却した。負傷者は現在フェッターマン砦に到着し、こちらに向かっている」

誰も言葉を発しなかった。戦いがあったことは予測していたが、敗北した？　信じられない。この挟撃作戦でクルックは二十もの中隊を率いていたのだ。周囲を見まわすと、みな呆然《ぼうぜん》としている。

だが、全員がすぐさま我に返った。タウンゼントは、ネブラスカ砦から借りている騎兵隊の中尉に、ジム・オレアリーとK中隊の居所を突きとめろと命じた。「彼らがフェッターマン砦の近くにいたら、そのまま砦に行き、必要な支援を行えと伝えるんだ」

この命令に、中尉は敬礼も忘れて走り去った。

タウンゼントは次々に命令を発し、全員を動かし、最後にただひとり残っているジョーを見た。「頼むぞ、ジョー」彼は疲れた声で言った。「月曜日には負傷者がここに到着する。最悪の事態を想定し、彼らを移送する準備をしてくれ」

月曜日は南北戦争時代のようなあわただしさのうちに過ぎていった。彼は歩ける患者を病室から追いだし、重傷者に備えた。まもなく到着した兵士のうち、最も重傷なのは顔を銃で撃たれた第三騎兵隊の大尉だった。おそらく視力を失い、歯も失っている。ジョーは彼を病院の裏にあるテッド・ブラウンの家で手当てした。すぐ近くに置いておきたいが、この患者には静かな場所が必要だ。

頼むまでもなく、スザンナとハンラハン夫人が病室を引き継ぎ、患者の体を洗い、彼らの枕元に座った。ジョーは、ベネディクト一等兵を見たスザンナがショックを受けるのを見守った。傷を負った片脚が壊疽《えそ》でやられていたからだ。スザンナがこういうひどい傷を目にするのは初めてだったが、膝から下を切り落とすあいだは、スザンナを引きはがすようにしてベネディクト一等兵のそばから離さなくてはならなかった。

一夜にして経験を積んだペティスとふたり、交代で眠りながら、丸二日ベネディクト一等兵に付き添った。スザンナはジョーとペティスのために食事を運んでくると、一等兵の枕元に座って、ただ彼の手を握っていた。可哀《かわい》そうに、衝撃と悲しみで打ちひしがれている。だが、ジョーにはスザンナの助けが必要だった。

ほかの妻たちも、家でじっとしていられずに病室を訪れた。全員が戦力になったわけではないが、病室の空気を明るくする役には立ってくれた。ジョー自身は病院にいるよりも助手の家にいるほうが多く、大尉がうめきひとつもらさず、静かに苦痛に耐えるのを見守った。

ようやく病室が静かになり、空腹を満たされた患者があの奇妙な半眠状態に落ち着くと、ジョーはベネディクト一等兵のベッドに行き、スザンナの肩を叩いた。

スザンナは顔を上げ、彼を見て微笑《ほほえ》んだ。

「一等兵、妻を家に送ってくる。少し眠るといい。これは命令だぞ」

ベネディクト一等兵がすなおに目を閉じる。

「寝たふりが上手ね」スザンナはそう言ったものの、ジョーに手を引かれて立ちあがった。

ふたりは手をつないで丘をおりた。家に入ると、ジョーはスザンナを抱きしめた。

「スージー、死と汚れと切断が二日も続いたら、ぼくは赤ん坊を作りたくなるんだ」

ジョーの意図は正確に伝わり、スザンナの服は寝室のドアのところに落ちた。スザンナはジョーが服を脱ぐのも手伝ってくれた。

「お風呂に入りたいならそうして。わたしはどちらでもいいわ」スザンナはそう言ってジョーの愛撫《あいぶ》に応え、自分の欲求を満たしながら彼の欲求も満たした。

殺伐とした心が潤っていくのを感じながら、ジョーは思う。女性とはなんと素晴らしいものだろう。ぼくの妻はそのなかでもぴかいちだ。

21

「赤ん坊ができたかもしれないわよ」三人の負傷兵とともに救急馬車でラッセル砦《とりで》に向かう夫を送りだしながら、ジョーの魅力的な妻は耳元でささやいた。「そろそろ月のものが来てもいいころだもの」

その夜、救急馬車がハットクリークの近くで止まると、ラッセル砦からララミー砦への郵便物を運んできた兵士がジョーに気づき、オマハの消印がある彼宛ての手紙を渡してくれた。患者の手当がすむと、ジョーは救急馬車の車輪にもたれて封を切った。

手紙はウィル・ピンカートンからだった。「捜索はやめてくれと頼んだのに」つぶやきながら目を走らせ、もう一度読みなおして感銘を受けた。ウィル・ピンカートンは、このまえの戦争で会った父親のピンカートンと同じくらい頭がよさそうだ。ウィルは、現在シカゴに向けて発《た》つ準備をしているところで、ニック・マーティンが軍の荷馬車置き場にいたようだ、と書いていた。

〝彼はぼくの目を自分に引きつけ、さんざん引っ張りまわしたんです。まるで荷馬車置き場から引き離したいかのように。ちょうどひなを守る母鳥が自分に注意を引きつけるようにね。そして最後はまんまと逃げおおせました。夜が明けたら、荷馬車置き場をもう一度捜索してみるつもりだったんですが、ぼくが行ったときには、荷馬車の一隊はラッセル砦に向けて発ったあとでした。インディアンがうようよいるから、とあとを追わないように助言され、仕方なく断念しました。少佐、目を光らせていてください。トミーはまっすぐそちらに向かっていると思います〟

ジョーはほっとして目を閉じ、ぱっと開けて封筒のなかを確かめ……安堵《あんど》のため息をついた。スザンナの息子の写真もちゃんと入っている。「きっときみを見つけるとも」ジョーはつぶやいた。

三人の患者はほとんど黙りこみ、カトリックの一宗派であるトラピスト会の修道士のように自分たちの思いに沈んでいた。が、とりわけひどい道で救急馬車が大きく跳ね、揺れるたびに息を呑《の》み、うめき声をもらす。長い経験から、そういううめき声の意味するところを知っているジョーは、聞くたびに胸を痛めた。

ラッセル砦に着くころには、電報で知らせを受けた大尉の妻が病院の入り口で待っていた。夫の傷を見たとたんに倒れそうになり、抱えなくてはならなかったが、そのあと体を起こすと決然とした足取りで担架についていった。たいしたものだ。もっとも、スザンナが同じ立場なら同じようにしただろう。ふと、あの愚かで欠点だらけのエミリー・リースと、夫に対するその献身が頭に浮かんだ。いまでは夫の軍曹同様、娘マディの憧れの的でもある、愛情深いモーヴ・ラティガンのことも。ルイ・パスツールから手紙の返事が来ないのはいいことかもしれない。このままララミー砦の、情の深い、勇気ある人々のために働くのも悪くないような気がする。

ジョーはまもなく、患者と彼らのカルテをラッセル砦の軍医に引き渡し、単身で一時的に砦に滞在する将校たちの宿泊場所である〝孤児院〟の一室で小さなブリキの浴槽に体を押しこみ、妻という重要な要素が欠けているシーツのあいだに潜りこんだ。

翌朝、食堂へ行くと、ジム・オレアリーとその部下たちがそこにいた。ジョーは彼らと同じテーブルについて、巡回と噂《うわさ》に関するオレアリーの話に耳を傾けた。

「噂によると、クルックはグースクリークにこもって、フライフィッシングをしているそうですよ。十分な援軍が来ないうちは前進しないと決めているとか」オレアリーはうんざりした声で言った。

あの発表会の日、なぜクルックは病院に来て、黙って立っていたのか？　またしてもそう思いつつオレアリーに相槌《あいづち》を打とうとすると、大きな音が響き渡った。誰かが鍋を落としたのだ。朝食中の将校全員が厨房《ちゅうぼう》を振り向く。なかには腰の銃を手にしている者もいた。

「ずいぶんぴりぴりしているな」オレアリーがつぶやいた。

ジョーはテーブルの向こう、音がしたほうに目をやった。少年が鍋を拾いあげている。

「兵士は年々若くなるな。それともぼくが歳《とし》をとりはじめているのか」

「あなたが歳をとりはじめているんですよ、少佐」オレアリーがいつものアイルランド訛《なま》りで言った。「兵士が出払って人手が足りないと、料理人がこぼしてました。そういえば、そのへんにいるやつを捕まえてきては厨房に投げこんでいると言ってたな」

鍋を落とした少年が床に両手両膝をついて、こぼれた粥《かゆ》を拭きはじめた。ジョーはもう一度そちらを見て、顔から血が引くのを感じ、頭をはっきりさせようと首を振った。背の高い痩せた少年だ。髪が金色だとしても、ひどく汚れていてわからない。こっちを見るんだ、坊主。彼は心のなかで呼びかけた。こっちを見ろ。

ジョーは床を拭いている少年から目を離さずに、ゆっくり立ちあがった。料理人が少年を悪《あ》しざまに罵っている。掃除はいいから、こっちを見ろ。

願いが通じたのか、少年がジョーのほうを見た。瞳の色は茶色、ハート形の顔の形までスザンナ・ランドルフにそっくりだ。ジョーは息を止め、目の下にほくろがあるのを確かめようとした。

料理人が毒づき、少年がそちらに顔を戻す。ジョーはためていた息を吐きだした。こめかみ近くの髪は、ほかよりも色が濃かった。スザンナが大切にしてきた写真、しぶしぶ自分に手渡した写真の少年に間違いない。ウィル・ピンカートンは正しかった。トミーは二ック・マーティンに言われた方法で、西へ向かっていたのだ。

「トミー」ジョーはためらいがちに呼んでみた。

だが、少年はなんの反応も示さない。やはりちがうのか。ジョーはがっかりしてそらしかけた視線を厨房に戻した。料理人の毒づく声があまりにかん高いせいで、聞こえなかったのかもしれない。ジョーはさきほどより近づいて、怖い顔でにらみつけ、料理人を黙らせた。

「トミー・ホプキンス」今度ははっきりとそう言った。

少年がぎょっとして顔を上げ、逃げだそうと身構えた。粥がぽたぽた垂れている雑巾を丸め、ジョーがそれ以上近づいたら投げようと準備している。

ジョーは足を止め、深く息を吸いこんで静かな声で言った。「トミー・ホプキンス、きみのお母さんが会いたがっているぞ」

険しいまなざしがたちまち和らぎ、子どものそれになった。雑巾を持った手がゆっくりおりていき、雑巾が床に落ちる。それを見た料理人が、手にした大きなスプーンを振りあげた。

「よせ！」ジョーは命じた。

残っていた疑いがこの言葉で消えたのか、トミーはすすり泣きながら、床に広がっている粥をまたいだ。そしてジョーが膝をついて両手を広げると、最初はためらいながらも腕のなかに飛びこんできた。

「トミー、ぼくらはずっときみを捜していたんだ」ジョーは腕のなかで泣いている少年につぶやいた。「お母さんはララミー砦にいる。ぼくもこれからそこに帰るところだ」

「お母さんは生きてる、って彼が教えてくれたんだ。生きてるのを願ってたけど、ずいぶんたつから」トミー・ホプキンスはしゃべれるようになるとそう言った。

ジョーは少年の手を取り、驚きに目を丸くしているジム・オレアリーのところに戻った。

「この子がスザンナの息子ですか？」オレアリーは半信半疑ながら、ほとんど食べていないジョーの粥を少年の前に押しやった。「座れよ、坊主。これを食べるといい」

「鍋を洗わないと、食べちゃいけないんだ」トミーはまだ厨房からこちらをにらんでいる料理人を見た。

「鍋洗いはもうおしまいだ」ジョーは言った。

隊長と同じ驚きを浮かべたK中隊の兵士たちが、ジョーたちを取り囲んだ。

ジョーはオレアリーに尋ねた。「いつラランミー砦に戻る予定だ？」

「一時間か二時間後です」

トミーはジョーの粥をがつがつ食べている。腹をすかせているその様子から、これまでのひどい状況がしのばれた。ジョーが砂糖を足してやると、トミーは一瞬だけ顔をあげて微笑した。

「ぼくらも一緒に行く。足りない医療品を補充することになっているんだが、それは北に向かう護衛と一緒に救急馬車で運ばせるとしよう」

「同行されるのはかまいませんよ」オレアリーは言った。「馬に乗れるか、坊主?」

少年の顔に、かすかな笑みがまた浮かんだ。「ずっと乗ってきたよ。馬に乗ってこの国を横切ってきた」

「それじゃ、もうぼくよりうまく乗れるにちがいないな」ジョーは言った。「ぼくは軍医なんだ」

トミーの笑みが広がり、スザンナとそっくりの笑顔になった。「だったら、ぼくのほうがうまいよ!」声もさっきよりしっかりしている。「アーロンが、あなたは馬に乗るのがあまり上手じゃない、って」

「誰だって?」

「アーロン・ベルクナップ」

「ニック・マーティンではなく?」

「ニックって誰?」

ジョーは前かがみになっていた体を起こした。「誰でもないんだろうな」ジム・オレアリーを見る。このやりとりをすっかり楽しんでいるようだ。「ジム、きみには息子がいるだろう。この子をよく見て、砦の店でズボンとシャツを買ってきてくれ」ちらっとトミーの破れた靴に目をやる。「靴も頼む。〝孤児院〟に持ってきてくれ。着替えが終わったら出発しよう」

ジョーは、目に安堵を浮かべているトミーに言った。「これからきみをお母さんのところへ連れていく、と言ったら信じるか？」

トミーはうなずいた。「アーロンは誰か来てくれると言ってた。彼が嘘をつくはずないもん」

トミーは喜んでブリキの浴槽に座り、ジョーが頭から踵《かかと》までごしごしこするあいだ、おとなしく座っていた。日に焼けた顔はどこかぼうっとしている。ちょうど洗いおえたころに、オレアリーが着替えと靴を持ってきた。すべてが大きすぎたが、ベルトに新しい穴を空けてどうにか間に合わせた。

「驚いたな、ほんとにこの子の髪は金色だ」オレアリーは言った。「どうしてわかったんです？」

「自分でもわからないから、訊《き》かないでくれ。肩のあたりがなんとなくね。こっちを向いたとき目を見たら、スザンナそっくりだった。決め手になったのは、目の下のほくろとこめかみの濃い金髪だ」

トミーはオレアリー大尉のK中隊にすっかり感銘を受けていた。K中隊の馬は、連隊中唯一、葦毛《あしげ》で統一されているのだ。馬に乗るときこそ台が必要だったが、いったん鞍《くら》におさまると、ごく自然に乗りこなしている。ジョーはあぶみを短くしてやってから、自分も馬にまたがった。

ラッセル砦を出て、葦毛たちがいっせいに大股で駆けはじめると、オレアリー大尉は部下に先に行けと合図した。

「トミー、きみはぼくとランドルフ少佐のあいだに入ってくれ。きみの話が聞きたいからな。いったいどうやってニック——いや、アーロン・ベルクナップはきみを見つけたんだ？」

ジョーは片手を上げて制した。「そのまえに、こちらの話からしておこう。トミー、彼が本名を教えてくれなかったから、ぼくらは彼をニック・マーティンと呼んでいたんだよ。彼はいくらかのお金と、お母さんがきみに宛てた手紙を持って、ある晩、急に姿を消した。ニックは——いや、アーロンは、よくお母さんの手紙をあずかって郵便局に出していたんだ」

「それで手紙を持ってたんだね。どうやってカーライルに来たか、アーロンは教えてくれなかった」トミーは肩をすくめた。「いつも、ぼそっとひと言つぶやくだけなんだ」

ジョーはトミーの頭越しにオレアリー大尉と目を合わせた。「ああ、ニックもそうだった」ごく自然に馬を乗りこなしているトミーを見る。「急に現れたのか？」

トミーの口調があやふやになった。

「アーロンはちょっと秘密主義なんだ。おじさんたちも知ってるかもしれないけど」

「ああ、いやってほどな」

トミーが笑った。母親とそっくりのその笑い方に、ジョーは胸を衝《つ》かれた。

「アーロンが、あなたは妙な話し方をするって。どこの出身なの？」

「バージニアだ。妙な話し方をするのはきみのほうだが」

大目に見るか、という顔で、オレアリー大尉とトミーが笑みを交わす。

「ある朝、学校に行く途中で、低い枝に紙があるのに気づいたんだ。なんだろうと思ってみたら……」トミーの目に涙があふれた。彼は巧みな手綱さばきで馬を操り、列から離れた。

オレアリー大尉が中隊を止め、馬を降りて歩けと命じた。全員が馬を降りる。ジョーはトミーの肩を抱いて一緒に歩いた。

「お母さんからの手紙だった」トミーは涙に濡《ぬ》れた顔で言った。「夢中で読んで、それからまた読んだ。そのあとは教科書にはさんで隠したんだ」

「お母さんは毎週きみに手紙を書いていた」口を滑らせるつもりはなかったが、ジョーはついそう言っていた。トミーが体をもたせかけてくる。「毎週、一度も欠かしたことはない」喉を熱いかたまりがふさぎ、声がかすれた。「いまでも……書いているよ」

ちらっと見ると、オレアリー大尉も涙をこらえている。

「次の朝は、最初のときより少し先の木に、べつの手紙があった。その週が終わるころには、ぼくが立ち止まっても、家からもお父さんからも見えないところになっていた。小屋の陰からアーロンが出てきたのはそのときだよ」

「背の高い、少しばかり威圧感がある男だからな。怖くなかったか？」

「少し」トミーは認めた。「でも、新しい手紙を持ってたし、それが読みたかったから」

それからオレアリー大尉に言った。「もう馬に乗っても大丈夫です。すみませんでした」

彼らは馬にまたがり、再び走りだした。トミーは黙りこんでいる。ジョーはその沈黙を尊重した。昼に短い休憩をとったとき、トミーはジョーの近くであぐらをかいて座り、乾パンとチーズの昼食を食べた。

「そのあと、アーロンは毎朝ぼくを学校に送ってくれるようになった。人には黙ってろ、と口止めされたから、誰にも言わなかったけど。アーロンは、〝その時が来たら、お母さんのところへ連れていく〟って」

ジョーはうなずいた。「トミー、ぼくはきみのお母さんと四月に結婚したんだ」ジョーは少年の反応に内心身構えながら打ち明け……返ってきた答えに驚いた。

「うん、アーロンがそんなこと言ってたよ。ただし――」

「ただし？」

「あなたにその勇気があれば、だって。ごめんなさい。でも、アーロンがそう言ったんだ」

オレアリー大尉が大声で笑い、草の上にひっくり返った。「やれやれ。ニック・マーティンもぼくら同様、あなたの気持ちを見抜いていたんですね、少佐」

「そんなにあからさまだったか？」

「アイ、頭のねじが緩んでいる男にさえわかるくらいにね」

トミーがにやりと笑い、あわてて顔をそむける。再びジョーを見たときには真剣な表情に戻っていた。子どもの顔のなかに大人びた雰囲気がのぞく。「お願いします。お母さんに優しくしてください」

「誓って優しくするとも」

またトミーが体重をあずけてくる。その瞬間、臆病な心から最後のたこがぽろりと剥がれるのをジョーは感じた。

午後は少々速度が上がったが、トミーはまったく苦労せずについてくる。午後の半ば、少人数のシャイアン族が彼らめがけて撃ってきた。ジョーとトミーは馬を降り、中隊が一発も弾を無駄にせずに応戦するあいだ、物陰で伏せていた。トミーが恐怖を必死に隠そうとしながらしがみついてくる。ジョーは覆いかぶさるようにして、彼を守った。

何人か仲間を失い、その分賢くなったシャイアン族たちが逃げ去ると、ジョーは撃たれた騎兵の手をトミーに握らせ、患者の脚を切り裂き、弾を摘出した。トミーは真っ青になったが、最後まで彼の手を放さなかった。

「きみには少し刺激が強すぎたな」ジョーは手当が終わると草で手を拭きながら謝った。負傷した兵士の仲間たちに合図し、患者を鞍に座らせるよう命じた。

トミーは目を見開き、戦いが始まってからずっと息を止めていたように盛大に息を吐いた。「ここはカーライルより、ずっとわくわくするな」

少年がきっぱりそう言うのを聞いて、ジョーは笑みをこぼした。

その夜は街道沿いにあるハントンの食堂近くで野営した。まだ営業はしているものの、主人のハントンがインディアンに襲われ殺されたとあって、店はがらんとしている。トミーが焚火《たきび》のそばでくつろぐと、ジョーは話の続きを促した。ニック・マーティンが姿を消してから、ジョーとスザンナが気にかけていた部分でもある。

「お父さんはどんなふうに亡くなったんだ？　そのときのことを話せるかな、トミー？」

トミーはうなずいたが、話しだすまでに少しかかった。「アーロンが学校まで送ってくれるようになってから十日くらいあとだった。アーロンは、街でちょっとした仕事をしながらぼくのうちを見張ってる、って言ってた。家のまわりでは一度も見かけなかったけど」そこでジョーを見た。「ほら、あんなに大きい人だから、近くにいれば絶対わかる」

「彼はきみを見守っていたんだ」

「うん。ぼくもそう思った。あの夜……あの夜は……」トミーがごくりと唾を呑みこむ。ジョーは彼を抱き寄せた。「居間で勉強をしていたんだ。お父さんはいつものように飲んでいた。そして、何を言ったのか思い出せないけど、ぼくが言ったことが気に入らなくて、急に怒鳴りだし、ぼくを殴ろうとしたんだ。ぼくがよけると、振りだした腕がランプにあたって倒れ、壁にぶつかってカーテンに火がついた」

トミーがすすり泣きながら、両手を伸ばしてくる。ジョーはその腕をつかんで、膝にのせてしっかりと抱きしめた。トミーは涙が止まっても、ジョーの膝をおりようとはしなかった。

チーズを焼いていたオレアリー大尉が、黙ってチーズを棒からはずし、ふたつの乾パンにはさんでトミーに差しだす。トミーはかすかな笑みを浮かべて受けとり、ジョーの腕にもたれて食べた。

「そのとき何が起こったのか、正確に話せるかな?」ジョーは静かな声で言った。ニックが何をしたか、知る必要がある。「目を閉じて、思い出してほしいんだ。約束する、このあとは二度と訊かない」

トミーはジョーの腕のなかでしばらく目を閉じてから、口を開いた。「お父さんは肩をつかんで痛そうになでて、次は胸をつかんで膝をついた。部屋が燃えてたのに」

「心臓麻痺《まひ》だ」ジョーはつぶやいた。ニック・マーティンはスザンナの息子を助けるためにフレデリック・ホプキンスを殺したわけではなかった。ニックはただ見守っていただけだった。

トミーが少し体をひねってジョーを見た。「心臓麻痺？　なんとかして、お父さんを炎から遠ざけようとしたんだけど、できなかった。火から遠ざければ助かると思って……」

「いや、きみのお父さんは、おそらく床に倒れるまえに絶命していた。そういうことは起こるんだよ。きみができることは何もなかった」

トミーは泣きだし、ジョーの胸に顔を埋《うず》めた。

「アーロンが助けだしてくれたのか？」涙がおさまるのを待って、ジョーは尋ねた。

トミーはうなずいた。「窓が割れる音がしたと思ったら、アーロンが目の前にいて、ぼくを抱きあげて走りだした。カーライルを出るまで走りどおしだった」

「それから西に向かいはじめたのかい？」オレアリー大尉が尋ねた。ジョーが顔をあげると、いつのまにか中隊の全員が焚火のまわりに座って耳を傾けていた。

「うん。歩いて休んで、ときどき働いて、たまに荷車とかに乗せてもらったりして、また働いた」

「どんな仕事をしたんだ？」ジョーは好奇心に駆られた。

トミーはにっこり笑った。「なんでもやったよ！　皿洗いや馬の世話。馬の世話がいちばん好きだったな。教会の壁にペンキを塗ったこともある。靴を磨いたり、厩舎《きゆうしや》の馬糞《ばふん》を掃除したり、豚を殺したり」顔をしかめる。「アーロンは墓穴を掘ったこともあるし。ぼくはお葬式の泣き役をやったんだよ。一ドルももらえたんだ！」これはよい思い出だったにちがいない、トミーは満足そうだった。「五十セントの約束だったんだけど、『ちとせの岩よ』を歌ったら、お年寄りがみんな泣いて……」

「たしかにきみは機転が利くな。お母さんに話したら、きっと感心するぞ」

トミーは笑った。「でも、パイを盗んだことは内緒にしてね」

「いいとも。うまかったか？」

「うん！　ものすごく。アーロンはちょっとへんなところがあるんだ。ぼくらはアジアの七つの教会を訪れてるんだって言って、インディアナ州のスマーナを通ったときは、お説教をしたがったんだよ。なんとかやめさせたけど、気分を害したみたいだった。役立たずの宣教の道づれを思い出させる、って。どういう意味だかわからないけど」

「いつか説明してあげるよ」

トミーは深刻な顔になった。「でも、オマハを通っているときに、アーロンが誰かに尾行されてるって言いだした」

「尾行されていたんだよ。きみを見つけるために、きみのお母さんとぼくでピンカートン探偵社の探偵を雇ったんだ」

トミーは目を丸くしてジョーを見た。こういう表情をすると、まだほんの子どもに見える。「ピンカートン！　ほんとに？」

「もちろん。ウィル・ピンカートンから手紙ももらった。きみとアーロンがまんまと彼の手からすり抜けてしまった、と書いてあった」

トミーはあんぐり口を開けた。「ぼくたち、あのウィル・ピンカートンを出しぬいたの？」

「そうだよ。ウィルはきみたちの痕跡を見つけられなかったんだ」ジョーは母親そっくりの表情豊かな顔を見た。「オマハではほかに何かあったのか？　アーロンはシャイアンに一緒に来なかったんだろう？」

「うん。ぼくらは三週間、オマハの軍隊にいたんだ。ラバと荷馬車の世話をして。軍隊はインディアンと大きな戦いを計画してるんだよ。知ってた？」

「噂は聞いてる」ジョーは曖昧にそう言った。焚火のまわりで低い笑い声が起こった。

「きみはこっそり荷馬車に乗ってきたのか？」

トミーはうなずいた。「アーロンがそうしろって言って、ぼくが乗った荷車にたっぷり携帯食料を隠したんだ。自分は残って、尾行してるやつを混乱させる、って」

「ピンカートンの手紙には、ニック・マーティンとおぼしき男が描写してあった。ウィルはきみたちの姿を見たらしい。そして、きみがこっちに向かっているにちがいないと思った」ジョーはトミーの肩をこづいた。「オマハからラッセル砦に着くまで、一度も見つからなかったのか？」

トミーが情けなさそうな顔になった。「グランドアイランドで御者に見つかっちゃったの。でも、ラバの世話ができるから、そのまま置いてくれた」トミーはジョーにもたれた。

「お母さんの前では絶対言えないけど、いろんな言葉を覚えたよ」

「それはすごい。ラッセル砦まではどれくらいかかった？」

トミーは眠そうな顔でもぞもぞと動き、ジョーの膝の上で寝心地のいい姿勢をとった。

「二週間ぐらいかな。厩舎に寝て、厨房の手伝いもした。アーロンは――」大きなあくびが出る。「へんな訛りのある背の高い男が来るまで待て、って。でも、あなたの名前を思い出せなかった。ほら、アーロンって少し鈍いところがあるから」

「だが、肝心の部分はしっかり冴《さ》え渡っていたようだな」

トミーは目を閉じて笑った。「あなたが見つけてくれるって言われた。だけど、見つけてくれなかったら、ララミー砦に行く方法を自分で考えろって。ぼくならできるって」

「ああ、きっとできたな」ジョーはそう言ってトミーの頭にキスした。

トミーは眠り、ジョーは少年をひと晩中抱いていた。夜中に一度、焚火のすぐ先の藪《やぶ》のなかから物音が聞こえたような気がした。ニック・マーティンはいつもすぐそばに――一歩先か、一歩あとにいるのだろうか？　そして大事な人間たちを見守っているのだろうか？

22

トミーはなんの不満ももらさず、ララミー砦《とりで》へと馬を走らせた。自分の番が来ると馬の世話をし、スー族の襲撃に兵士に交じってジョーも応戦したときは、四頭の馬をしっかり押さえていた。この応戦でジョーの印象がいっきによくなったらしく、インディアンが逃げ去ると、トミーは本物の尊敬を浮かべてジョーを見た。銃を撃つ姿が、野戦のあとの手術より勇ましく見えたのは明らかだ。

「きみを危険にさらしたりして、お母さんに叱られるな」ジョーは腕を銃弾にえぐられた兵士の傷を縫いながら言った。

トミーは肩をすくめた。「けど、インディアンがいっぱいいるのに、どうすれば危ない目に遭わないままララミー砦まで行けるのさ?」

「この子はいつでもうちの中隊で受け入れますよ」トミーがまだ怯《おび》えている馬のところに戻り、鼻を突きあわせてなだめているのを見ながら、オレアリー大尉が言った。

「まだ十二歳だぞ!」ジョーは抗議した。「あの子の母親はちがう考えを持っていると思うね。ぼくもだが」

一行は疲れた馬にもうひと踏ん張りさせた。トミーは馬から少しでも速度を引きだせるよう、口を一文字に結び、前傾姿勢でひたすら馬を走らせていた。その甲斐《かい》あって、練兵場に夕方の陰が集まるころ、彼らはララミー砦に到着した。

騎兵隊の厩舎《きゆうしや》にたどり着くと、K中隊はオレアリー大尉に敬礼して離れていった。

「ぼくらはまず病院に行く必要がある」ジョーは、脚を撃たれた兵士の馬の手綱を取った。「一等兵、今夜は病院で寝てもらうぞ。明日の朝いちばんに脚の傷を診たいからな。トミー、ここが終点だ」

トミーは何も訊かずに馬を降り、馬丁に手綱を渡した。馬丁はジョーに敬礼し、ふたりの馬を引いて厩舎へ戻っていった。ジョーは負傷した兵士を寝台に座らせ、助手のテッドに引き渡してから、契約医のペティスに二、三言指示を出し、今夜の勤務を頼んだ。

「お母さんはもう何カ月もきみを待っていたんだ」ジョーはそう言って、トミーの薄い肩に手を置いた。

「もっとだよ。お母さんには……家からいなくなった夜から会ってない。もう一年以上まえだ」トミーの顔に浮かんだ表情を見て、ジョーはその一年あまりがこの子にとってどんなものだったのか、垣間見る思いがした。「あのときは十一歳になったばかりだったけど、もう十二歳だ」トミーは顔をしかめた。「ぼくはずいぶん変わった。お母さんも変わったかな?」

「たぶん。だが、お母さんは素晴らしい人だよ」

「だったら、まえと同じだね」

ふたりはゆっくりと丘をおり、練兵場と将校通りへと近づいていった。倉庫と歩兵師団の宿舎のあいだには、テントの数がまた増えている。おそらくクルック将軍が要請した援軍だろう。明日は七月四日、独立記念日だ。近くのディアクリークでピクニックが予定されている。スザンナがほかの女性に代わってもらえないような仕事を引き受けていないといいが。

愛する妻が家の外にいてくれたら、自分たちふたりが見えるかもしれない。まさかこの願いがかなうとは思わなかったが、スザンナは外にいた。ちょうどエミリー・リースの家から出て、自宅に戻るところだったのだ。

「ほら、お母さんだよ」ジョーはトミーにささやき、背中を少し押した。

急に気後れがしたのか、トミーは立ちどまってささやき返した。「一緒に行こうよ」

この言葉はジョーの心の琴線に触れた。

「いいとも」

ジョーたちは交易所を通りすぎるところだった。左目がぼんやりとしか見えないスザンナが、気づく距離ではない。だが、スザンナは立ちどまり、こちらに目を凝らすと、両手でゆっくり口を覆い、それからスカートをつかんで走りだした。おそらくひと足ごとにヘアピンがはずれているにちがいない。風がスカートの裾をとらえ、きれいな足首があらわになる。だが、かまわず腕を大きく広げていた。

「ふたりとも抱きしめられるね」トミーが言った。

「ああ、たぶん」

スザンナはあと数歩というところで止まり、愛《いと》しそうに息子を見て、歓喜に満ちた顔をジョーに向けた。ジョーとトミーは残りの距離を縮め、泣いているスザンナをひしと抱きしめた。スザンナの手がまずトミーの頭を、そしてジョーの頭をなでる。そしてジョーに激しいキスをしてから、息子のそばにひざまずき、繰り返し名前を呼びながら頭を、顔を、肩を、腕をなでまわした。

ジョーも思わず膝をついていた。いつのまにか、この妻は自分のすべてになっていた。ふたりはトミーをあいだにはさんで抱きあった。ジョーを見上げたスザンナは何も言わなかったが、その目に浮かんだ表情はジョーの魂と心に焼きついた。

その夜は、なぜか食べ物を手に次々と隣人が訪れた。バート夫人は来てすぐに出ていき、ズボンを二本持って戻ると、スザンナの手に押しつけた。「息子にはもうはけなくなったの。きっとこのために残してあったのね」

驚いたことに、少しまえの流産でまだ顔色が悪いラヴィニア・ダンクリンも顔を見せた。ラヴィニアは片方の腕にシャツをかけてくると、黙ってそれをスザンナに差しだした。スザンナの息子がやってきたという知らせはサッズ・ロウにも届き、モーヴとマディ、ハンラハン夫人も、トミーを抱きしめスザンナにキスするために訪れた。

妻が疲れきっているのを見てとったジョーは、南部人の愛想のよさを大いに発揮して、できるだけにこやかに、喜びを表明しに訪れる人々の前で玄関の扉を閉ざした。そして医者の目でふたりの患者を診てから、一緒に長椅子に座らせた。

「訪問客はもう十分だ。言っておくが、明日は家を出ないで一日のんびりと過ごしなさい。主治医の命令だよ」

片時も目を離さずにいる息子を見ながら、スザンナがうなずく。

ジョーもすでに自分の息子とみなしているトミーに目をやった。疲れ果ててぐったりしている。

「今日はここで眠るしかないな。明日、需品係将校の事務所に行って寝台を届けてもらおう。きみの部屋は二階だよ」

「自分の部屋なんて、ずいぶん久しぶりだ」トミーはスザンナの肩にもたれた。ラッセル砦からの旅のあいだによく見た、いたずらっぽい表情を浮かべている。「お母さん、ぼく、いろんなことをしながら聖パウロと一緒に旅をしてきたんだよ」

スザンナは笑った。「その宣教の旅はもう終わり。ジョー、衛兵詰め所に頼めば、何人かに来てもらって、わたしたちの寝室も二階に移してもらえるわね。あそこは食堂に戻しましょうよ。もう……」その目に涙があふれた。「家族ができたんだもの。ああ、トミー、どんなにあなたに会いたかったか」

「わかってる。ジョーが手紙のことを教えてくれたんだ」トミーは大きなあくびをした。「もうくたくた」それから男どうしの真剣な目でジョーを見た。「あとでお母さんに話してくれる？」

ジョーは自分の寝間着の裾を外科用はさみでばっさり切り、トミーに渡した。スザンナは息子に野外にある小屋を示し、蝋燭《ろうそく》を渡して、裏口の扉を開けたままそこで見守っていた。トミーは戻ってくると母に抱きつき、泣きだした。スザンナは息子をひしと抱きしめ、一緒に長椅子に座って、赤ん坊にするようにあやした。

ジョーは、この三カ月、慣れない旅に揉《も》まれてきた少年と、長いこと苦しんできた女性を見守った。

トミーは泣きながら、火事の夜に何があったかを語った。「ぼく、お父さんを助けられなかったんだ！」

スザンナは息子の涙をエプロンで拭き、両手で顔をはさんで目を合わせた。「いいこと、トミー、とても重要なことだからよく聞いて。人は自分しか救えないこともあるの。これはそういう例のひとつだったのよ」

スザンナは息子を抱きしめ、慰め、眠るまで子守り歌を口ずさんで、上掛けをしっかりとかけてやった。ジョーは女性の強さと子どもの回復力の強さに驚嘆しながらそれを見守った。

トミーが眠ってしまうと、ジョーは妻の手を取り、ベッドへと導き、横になっていつものように妻を引き寄せた。それから一時間かけてトミーから聞いたことをすべて話した。

「アーロン・ベルクナップにまた会えるかしら?」スザンナが眠そうな声で言う。

「ああ、彼がひょっこり現れたとしても驚かないね」ジョーは妻の頭にキスした。

「なんとか捜して……でも、ピンカートン探偵社に捜せなかったのなら……」

「ニックに、いや、アーロンに会えたら、こんな嬉《うれ》しいことはない。軍がぼくを送るところに喜んで連れていくよ」ジョーは低い声で笑った。「何しろ、ぼくには特別基金があるんだから」

スザンナが肩を叩《たた》いた。「そんなものないくせに!」それから、そこにキスして痛みを和らげてくれた。「アーロンがその気になればまた会える――そう言いたいのね?」

「まあね。とにかく、一生かかっても返せないほどの借りができたことはたしかだ」

それから明日のピクニックの話になり、持ち寄り担当になったロールパンを代わりに焼いてくれる人は見つかるだろう、とスザンナはジョーを安心させた。ジョーも明日はできるかぎり早く帰る、と約束した。

「眠りなさい、スージー」ジョーはようやく耳元でそう言った。「寝言を言いはじめたぞ」

「言ってないわ！　大事な知らせがひとつあるの。フランスから手紙が届いたのよ」

「ついにか。で、なんだって？」

「わたしがあなたの手紙を開けないことは知っているでしょう？　それと、砦の雰囲気がなんだか妙なの。タウンゼント少佐はまた戦いがあったと思っているわ」

「意外とは言えないな。カスターとギボン、どっちが率いているほうだろう？　クルックはビッグホーンでフライフィッシングをしているらしい。だが、カスターはタフだからな。戦えば目的を達するにちがいない」

「もうひとつ。今週はなんだか体調が思わしくないの。そのことも相談したかったのよ」

ジョーは暗がりで微笑した。自分もそうではないかと思っていたのだ。「その話は明日にしよう。おやすみ、奥さん」

スザンナは眠った。穏やかな寝息が胸を暖め、体から疲れと力が抜けていくのを感じながらジョーも目を閉じた。

目が覚めたときには、スザンナは横にいなかった。居間に行くと、肘掛け椅子に丸くなってトミーの寝顔を見ている。ジョーが合図するとスザンナはいったん立ちあがり、そこに座った夫の膝に座った。ふたりは互いの体に腕をまわし、下手なラッパ手が起床の合図を吹き、息子を起こすまで彼を見ていた。

起きてきたトミーは目をこすり、自分も肘掛け椅子に座った。三人が座れるほど大きいのだ。

ジョーはパリから届いた手紙のことを思った。もしも返事が〝ノン〟なら、それもよし。どうせいまはララミー砦を離れられる状況ではない。また戦いがあったとしたらなおさらだ。〝ウイ〟だとしても、今年はスザンナに旅をさせたくなかった。パスツールには待ってもらうとしよう。それに、トミーに馬をあげるとすでに約束してしまったのだ。馬に乗って思いきり走りまわれる場所が、西部以外のどこにある？

訳者あとがき

本書『風に向かう花のように』は、英国摂政時代を背景に英国海軍をからめたシリーズでお馴染《なじ》みの人気作家、カーラ・ケリーの作品です。ケリーの数多い著書のなかでは西部開拓史に分類される単発作品のひとつで、ララミー（往年のテレビドラマ『ララミー牧場』を観《み》ていたわたしにとっては、とてもなつかしい響きを持つ地名）砦《とりで》を舞台に繰り広げられる、健気《けなげ》なヒロインとどこまでも優しいヒーローの物語です。

ヒロインのスザンナ・ホプキンスは、そのララミー砦で教師の仕事を得て、砦にいる従妹《いとこ》を頼り、はるばるペンシルベニア州シッペンズバーグから西部にやってきます。シャイアン駅から砦までの馬車代が足りず、途方に暮れているスザンナを迎えに来た軍医、ジョー・ランドルフ少佐は、馬車の駅でスザンナを見て虐待されていたのを見抜き、守ってやりたいという気持ちに駆られます。そして砦の自宅に戻ると、十年まえに亡くした妻との結婚指輪を初めてはずし、引き出しにしまうのでした。親切な軍医の助けを得て、第二の人生を歩みはじめたスザンナ。ところが、詮索好きの砦の女性たちをおもんぱかって従妹エミリーがついた心ない嘘が、まもなく彼女を絶望の淵《ふち》に追いやることになり……。

ワイオミングは南北戦争では激戦地のひとつでしたが、その戦争から十年後のララミー砦は、先住民族（本書では昔のとおりインディアンと訳しています）が非常に多く集まった地で、西の要としてにらみを利かせていました。

著者カーラ・ケリーは歴史への関心が深く、大学でラテン・アメリカ史を専攻したあと、大学院ではアメリカ史、とくに南北戦争と先住民との争いを中心に学んでいます。実はレンジャー兼史学者として一時期ワイオミング州ララミー砦で働いていたこともあるらしく、一八七六年当時の砦の環境や状況、将校用宿舎など、随所に盛りこまれた詳細に、この経歴の跡が見てとれます。

物語が厳寒の一月から始まるとあって、本書では冬の寒さが強調されていますが、ワイオミング州は実際にたいへん寒く、温暖化が進んでいる現在でも冬の最低気温はマイナス十度かそれ以下になります。百五十年まえのララミーの一月は、コートなしで外に出たらたちまち肺炎にかかるほど寒かったにちがいありません。この豆知識が、ララミー砦とスザンナ・ホプキンスの物語を身近に感じる一助となればさいわいです。

ヒーローのジョー・ランドルフは、十年まえに最愛の妻をむごい事故で失った傷心の軍医です。南部連合に加わったバージニア州の出身とあって、由なき偏見にさらされながらも砦の筆頭医としての本分を尽くす、魅力的な男性です。私見で恐縮ですが、本書を訳していて、やもめの彼の不眠症と食生活が気になって仕方がありませんでした。

夫に離婚され、ひとり息子と会うこともできず、親戚の厄介者となったスザンナが、ララミー砦でどんな幸せをつかむのか？　揺るぎない愛と善意に支えられ、不幸のどん底から立ちなおっていくスザンナの物語を、どうぞお楽しみください。

佐野　晶

二〇二三年十一月

訳者紹介　佐野 晶
東京都生まれ。獨協大学英語学科卒業。友人の紹介で翻訳の世界に入る。富永和子名義でも小説、ノベライズ等の翻訳を幅広く手がけている。主な訳書に、カーラ・ケリー『遥かな地の約束』、キャンディス・キャンプ『伯爵家に拾われたレディ』（以上、mirabooks）がある。

mira

風《かぜ》に向《む》かう花《はな》のように

2023年11月15日発行　第1刷

著　者　カーラ・ケリー
訳　者　佐野《さの》 晶《あきら》
発行人　鈴木幸辰
発行所　株式会社ハーパーコリンズ・ジャパン
東京都千代田区大手町1-5-1
03-6269-2883（営業）
0570-008091（読者サービス係）

印刷・製本　中央精版印刷株式会社

定価はカバーに表示してあります。

ISBN978-4-596-52966-4

mirabooks

灰かぶりの令嬢

カーラ・ケリー
佐野 晶 訳

潰れかけの宿屋を営む祖母と暮らすエレノアは、ひもじさに耐えていた。髪も切って売り払ったとき、厳めしい顔つきの艦長オリヴァーが宿泊にやってきて…。

籠のなかの天使

カーラ・ケリー
佐野 晶 訳

父に捨てられ、老貴族に売られ、短い結婚生活の末に未亡人となったローラ。幸せと縁遠かったローラの人生は、港町に住む軍医との出会いで変わっていき…。

遥かな地の約束

カーラ・ケリー
佐野 晶 訳

貴族の非嫡出子という生まれと地味な風貌で、自分に自信が持てないポリー。偶然出会った年上のエリート将校が、眼鏡の奥に可憐な素顔を見出して…。

拾われた1ペニーの花嫁

カーラ・ケリー
佐野 晶 訳

新しい雇い主が亡くなり、途方に暮れたコンパニオンのサリー。最後の銀貨で紅茶を飲んでいたところ、海軍提督チャールズ卿に便宜上の結婚を申し込まれる。

没落令嬢のためのレディ入門

ソフィー・アーウィン
兒嶋みなこ 訳

両親を亡くし借金を抱え、幼い妹たちの面倒を見なければいけないキティ。家族のため裕福な相手と結婚しようと社交界へ飛び出すが、若きラドクリフ伯爵に敵意を向けられ…。

令嬢探偵ミス・フィッシャー 華麗なる最初の事件

ケリー・グリーンウッド
高里ひろ 訳

英国社交界の暮らしに退屈していた伯爵令嬢フライニー。ある日知人夫妻から異国に嫁いだ娘の様子がおかしいと相談を受け…。最強のお嬢様探偵、ここに誕生!

mirabooks

公爵家の籠の鳥

ロレイン・ヒース
富永佐知子 訳

両親を亡くし、公爵家で育てられたアスリン。跡継ぎと結婚するはずだった彼女の人生は、公爵家に復讐を誓った悪魔〝トゥルーラヴ〟によって一変し…。

公爵と裏通りの姫君

ロレイン・ヒース
さとう史緒 訳

貧民街育ちのジリーはある日、自宅近くで瀕死の公爵を拾う。看病を続けるうち、初めての恋心が芽生えるが、しょせん違う世界に住む人と、気持ちを抑え…。

路地裏の伯爵令嬢

ロレイン・ヒース
さとう史緒 訳

身分を捨て、貧民街に生きるレディ・ラヴィニア。ぼろきれのように自分を捨てた初恋相手と8年ぶりに苦い再会を果たすが、かつての真実が明らかになり…。

午前零時の公爵夫人

ロレイン・ヒース
さとう史緒 訳

子がないまま公爵の夫を亡くし、すべてを失うことになったセレーナ。跡継ぎをつくる必要に迫られた彼女は、罪深き魅力で女たちを虜にするある男に近づくが…。

伯爵と窓際のデビュタント

ロレイン・ヒース
さとう史緒 訳

家族の願いを叶えるため、英国貴族と結婚しなければならないファンシー。ある日出会った謎の紳士は、爵位目的の結婚に手酷く傷つけられた隠遁伯爵で…。

公爵令嬢と月夜のビースト

ロレイン・ヒース
さとう史緒 訳

3カ月前にすべてを失った公爵令嬢アルシア。一人で生きていくため、〝ホワイトチャペルの野獣〟と恐れられる男性から官能のレッスンを受けることになり…。

mirabooks

伯爵家に拾われたレディ
キャンディス・キャンプ
佐野　晶 訳

夫が急死し、幼子と残されたノエルのもとに、かつて夫を勘当した伯爵家の使いが現れた。氷のような瞳のその男は、後継者たる息子を買い取りたいと言いだし…。

初恋のラビリンス
キャンディス・キャンプ
細郷妙子 訳

使用人の青年キャメロンと恋に落ちた令嬢アンジェラ。だが周囲は身分違いの関係を許さず、二人は別れさせられた。13年後、富豪となったキャメロンが伯爵家に現れて…。

罪深きウエディング
キャンディス・キャンプ
杉本ユミ 訳

横領の罪をきせられ亡くなった兄の無実を証明するため、兄を告発したストーンヘヴン卿から真相を聞き出そうと決めた令嬢ジュリア。色仕掛けで彼に近づこうとするが…。

ときめきの宝石箱
キャンディス・キャンプ
細郷妙子 訳

没落寸前の令嬢カサンドラは一族を守るため祖先が残したという財宝を探すことに。だがそれには宿敵ネビル家の当主で放蕩者フィリップの力を借りねばならず…。

公爵令嬢の恋わずらい
キャンディス・キャンプ
琴葉かいら 訳

科学を愛する公爵令嬢シスビーは、身分を隠して参加した公開講義で、ハンサムな青年に出会う。しかし、偶然屋敷にやってきた彼に素性がばれてしまい…。

伯爵とシンデレラ
キャンディス・キャンプ
井野上悦子 訳

「いつか迎えに来る」と言い残して消えた初恋の人が伯爵になって現れた。15年ぶりの再会に喜ぶジュリアナだったが、愛のない契約結婚を持ちかけられ…。

mirabooks

仮面舞踏会はあさき夢
ド・ウォーレン一族の系譜
ブレンダ・ジョイス
立石ゆかり 訳
叶わぬ恋と知りながら次期伯爵を一途に想い続けるリジーを数奇な運命が襲う。『アイルランド貴族の気高き愛と名誉の物語〈ド・ウォーレン一族の系譜〉第一弾。

清らかな背徳
アン・スチュアート
小林町子 訳
炎のような赤毛の令嬢エリザベスは、修道女となるため城を出ることになった。修道院への道中をともにするのは、危険な噂のある国王の庶子。でも、なぜか彼に強く惹かれていき…。

あなたに続く旅路
カレン・ラニー
杉本ユミ 訳
19世紀、サウスカロライナ。この地で虐げられてきたローズは、ある計画を胸に秘めスコットランドへと渡る。そこで運命の愛にめぐりあうとも知らず…。

カナリアが見る夢は
ペニー・ジョーダン
佐野　晶 訳
歌手になる夢を叶えるため、田舎から出てきたヘッティ。過酷な日々を送っていた彼女は、あるアメリカ人実業家の目に留まり、きらびやかな世界で花開いていくが…。

愛のソネット
ステファニー・ローレンス
鈴木たえ子 訳
放蕩者で名高い公爵ジェイソンは、家名を守るためにわかに結婚を迫られた。貞淑で家柄がよく、公爵夫人の役割を立派に務められる女性を探し始めるが…。

孤島の囚人
スーザン・ウィッグス
岡　聖子 訳
一八七一年、シカゴを襲った大火災。令嬢デボラは混乱に乗じて彼女の父親への復讐を企てた男に人質として連れ去られ…。波瀾の名作ロマンス。